그가 홀로
집을 짓기 시작했을 때

그가 홀로 집을 짓기 시작했을 때

초판 1쇄 인쇄 2020년 5월 6일
초판 1쇄 발행 2020년 5월 15일

지은이 김진송
펴낸이 김민정
편집 유성원 김필균
표지 디자인 김현우
본문 디자인 이주영
마케팅 정민호 나해진 최원석
홍보 김희숙 김상만 지문희 우상희 김현지
제작 강신은 김동욱 임현식
제작처 인쇄(더블비) 제본(신안문화사)

펴낸곳 (주)난다
출판등록 2016년 08월 25일 제406-2016-000108호
주소 10881 경기도 파주시 회동길 210
전자우편 nandatoogo@gmail.com **트위터** @blackinana **인스타그램** @nandaisart
문의전화 031-955-8865(편집) 031-955-8890(마케팅) 031-955-8855(팩스)

ISBN 979-11-88862-66-5 03810

* 난다는 (주)문학동네의 계열사입니다.
* 이 도서의 국립중앙도서관 출판예정도서목록(CIP)은 서지정보유통지원시스템 홈페이지(http://seoji.nl.go.kr)와 국가자료종합목록 구축시스템(http://kolis-net.nl.go.kr)에서 이용하실 수 있습니다.(CIP제어번호: CIP2020015298)
* 잘못된 책은 구입하신 서점에서 교환해드립니다. 기타 교환 문의: 031) 955-2661, 3580

그가 홀로
집을 짓기 시작했을 때

김진송
소설

ㄴㄴ〉〈ㄷㄴ

차례

그가 홀로 집을 짓기 시작했을 때 7

짝 31

달팽이를 사랑한 남자 55

꼭대기의 사람들 81

종이 아이 101

안섬 한 바퀴 115

신의 기원 147

어린 왕자의 귀향 169

섬 205

서울 사람들이 죄다
미쳐버렸다는 소문이…… 241

그가 홀로

집을 짓기 시작했을 때

그가 나타났다. 낙엽들이 바스락거리는 소리를 낸다. 조심스럽고 신중한 걸음, 작은 소리에 날카롭게 반응하는 몸짓은 그가 이 숲의 주인이 아니라는 걸 말해준다. 숲은 해발 백 미터 정도의 야트막한 야산 줄기의 끝부분쯤이다. 어디서나 볼 수 있는 평범하기 짝이 없는 숲. 어른 허벅지보다 굵은 둥치의 굴참나무와 졸참나무들로 빽빽하다. 그 사이로 소나무들이 마지막 영토를 빼앗기지 않으려 한껏 키를 늘이고 있다. 큰길에서 이어진 콘크리트 포장길은 짧지만 가파르다. 그마저 몇 걸음 못 가 끊어지고 그곳부터 작은 오솔길이 흔적만 남아 있다. 초입의 늙은 소나무가 숲의 입구를 알리는 표지처럼 서 있다. 이끼를 머금은 뿌리 사이로 구절초들이 숲을 비집고 간신히 닿은 햇빛에 희게 부서진다. 그는 꽃잎 하나를 따 코에 대보고는 청미래덩굴과 아까시나무 가지가 막아선 억새 덤불로 뛰어든다. 한때 있었을 2개의 무덤을 파헤치고 남은 흙무더기 위로 제멋대로 자란 억새들이 바람에 서걱거리는 소리를 낸다. 예닐곱 걸음 간격으로 서 있는 큰 해송들이 무덤자리 위로 긴 가지를 팔처럼 뻗고 있다. 등성이를 따라 동편 끝자락에 이르렀을 때 그의 숨소리가 짧은 휘파람 소리를 냈다. 바다. 멀리 육지를 향해 길게 파고든 만灣의 한쪽. 손을 뻗으면 손바닥 하나로 가려질 만큼 작은 푸른빛의 접시. 오른편 끝으로 바다와 하늘이 닿는 수평선이 얼핏 보이는 듯했으나 짐작일 뿐이었다. 넓은 바다로 이어지는 만을 따라 시선을 이어보지만 산의 능선만 이어진다. 아래위를 몇 번이나 오르내리고 나서 그는 옷을 벗어 제멋대로 뻗어 있는 개옻나무 가지에 걸쳐놓고 그 자리에 앉아 숨을 고른다. 그가 숲을 떠난 건 저녁 해가 소나무 사이로 붉게 갈라질 무렵이었다.

그후로 그는 몇 번 숲을 찾았다. 그때마다 의심스럽고 회의에 찬 시선으로 사방을 둘러보고 마치 오래전에 숨겨둔 무엇인가를 찾는 듯이 이곳저곳을 돌아다녔다. 서쪽 능선의 끝으로 올라 무덤들을 살펴보기도 하고, 편백나무가 빽빽한 오솔길을 따라 길이 끊어진 곳까지 가보곤 했다. 동쪽의 진달래밭에서 북쪽으로 향하는 사면은 청미래덩굴로 가득했지만 그는 기어코 가시덤불을 헤치고 마을로 이어지는 대숲까지 내려가보기도 했다. 가끔 큰길로 내려서서 숲 전체를 눈으로 가늠하기도 했고, 다시 입구를 찾아 주머니에서 구겨진 작은 지도를 찾아들고 진입로를 확인하기도 했다. 그는 숲을 떠날 때 언제나 뭔가 아쉬움과 홀가분한 기분이 겹쳐지는 듯한 표정을 짓곤 했다.

그는 이방인으로 살아본 적이 없었다. 오랫동안 터를 잡고 살아온 사람들이 보내는 시선이 숲을 둘러싸고 있다. 낯설다. 그 이물감은 이곳에서 머무는 한 죽을 때까지 없어지지 않을 것이다. 처음부터 그랬다. 서울에서 가장 먼 곳. 그가 숲을 찾은 이유다. 더 비관적이고 자학적인 수사를 찾아내자면 위리안치圍籬安置. 하지만 굴참나무와 소나무가 둘러쳐진 숲 가운데 들어앉아 새삼스레 탱자나무로 두른 담장을 꿈꿀 이유는 없었다. 이곳까지 와야 했을까? 그는 기를 쓰고 자신으로부터 도망치려 하고 있었다. 산다는 것에 대한 회오를 품은 순간이 적지 않았지만 그때만큼 밀도가 짙었던 적은 없었다, 그렇다고 생각했다. 그는 조로하고 있었다. 겨우 50 중반이었음에도 중늙은이의 모습을 감출 수 없었다. 희끗한 머리는 반백을 넘어섰고 살집 하나 없는 체구와 푸석한 얼굴이 나이보다 훨씬 더 늙어 보이게 했다. 겉모습 때문이 아니었다. 그는 회의에 발목이 묶인 채 비틀거리며 달려야 하는 경주를 하고 있었다. 사물에 대한, 인간에 대한 의심과 회의의 시선을 한 번도 거두어들인 적이 없노라고 스스로 말했던 것처럼 회의와 의심이 그가 살아가는 이유이자 방편이었다. 그 어떤 절실한 감정도 지나고 보면 절대적인 적이 없었음이 분명하지만, 그때는 밑도 끝도 없이 더 근원적인 회의에 맞닥뜨렸다고 생각했다. 머릿속은 텅 빈 채였고 삶에 대한 막연한 불안과 혼란의 잡음들이 귓속에서 반복적인 음을 만들어내고 있었다. 시시때때로 도무지 원인을 찾을 수 없는 결과에 망연해하며 그는 숲의 끝자락을 바라보았다. 그곳엔 여전히 한 뼘이 채 못 되는 만의 작은 조각이 접시처럼 떠 있었다.

한동안 모습을 보이지 않던 그가 다시 숲을 찾은 건 찬바람이 거세지기 시작할 무렵이었다. 이전보다 창백해진 얼굴에 표정이 밝아 보이지는 않았지만 몸짓과 걸음걸이는 전보다 거침이 없었다. 익숙한 곳을 방문하는 자만이 갖게 되는 자연스러움이거나 자신만의 공간에 머물러 있는 자의 여유로움이었다. 두 팔을 벌려 나무와 나무 사이를 재고 큰 걸음을 옮기며 숲을 가로지르고 나서, 그는 챙겨온 노끈을 찾아 네 그루의 나무를 엮기 시작했다. 사방으로 열 걸음의 공간. 가는 끈 몇 가닥이 공간을 단절하는 단호한 선언이 되었다. 참나무와 소나무 몇 그루가 베인 곳에 하늘이 열리고 그곳은 인간의 땅이 되었다. 애초부터 숲은 인간의 점령지 일부였다. 숲의 한쪽을 헐어 세상과 이어진 끈이 만들어졌다. 끈이 가늘고 길수록 단절의 공간은 더 밀폐되고 유폐의 삶은 더 풍요로워질 것이다. 그는 심호흡을 하고 나서 거두를 들어 다시 나무를 베기 시작했다.

그가 가진 것은 도끼와 톱, 그리고 망치와 작은 끌 한 자루이다. 그걸로 집을 지을 생각은 아니었을 것이다. 그러나 굵은 소나무 둥치들은 몇 번의 톱질로 쓰러져 기둥이 되고, 길고 곧은 졸참나무는 그대로 대들보가 되어 하늘에 매달린 신세로 전락했다. 가늘고 긴 소나무들이 차례로 잘려나가 공중에 매달린다. 빗겨 박은 나무들이 서로를 지탱하기에도 버거운 듯 뒤틀릴 때마다 새로운 나무들이 덧붙여진다. 대강의 구조가 모양을 갖추자 그 위로 서까래들이 듬성듬성 박힌다. 엉성하게 구획된 공간의 한가운데에 서서 그가 하늘을 올려다본다. 몇 개로 나누어진 파란 하늘 사이로 높이 떠 있는 작은 점 하나가 반짝이며 서까래를 가로지른다. 그는 아직 숲 위의 까마득한 높이에 비행기 길이 나 있다는 것을 알지 못한다. 푸른 하늘을 오가는 작고 흰 점들이 그의 향수를 부추기리라는 것을.

지붕에는 양철판이 덮인다. 휘어진 나무를 따라 골 진 양철판이 춤을 춘다. 마지막 양철판이 올려지자 지붕은 눈부신 거울이 된다. 양철지붕은 가을이 되어 딱, 떼구르르 하는 소리를 내며 떨어지는 도토리들의 친절한 안내자가 될 것이다. 마지막 지붕널을 올리자 비가 오기 시작했고, 양철판을 두드리는 요란한 빗소리에 그곳은 비로소 인간의 숨길을 피할 수 없는 숲의 일부가 되었다. 토막 난 나무들을 한쪽으로 치우고 나뭇가지를 거두어낸 뒤, 사방이 트인 헛간의 한가운데 앉아 남은 담배를 찾아 피우며 그는 몸 누일 자리를 찾는다. 긴 하루가 지나간다.

담벼락도 없이 덜렁 양철지붕만 있는 헛간으로 끝날 일이 아니었다. 겨울이 끝을 보이고 남녘의 바람이 불기 시작하는 이른봄, 숲을 치고 올라온 건 거대한 포클레인이었다. 끊어진 길을 잇기 위해 가파른 언덕을 무너뜨릴 때, 구절초들이 굴삭기의 발톱 아래 스러져갔다. 무더기로 핀 구절초의 꽃이 떨어지고 잎이 사라지자 어느 게 그 뿌리인지 찾지 못했다. 쇠날 끝으로 털어낸 진달래를 몇 포기 건져냈을 뿐. 아까시나무들은 낱낱이 거두어 길이 될 골짜기 밑에 묻혔다. 그보다 더 많은 풀이 땅속으로 다시는 얻지 못할 생명을 거두어들였다.

땅이 파헤쳐지기 시작하자 고집스러운 그의 눈빛이 흔들리기 시작했다. 풀뿌리와 벌레들을 품은 부엽토가 거두어지자 털가죽으로 덮인 동물의 살덩이처럼 핏빛의 황토가 드러났다. 흙을 떠내자 갓 잘라낸 고깃덩어리와 같은 붉은 육질이 켜켜이 그 모습을 보였다. 축축하고 부드러운 흙을 둘러엎을 때마다 신선한 고기 냄새가 바람을 타고 퍼졌다. 땅속에 숨겨져 있던 나무뿌리들이 산발한 머리를 드러냈다. 그 뿌리들도 낱낱이 거두어져 골짜기 아래 버려졌다.

어느 순간 그가 멈칫거렸다. 감추려 애를 썼지만 자신의 결정에 회의의 시선을 보내고 있음에 틀림없었다. 사람이 하는 일은 언제나 너무 지나쳐. 그렇게 말하는 짧은 순간 그는 인간의 언어 뒤로 숨는다. 한때 그는 많은 말을 하고 살았다. 말을 앞세우고 자신을 그 속에 파묻었다, 그의 말이 가시가 되어 그 자신을 찌를 때까지. 말이 주는 상처를 삭이느라 말이 주는 위안을 잊고 산 지가 너무 오래다. 하지만 숲은 아직 포기하지 못한 그의 언어마저 깨끗이 사라지게 할 것이다.

황토를 거두어내자 밝은 브라운의 마사토가 나오기 시작했다. 노란색과 흰색의 부슬부슬한 흙 입자들이 황토와 섞여 바닥에 깔렸다. 땅엔 돌 하나가 없다. 가끔 황토 속에 박혀 있던, 주먹보다 작은 석영암이 흰빛을 띠고 굴러나왔을 뿐이다. 남아 있는 나무들도 무사하지 못했다. 집터에서 불과 두어 걸음 떨어진 곳의 나무들은 한쪽 가지들을 희생해야 했다. 레미콘 트럭의 위세에 몇 개의 나뭇가지가 더 잘려나갔고 펌프 카가 들어오며 또다시 몇 개의 나뭇가지가 희생되어야 했다.

숲의 한가운데 잘린 나무둥치에 앉아 듬성듬성 붉은 황토가 드러난 땅을 바라보는 그의 눈빛은 여전히 불안감을 감추지 못했다. 그는 나무 사이로 푸른 만을 바라보며 겨우내 꿈꾸었던 생각들을 숲에 펼쳐놓는다.

밭 한가운데 싸릿가지로 엮은 둥근 담장이 둘러쳐진 초가삼간. 아궁이 딸린 부엌과 안방과 윗방이 두 쪽의 미닫이로 나누어진 집. 대청도 없이 남쪽을 향해 방문턱에 딸린 작은 툇마루 하나가 누릴 수 있는 사치의 전부였던 그 집은 세상에서 가장 작고 소박했다. 그가 그린 집은 어릴 때 방학이면 찾아가던 외가였다.

외할머니 품에서는 언제나 담배 냄새가 났어. 외할아버지는 더 짙었지. 겨울이면 윗방에 담배가 가득 널려 있었어. 그걸 내외가 겨우내 몽땅 피워댔지.

냄새는 다른 기억을 다 합친 것보다 더 짙었다. 기억은 그가 품을 수 있는 유일한 삶의 그림자였다. 과거를 기억하는 순간 그는 자신으로 돌아갈 수 있었다. 그럴 수 있다면 그는 기억의 초가를 지을 생각이다. 나무는 지천이다. 소나무를 솎아내면 기둥과 중방거리는 충분할 것 같고, 질 좋은 황토는 그 자리에서 파내기만 하면 된다. 간척지 수로에 가득한 갈대를 베어 이엉을 엮을 수 있다면 볏짚보다 좋을 것이다. 그는 햇빛이 잘 드는 툇마루 끝에 앉아 세월 다 보낸 노인이 된 듯 건넛산을 망연히 바라보았다.

기억과 상상의 날개는 물질의 단단한 현실에 닿으면 그대로 추락하고 만다. 초가삼간은 기억의 풍경이었을 뿐이다. 문명이 복잡할수록 단순함은 불편함으로 기억되고 불편

함과 수고로움은 문명에 저항하는 자연으로 표상된다. 집을 둘러싼 세계관은 그렇게 결정된다. 그러나 욕망은, 그것이 문명을 향한 것이든 자연을 향한 것이든, 도달 가능한 경제적 수위에서 조절되기 마련이다. 자연에 대한 욕구도 거기서 벗어나지 않는다. 나무와 흙벽, 그리고 짚으로 엮을 이엉이 효율성과 경제성의 영역을 벗어날 때, 과거의 소박함은 현재의 사치로 둔갑한다. 게다가 혼자 감당할 수 없는 목재와 치대고 버무려야 할 흙일, 끝이 보일 것 같지 않은 마감처리 등 갑자기 초가삼간은 엄청난 값을 부르는 골동품으로 전락한다. 자연과 과거를 끌어안은 그럴듯한 공간의 풍경은 경제성과 효율성이란 이름으로 폐기된다. 나무와 돌, 흙과 풀로 엮는 집이라고? 초가삼간의 소박한 삶에 대한 욕구만큼 사치스러운 욕망도 없다는 걸 그가 정말 몰랐을까?

꿈을 포기하자 집은 비로소 구체적인 현실이 된다. 기억과 바람으로 물질은 채워지지 않는다.

선을 긋고 말뚝을 박고 줄을 띄워 공간을 분할한다. 선으로 구획된 가상의 공간은 3차원으로 성장한다. 공간에 대한 지각은 시시각각 달라진다. 땅에 선을 그을 때, 벽체가 섰을 때, 지붕을 닫을 때, 동일한 공간은 축소와 확대를 거듭한다.

집은 공간을 나눈다. 안과 밖. 밖을 배제하고 안을 선택하는 일이다. 공간의 크기는 나와 타자 사이의 놓일 단절의 강도에 따라 결정된다. 단절의 강도가 높으면 공간은 줄어들 것이다. 단절의 강도가 낮으면 공간은 늘어날 것이다. 내면에 대한 집착이 클수록 단절의 공간은 더욱 작아진다. 닫힌 공간에 대한 욕구는 필연이다. 집은 개인을 발견하는 공간이기 때문이다. 밖을 향해 문을 걸어 잠그는 순간 비로소 자신의 존재가 확인된다. 폐쇄의 공간 속에서 인간은 안도의 숨을 들이쉬며 밖을 향해 저항할 수 있는 힘을 비축한다.

'열린 공간으로서의 집'이란 내면의 너그러움을 장식하는 수사일 뿐. 외면에 대한 배려가 많아지면 공간은 커진다. 단절의 범위가 결정된다. 그렇게 정의할 수 있다면 집의 크기는 사회적 욕구와 비례한다. 큰 집에 대한 욕구는 경제적인 이유가 아니라 안쪽의 공간에 끌어들일 밖의 요소들이 많기 때문이다. 화려한 대문, 손질된 정원수와 다듬어진 잔디, 현관, 마당이 보이는 통창, 장식장이 놓인 넓은 거실. 개인적 취향이라는 말은 착각이다. 시선의 취향일 뿐. 거기에는 일상의 필요나 문화적 욕구, 경제적 과시가 포함되지만 그 모든 것의 진정한 이유는 완전한 단절, 폐소의 두려움이다. 단절의 강도를 높이기 위한 폐쇄의 공간은 내면의 욕구가 아니라 외부로부터 오는 시선의 강제에 의해 이루어진다.

그는 생각을 멈추고 자신을 타이른다. 더이상 생각을 말아야 해. 집을 짓고 싶다면 말이지. 나무들이 불안한 시선으로 그를 내려다본다.

숙소에 돌아온 그가 굼벵이처럼 몸을 웅크린 채 엊그제 지핀 아궁이에 남아 있는 미열을 찾아 아랫목을 파고든다. 이불 속에서 그는 자신이 들어앉을 최소한의 공간을 가늠한다. 이제 시작이야. 기둥을 세우고 벽을 막고 지붕을 올리면 되는 일이지. 그러면 금방 끝나는 일이지. 그는 흙더미 속의 벌레처럼 잠이 들었지만 곧 거인이 되어 깨어난다. 땅을 파고 흙으로 담을 쌓고 나무를 굴려 세우고 댓가지를 엮어 씌우고 거기에 마른풀을 얹는다. 그가 안으로 들어가 눕는다. 무릎이 드러나고 어깨가 비집고 나온다. 그가 기둥을 들어 한 걸음 넓히고 이엉을 엮어 지붕에 올리고 다시 들어가 눕는다. 몸을 구부려 넣어보지만 집은 그의 몸을 가리지 못한다. 그는 남은 나무를 모아 지붕 끝에 서까래를 덧대 한 칸을 늘린다. 다리를 부엌에 두고 몸을 방안에 우겨넣어보지만 얼굴은 여전히 담벼락 밖이다. 그가 손을 뻗어 남아 있는 마른풀을 모아 얼굴에 올려놓는다. 더이상 꿈을 꾸지는 않을 것이다. 어디까지가 최소한인지 아무도 몰라. 그가 숨을 쉴 때마다 조금씩 지붕이 들썩인다. 시간이 서서히 멈춘다. 어느 날 동네 꼬마들이 숲에 숨어든 그를 찾아낸다. 댓가지를 걷어치우고 마른풀을 조심스럽게 들춰내 그를 발견한다. 그와 눈이 마주치자 아이들이 놀라 도망친다. 그가 일어나 앉았을 때 호기심을 이기지 못한 아이 하나가 돌아와 그를 들여다본다.

여기 살아요? 내가 살아 있다면. 여기서 뭐 해요. 아무것도. 그럼 죽은 거예요? 그럴 수도. 사람들을 부를까요? 아니, 제발 그대로 돌아가줘.

그가 애원한다. 아이가 그의 머리에 흙을 덮고 솔가지를 모아 몸을 덮는다. 아이는 그날 밤 거인의 꿈을 꿀 것이다. 꿈속에서 그는 아이에게 다그친다. 아무에게도 이야기해선 안 돼. 아이는 깨어나서도 그를 기억하지 못할 것이다. 그는 숲에 오래 머물 수 있을 것이다.

그가 홀로 집을 짓기 시작했을 때 봄이 오고 있었다. 봄은 고양이보다 더 나른하게 숲에 내려앉았고, 그는 어느 때보다 자유로워 보였다. 그는 한때 목수였을지도 몰랐다. 짙은 카키색의 질긴 천으로 만들어진 가방은 여기저기 낡고 해져 그만큼의 관록을 보여주고 있었다. 그는 가방을 열고 연장을 꺼내 하나씩 점검하기 시작했다. 머리가 반들반들해 움켜쥐면 그대로 미끄러질 것 같은 대패, 끝이 닳아 뭉툭해진 장도리, 톱날을 갈아끼울 수 있는 손톱(그는 아직 쓸 만했지만 한동안 쓰지 않아 붉은 녹이 선 날을 빼버리고 그 자리에 새 톱날을 갈아끼웠다), 못을 뺄 수 있는 작은 빠루, 폭이 넓은 평끌에서 작고 둥근 끌까지 한 줄로 들어 있는 끌집, 당겼다 놓으면 휘릭 하고 기분 좋은 소리를 내며 빨려들어가는 줄자, 직각 모서리가 무뎌진 삼각자, 쥐처럼 생긴 나무 먹통, 대장간에서 맞춰 그 말고는 아무도 가지고 있지 않은 날끝이 둥근 자귀. 그리고 그의 연장 중에서 그래도 아직 그런대로 쓸 만하고 믿음직스러운 연장인 그의 양손을 펴고 들여다보았다. 끝이 갈라지고 뭉툭한 손가락 끝은 작은 실금들이 거미줄처럼 얽혀 있고, 손바닥의 가운데는 굳은살이 노란색으로 박여 있다. 손에 연장이 들릴 때면 그는 언제나 물질의 진정한 결합을 꿈꾸었다. 그는 빈손을 몇 번 쥐락펴락하고 나서 연장들을 하나씩 가방에 도로 담기 시작했다.

집을 짓는 일은 다른 물리적인 일들과 마찬가지로 중력에 저항하거나 타협하는 일이다. 그것이 그가 알고 있는 집짓기의 유일한 원칙이다. 그는 바닥에서 짠 벽체를 들어올리면서 중력의 실체를 절감했으며, 그때마다 그의 육체가 중력과 타협할 수 있는 적절한 방법을 찾아내야만 했다. 중력은 일과 노동 그 자체이기도 하지만 집이 스스로 감당해야 할 몫이기도 하다. 집이 중력을 버티지 못하면 무너져내릴 것이다. 기둥과 벽체를 똑바로 세워야 하는 이유가 중력에 저항하는 가장 큰 힘이 수직이기 때문이라는 간단한 사실은 결코 망각될 수 없다.

어디 집뿐일까. 사는 것도 다르지 않아. 아침에 눈을 뜨고 일어나 숟가락을 뜨고 몸을 움직여 일을 하는 것 모두 중력에 저항하거나 타협하는 일이지. 사는 게 버겁다면 그건 곧 중력에 저항할 힘이 없다는 뜻이야. 말하자면 중력은 인간의, 아니 살아 있는 생명들의 숙명과도 같은 것이지. 힘이 들면 사람은 주저앉거나 누울 수밖에 없어. 중력과 타협할 힘조차 남아 있지 못하면 더이상 살아갈 수 없는 것이지.

그렇게 중얼거릴 때면 일상의 오랜 경험이 쌓인 사람들이 그렇듯 그는 대단한 진리를 말하는 것처럼 의미심장한 표정을 짓곤 했다.

그가 망치를 내려놓고 자신이 세운 벽체를 바라본다. 직사각형을 셋으로 쪼갠 공간은 각각 방과 마루와 부엌이 될 것이다. 부엌을 갈라 화장실을 만들고 방에 덧대 아궁이 부억을 만든 게 전부다. 타자를 혹은 타자의 시선을 배려한 공간은, 그곳에 없다. 아니, 없어야 한다. 그는 자신만의 집을 짓고 싶었다. 공간에 의미와 상징이 깃들면 그건 나를 위한 집이라고 할 수 없어. 그는 인간의 모든 일은 자연의 물질을 인간의 쓰임으로 전환하는 일이라고 믿는다. 아니다. 취향과 욕망마저 쓰임의 하나라면 이야기는 달라진다. 욕망의 수위를 적절히 조절하는 방법을 인간은 아직 발견하지 못했다. 그는 서둘러 담배를 비벼 끄고 쓸데없는 생각을 떨치려 자리에서 일어난다.

기계톱의 날카로운 소리가 다시 숲을 울린다. 봄부터 시작된 집짓기는 한낮의 해가 뜨거운 여름을 맞고도 끝이 보이지 않는다. 손놀림이 빨라질수록 점점 더 빨리 지쳤고, 오후가 되면 망치를 내버리고 주저앉는 일이 빈번해졌다. 그럴 때마다 그는 점점 늘어나는 공간의 부피를 바라보며 흐뭇한 표정을 지었지만, 그것으로 다시 힘을 얻기에는 아무래도 버거웠다. 게다가 익숙하지 않은 연장들, 이를테면 스킬이나 네일 건 따위를 다루어야 하는 번거로움이 그의 몸을 더 지치게 했다. 기계의 효율성에 감탄하는 순간 맹렬하게 돌아가는 회전운동에 살의를 느끼는 게 그만은 아닐 것이다.

한낮의 더위가 숲의 서늘한 공기에 물러갈 즈음, 그는 하루의 일을 끝내고 언제나처럼 아직 바닥이 고르지 않은 마당에 주저앉는다. 연장을 챙기고 주변을 정리할 시간이었지만 몸이 움직이지 않는다. 땅거미가 내려앉고 사방에서 슬금슬금 어둠이 몰려오기 시작한다. 땀이 식으며 오한이 나기 시작하자 그는 주머니에서 구겨진 종이를 꺼내 불을 붙이고 나무토막 몇 개 주워 그 위에 올려놓는다. 불은 그 자체로 위안을 준다. 가까이 서 있는 졸참나무의 줄기가 붉게 타오른다. 불이 사윌 때마다 나무들이 멀어지고 그는 몇 개의 나무를 던져 넣는다. 몇 개 남은 나무가 채 타지도 않은 채 다시 사위어간다. 갑자기 풀벌레 소리도 들리지 않고 어둠의 적막이 조여온다. 순간 그는 두려움에 휩싸인다. 숲은 어둠을 빌미 삼아 으스스한 이야기를 풀어놓는다. 숲의 검은 그림자들이 꿈틀대고 희미한 빛들이 일어나 달려든다. 그가 자동차의 라디오를 켜고 돌아서는 순간 숲의 푸른 정령들이 날아든다. 생명의 리듬에 따라 깜빡이는 반딧불이 두 마리가 커다란 원을 그리며 맴돌고 있다. 두려울 것 없어, 생각하지 않으면. 그저 살아 있기만 하면 돼. 푸른 점은 오래도록 그의 곁에 머문다.

새벽 2시쯤이면 그는 어김없이 잠자리에서 일어나 밖으

로 나갔다. 한밤중에 깨어도 이미 댓 시간은 자고 난 후였다. 낮의 노동을 끝내고 돌아와 저녁을 먹자마자 그대로 쓰러져 잠든 탓이다. 숲을 향해 잔뜩 부풀어오른 방광을 비우며 그는 배설의 쾌감을 만끽한다. 밤하늘의 별들. 나뭇가지마다 붙어 있는 별들이 영락없이 크리스마스트리의 불빛이다. 그는 더 많은 별을 보기 위해서 밭가에까지 내려가곤 했다.

어느 날은 마당 가득히 내려앉은 달빛을 보기도 했다. 그날 그는 들어와 눕자마자 꿈을 꾸기 시작했다. 그러곤 다음 날 숲으로 가 간밤의 꿈 이야기를 들려주었다.

마을 뒤편 곧고 큰 소나무들이 늘어서 있는 숲에는 늘 깊은 그늘이 드리워져 있었지. 마치 깊은 동굴을 들여다보듯 한없이 어둠으로 이어지는 골짜기 같은 곳. 그곳으로 가고 있었어. 그 숲속에서 목수들이 집을 짓고 있었어. 나무를 나르고 자르고 켜고 대패로 다듬고 자귀로 쳐내는 작업이 한창이었지. 모두들 자신이 맡은 일에 열중하느라 누가 오는지 가는지 눈길도 주지 않았어. 거대한 집이 숲속에 지어지고 있었는데, 상상할 수 없을 만큼 컸어. 마치 궁궐 같았지. 끝이 보이지도 않았으니까. 기둥이 연이어 늘어서 있고 기둥과 기둥 사이에 걸친 들보들이 한없이 이어져 있었지. 그때 알았어. 이건 꿈일 거라고. 꿈같은 집이었으니까. 집은 숲으로 이어졌지. 기둥들이 어두운 숲속으로 사라지고 있었어. 기둥을 하나씩 세며 걷기 시작했지. 숲으로 들어갈수록 기둥과 들보들은 살아 있는 나무와 이어져 있었어. 대패질이 되어 있는 나무 기둥이 대들보로 이어지고 서까래에 닿으면 거친 껍질이 그대로 남아 있는 나무들과 한데 얽혀 있었던 거지. 숲이 깊어질수록 나무 기둥들은 땅에 뿌리를 내리고 있었고 가지가 돋아나 있었어. 살아 있는 나무를 기둥으로 삼았을까? 그건 아니었어. 오래전 세워둔 기둥에 이끼가 끼기 시작했고, 그 틈으로 싹이 자라고 나뭇가지가 나오고 껍질이 생겨 살아 있는 나무로 돌아가고 있었던 거였지. 한쪽에서는 목수들이 집을 짓고, 또 그들이 짓는 만큼 다른 쪽에서 숲의 나무가 되어가고 있었던 것이지. 이건 말도 안 돼. 그러다 깼어.

이야기를 들려준 후에 그의 어깨는 더 처져 보였다. 어쩌면 인위의 수고로움이 결국은 자연의 숲으로 되돌아갈 것이라는 인간의 오랜 불안이 그를 사로잡았는지 모르겠다. 아니면 모든 삶의 행위에 대한 덧없음을 너무 늦게 깨닫고 있는 것인지도 몰랐다.

봄부터 시작된 일은 여름이 지나서도 끝날 기미를 보이지 않았다. 오랜 노동을 견디게 하는 건 반복적 일상이다. 숲에서 일렁이는 바람에 흔들리는 나뭇잎처럼 주어진 조건에 이리저리 흔들리며 견디는 것뿐. 그는 점점 더 말이 없어졌다. 집이 완성되어가는 그만큼.

그가 지붕에 올라가 있다. 바라보기에도 아슬아슬한 높이에 서 있기도 힘든 가파른 경사면에 간신히 달라붙어 있다. 다락을 올린 집은 그만큼의 높이로 뾰족 솟은 박공지붕을 하고 있다. 훨씬 큰 나무들 덕에 숲 한가운데 솟은 지붕이 도드라져 보이지는 않지만, 지붕의 물매는 서 있기조차 어려웠다. 가을 초입, 뜨거운 태양의 열기가 회녹색의 아스팔트 싱글을 한껏 달구었다. 싱글을 박고 있는 그의 손에는 망치가 들려 있고, 허리에는 작은 못 주머니를 차고 있다. 못을 박을 때마다 거꾸로 매달리다시피 한 그의 얼굴이 붉게 충혈된다. 지붕 꼭대기에 매어져 있는 나일론 끈이 허리에 묶여 있지만, 혹여 떨어지기라도 한다면 땅에 추락하기도 전에 허리가 졸려버릴 것 같았다. 그는 이따금 잔뜩 긴장된 종아리의 근육을 풀기 위해 용마루 꼭대기에 걸터앉아 바다를 바라본다. 숲에 가렸던 만이 높이만큼 한 뼘 더 푸른빛을 보여준다. 바다는 입이 넓은 사발을 닮았다. 바다를 막아 제방을 쌓은 아래쪽의 호수가 굽이 되어 바다를 받치고 있다.

그때 언덕 아랫길을 따라 백발의 노인이 흐느적거리며 올라오는 게 보인다. 한 손에는 지팡이를 짚고 다른 손에는 주전자를 든 채. 가끔 숲에서 들리는 망치질 소리와 기계톱 소리에 궁금증을 참지 못한 마을 사람들이 불쑥 올라오곤 했다. 그때마다 그는 겉으로는 애써 웃는 얼굴을 했지만 짜증 섞인 표정을 감추지 못했다. 이것저것 물어오는 물음에 건성건성 대답하면서 올라오는 언덕을 더 가파르게 만들 걸 그랬다고 후회하곤 했다.

노인이 지붕 위에서도 들릴 만큼 거친 숨을 내쉬면서 마당에 놓인 플라스틱 의자에 주저앉는다.

여긴 도저히 못 올라오겠구만.

지팡이를 짚은 노인이 올라오기에 쉬운 길이 아니었을 것이다.

어여 내려와. 이거 마시고 하게.

노인은 챙겨온 컵을 탁자 위에 내려놓고 흔들리는 손으로 간신히 무언가를 따른다. 그가 허리에 맨 줄을 풀고 내려가자 노인이 컵을 내민다. 플라스틱 컵 속에 뜬 식혜의 밥알이 금방이라도 밖으로 튀어나올 듯 흔들린다. 풍을 앓고 있는 게 틀림없다.

어째 혼자 일을 한다요. 이 더운 날씨에.

노인이 걱정스러운 표정으로 그를 바라본다. 컵을 받아 든 그의 손이 가볍게 떨린다. 노인은 한 잔을 더 따라주고는 자리에서 일어난다. 노인의 뒷모습을 바라보는 그의 표정이 미묘하게 일그러진다.

그가 집들이를 하겠다고 한 건 뜻밖이었다. 머물던 아랫동네의 사랑채에서 이불이며 옷가지를 새집에 가져다놓은 뒤였다. 이웃 아짐에게 부탁해 막걸리를 담그고 쌀을 불려 방앗간에서 시루떡을 맞추고 돼지고기로 수육을 삶아놓은 뒤 그는 동네 사람들을 불렀다. 모두 열셋. 한 사람도 빠지지 않은 마을 사람 전부였다. 대개는 7, 80대 노인들이었으며 90의 노인도 둘이었다.

그날 그는 굴참나무 아래 탁자에 둘러앉은 마을 사람들이 그를 축복하는 기도를 들었다.

짝

집을 짓는 일이 고되었는지 저녁을 차리고 허기진 배를 채우면 수저를 내려놓기 무섭게 잠이 쏟아졌다. 그러던 것이 더이상 힘을 쓸 일도 없고 하루종일 하는 일도 딱히 없음에도 초저녁이 되면 여지없이 눈꺼풀에 대들보가 올라앉았다. 잠자는 시간이 빨라진 만큼 아침에 일어나는 시간도 일러졌다. 너무 이른 시간에 깨어 더이상 잠을 청할 수도 없고 그렇다고 일어나 움직이기에는 한밤중인 때가 잦아졌다. 새벽 2, 3시는 달빛이 가득한 마당을 거닐며 고즈넉한 분위기에 취하기에도 으스스한 시간이었고, 책을 읽거나 낮에는 볼 수 없는 장면으로 채워진 티브이를 보기에도 한심한 시간이었다. 이런 증세가 병적이라고 할 수는 없었지만 노동에서 온 습관인지 아니면 나이를 먹은 탓인지 구분할 수 없었다. 어쨌든 해가 뜨기 전부터 부산하게 바지런을 떠는 노인들과 다를 바 없었다. 다시 잠을 청하기 위해 언제 딴 것인지 기억도 할 수 없는 반병쯤의 소주를 비우거나 누군가가 가져다준 과일주를 홀짝거리는 짓도 영 할 게 못 되었다. 어쩌다 다시 자리에 누우면 선잠이 들곤 했는데, 그럴 때는 꼭 도무지 이해할 수 없는 상황(휴지 없는 화장실, 끝나버린 시험 시간, 두 번째 소집된 군대)에 맞닥뜨리거나 끔찍한 꿈을 꾸곤 했다.

그때부터 잠꼬대가 시작되었을 것이다. 단순히 웅얼거리거나 소리를 지르다 잠에서 깨는 정도는 그럴 수도 있겠다 싶었다. 하지만 증세가 심각하다는 것을 깨달은 것은 어느 날 발 앞에 굴러온 공 때문이었다. 전후 상황을 모르겠으되 넓은 운동장을 거닐다 발 앞에 굴러온 공을 있는 힘껏 걷어찬다는 것이 그만 벽을 차게 되었고, 그 즉시 엄청난 고통이 현실의 발끝에 전해졌다. 발가락이 부러지지 않은 게 다행이었다. 발가락은 그렇다 치고 이런 증세에 직접적인 피해를 입은 사람은 가끔 내려와 머물던 아내였다. 골목길에서 낯선 사람들에 둘러싸여 싸움이 벌어졌고 그중 한 놈을 사정없이 두들겨 팬다는 것이 옆에서 자고 있던 아내였던 것이다. 한두 번쯤은 그러려니 하고 넘어갈 수 있었지만 그런 일이 매일 벌어졌다. 같은 이불을 덮고 자는 아내에게는 두려운 일이 아닐 수 없었다.

렘수면 장애. 아내가 일러준 병명이었다. 렘수면은 근육이 완전히 이완되어 있는 상태의 수면을 말한다. 생리적으로는 활성화된 상태로 호흡과 심장 활동이 깨어 있을 때와 유사하지만 안구가 빠르게 움직이면서 잠든 상태를 렘수면이라고 하는데, 그건 눈알 말고 다른 기관이 움직이면 안 된다는 뜻이다. 꿈속에서 공을 걷어차거나 누군가를 두드려 패면서 손과 발을 움찔거린다면 그게 렘수면 행동 장애란다. 아마 대개의 사람들이 한두 번쯤 그런 경우를 경험했을 테지만 매일 그렇다면 간단한 문제가 아니다. 오랜 시간 방치하면 파킨슨병, 루이 소체 치매, 뇌졸중 등이 올 수 있다고 어딘가에 적혀 있다. 단순한 잠꼬대가 심각한 병일 수 있다는 이야기다. 하지만 그뿐이다. 고칠 수 있는 뾰족한 방법은 어디에도 나와 있지 않으니 대책은 없는 거였다.

꿈속에서 어떤 일이 벌어지는지 알 수 없었다. 대개의 꿈은 기억되지 않기 때문이었다. 증세는 시간이 가면서 더욱 심해졌다. 움직임의 범위가 늘어나고 행동은 더 거칠어졌다. 한번은 문을 열고 나가려다 무릎과 이마를 동시에 벽에 부딪혔고 그대로 방바닥에 나동그라졌다. 벽에 부딪히는 순간은 꿈이었지만 나동그라질 때는 현실이었다. 또 어느 날은 일어나보니 거실이었다. 드디어 밖으로 나오는 데 성공한 것이다. '드디어'라고 말한 것은 일종의 병적 증세에 대항하기 위한 그의 의지의 표현이다. 도무지 어찌할 수 없다면 갈 데까지 가보자는 심정이었다. 몽유병이란 의지가 반영되어야 하는 수의근이 꿈속에서 제멋대로 움직이는 것이고, 그렇다면 그 무의식의 세계를 거닐 수 있는 절호의 기회가 온 셈이 아닌가? 그렇게 생각하며 호기롭게 대처하기로 마음을 먹었지만 내심 걱정이 되지 않았다면 거짓말이다. 어찌 두렵지 않겠는가? 한밤중에 이불 속에서 일어나 문을 열고 밖으로 나가서는 숲을 거닐다 동쪽 끝의 절벽으로 굴러떨어지기라도 한다면 그대로 끝이었다. 생각만 해도 아찔했지만 꿈속에서의 행동을 관찰하거나 인식할 수 있기를 바랄 뿐이었다. 그는 꿈과 현실을 드나들며 살아갈 수밖에 없다는 현실을 받아들였다. 꿈이라도 기억할 수 있으면 다행이었다.

몇 달이 지나자 꿈의 영역은 더 넓어졌고, 꿈속의 세계와 현실을 구분하는 것이 점점 불가능해졌다. 꿈속에서 일어나는 일들은 현실과 다를 게 없었다. 일어나보면 거실에 앉아 책을 보고 있는 자신을 발견하거나 숲길 끝에서 오줌을 누고 있는 또다른 그를 만나기도 했다. 가끔 동네 사람들을 마주쳤고 도무지 만난 기억이 없는 낯선 사람을 만나 반갑게 인사를 나누기도 했다. 꿈과 현실을 구분할 수 없는 것처럼 깨어 있는 것인지 자고 있는 것인지도 당연히 알 수 없었다. 깨어 있는 순간조차 꿈속에서 깨어 있는 것인지 꿈을 꾸고 있는 것인지 알 수 없다면, 꿈과 현실을 구분할 근거는 도대체 어디서 찾을 수 있을까? 동시에 기억의 영역이, 정확히 말하면 기억이 놓여 있어야 할 자리가 사라졌다. 깨어 있는 동안의 모든 행동은 기억으로 남지만 그 기억이 꿈속에 저장되어 있다면 현실 역시 꿈일 수밖에 없었다. 꿈속의 기억인지 현실의 기억인지 구분할 수 없는 순간, 현실과 꿈을 구분하는 경계조차 완전히 사라져버렸다. 이건 장자의 꿈과 같은 뜬구름 잡는 이야기가 아니다.

현실에 살건 꿈속에 살건 사는 건 마찬가지였다. 문제는 기억의 연속성이었다. 과거의 일들이 시간의 흐름에 따라 일렬로 늘어서 있다고 생각하는 것은 기억의 연속성 때문이다. 연속성이 사라진 기억은 과거와 현재를, 사건의 전후를 뒤섞어 마침내 사물의 존재에 대한 인식마저 모호하게 만든다. 이를테면 책상 위에 놓인 컵에 대한 기억, 정확히 언제 가져다놓았는지를 기억하지 못하면 컵의 존재에 대한 확신도 사라진다. 꿈과 현실의 경계가 흐릿해지면서 기억의 연속성이, 모든 사물의 연속성이 사라지기 시작한 것이다. 그런 현상이 시작될 기미를 보였을 때, 그는 꿈속의 기억을 버리고 현실의 기억만 가지려 했다. 하지만 꿈과 현실을 구분하지 못하면 그런 의지는 아무런 소용이 없었다. 게다가 어느 하나의 기억을 선택하는 순간 사물들에 대한 기억이, 그리고 그 존재의 당위성조차도 사라진다는 사실을 깨닫는 데는 그리 오래 걸리지 않았다.

처음엔 젓가락이었다. 언제나 주방의 창틀 위에 놓여 있는 수저통 속의 젓가락은 대략 일곱 쌍쯤이었다(정확히는 모른다. 그걸 아는 사람도 있을까?). 한두 쌍으로 충분하지만 어느 집이나 손님이 오는 경우도 있고 미처 설거지를 끝내지 못한 젓가락도 있을 테니 그 정도의 예비 젓가락은 언제나 수저통에 꽂혀 있어야 했다. 설 연휴가 끝나고 난 다음날이었던가, 저녁상을 차리려다보니 수저통의 젓가락이 딱 2개가 남아 있었다. 문제는 그게 짝이 맞지 않는다는 거였다. 설거지통에는 짝이 맞지 않는 젓가락이 밥풀이 묻어 있는 채로 잠겨 있을 게 틀림없었다. 그는 짝이 맞지 않는 젓가락으로 저녁을 대충 때워야 했다. 이튿날 아침상을 차리려 수저통의 젓가락을 집어들었는데, 하나씩 꺼낸 젓가락 중 짝이 맞는 걸 도저히 찾을 수 없었다. 기억하기로 젓가락은 두 종류였고 각각 세 짝과 네 짝이었다. 그렇다면 수저통에서 무작위로 2개를 집어 짝이 맞을 확률은 반반이어야 했다. 하지만 아무리 2개를 새로 집어들어도 짝이 맞지 않았다. 급기야는 젓가락을 몽땅 꺼내 짝을 맞추어보다가 맞는 게 하나도 없다는 걸 알았다. 게다가 젓가락은 13개뿐이었다. 그날 아침도 그는 짝이 맞지 않는 젓가락으로 어색한 식사를 마쳐야 했다.

이게 뭐 별일이라도 되는 양 말하는 게 한심해 보이겠지만 단지 젓가락 한쪽이 사라진 일일 뿐이라면 이런 일로 자판을 두드리고 있는 짓까지는 하지 않을 것이다. 사물의 존재가 흔들리기 시작하면 제일 먼저 쌍을 이루고 있는 사물의 한쪽이 사라진다는 단순하고 절대적인 진리가 발견되는 순간이었기 때문이다. 그리고 세상에는 생각보다 훨씬 많은 사물이 짝을 이루고 있다는 사실 또한 새삼 발견되었다.

두번째는 컵이었다. 젓가락은 헷갈릴 수 있으니 그럴 수도 있겠다 싶었지만 컵은 좀 달랐다. 부엌 싱크대 철제 선반 위에는 언제나 5개의 컵이 있었고 그중 2개만이 한쌍이었다. 나머지 3개도 한때는 짝이 있었지만 하나둘 깨지는 바람에 외톨이로 남은 컵이었다. 남아 있는 한쌍의 컵 중 하나가 갑자기 사라진 것인데, 그 컵은 큰 붓으로 붉은 튤립을 우아하게 그려넣은 머그잔으로 아내가 제발 이번에는 깨뜨리지 말라고 신신당부를 하며 전해주었던 컵이다. 틀림없이 아침에 들고 다니며 커피를 홀짝이다 어디엔가 놓아두었을 텐데, 집 안팎 갈 수 있는 모든 곳을 몇 번씩 둘러봐도 컵을 찾을 수는 없었다. 아내가 이 사실을 알면 눈을 흘기며 잔소리해댈 게 틀림없었다. 이제 선반 위에는 짝이 사라진 4개의 컵만 남게 되었다. 이런 일도 그저 있을 수 있는 일이었다. 어딘가 구멍이 난 일상의 건망증으로 치부하면 그만이었다.

그다음엔 정말 당혹스럽게도 신발이었다. 부엌에 보일러가 설치되어 있지 않아서 한겨울에 불기 없는 시멘트 바닥 위에 실내화 없이 맨발로 서 있는 일은 약간의 인내가 필요했다. 하늘색의 실내화는 부엌 입구에 가지런히 놓여 있어야 했지만 그날 발견한 것은 한쪽만 덩그러니 놓여 있는 외로운 실내화였다(한쪽만 남아 있는 신발이 그렇게 쓸쓸한 느낌을 주리라곤 그전에는 생각지도 못했다). 열댓 평 남짓한 공간에서 실내화 한쪽이 어디를 갈 수 있다는 말인가? 실내화를 신고 밖으로 나갔을 리도 없고 개나 고양이가 드나든 적도 없고 전날 밤 이후로 현관문을 열었던 기억도 없는데 실내화 한쪽을 도무지 찾을 수 없었다. 당연히 신발장부터 찾아보고 도무지 있을 리가 없는 싱크대까지 뒤지고 옷장 서랍까지 들춰보았지만 실내화는 보이지 않았다. "귀신이 곡할 노릇이네"라는 말을 몇 번씩 중얼거리며 급기야 마루 밑장까지 열어보았지만 정말 귀신이 곡할 노릇이었다.

여기까지 일이 벌어졌을 때도 그는 이런 일련의 사태에서 어떤 예시조차 떠올리지 못했다. 나 역시 마찬가지였다. 하긴 젓가락이나 신발 따위의 소소한 일상 용품들이 사라진 것이 무슨 대수일까? 아! 이쯤에서 그에 대해 이야기를 하고 있는 나에 대해 말해야 할 것이다. 나중에 밝힐 셈이었지만 이왕 말이 나온 김에 지금 말하는 게 더 나을 듯싶다. 설명하기 곤란하지만 당연히 나는 또다른 그이다. 꿈과 현실이 뒤섞이는 곤란한 사태를 맞이했을 때 나를 제안한 것이 바로 그였다. 그 반대였던가? 꿈속의 그와 현실의 나를 구분하기 위한 방법이기도 했다. 어느 쪽이 그이고 어느 쪽이 나인지는 이제 그와 나조차 알 수 없다. 이렇게 말하면 심각한 분열 증세이거나 다중인격체를 떠올릴텐데, 그건 아니라고 말하고 싶지만 아무도 이 말을 믿어주지는 않을 것이 틀림없다. 그런지 아닌지 나조차도 확신할 수 없긴 하다. 어쨌든 그는 나의 다른 한쪽임이 분명하고 그 반대도 마찬가지이다. 그와 나는 꿈과 현실이 그렇듯이 젓가락의 한 짝과 같은 사이라고 말할 수 있다. 물론 그 한 짝이 꼭 맞을 거라는 장담은 할 수 없지만.

기억의 혼란이 사물의 실종으로 나타나는 게 무슨 조홧속이지 모르겠다. 처음엔 하나가 없으면 나머지도 쓸모가 없어지는 물건들의 한쪽이 사라지는 것 같았다. 양말이나 장갑, 신발 한쪽이 없어지는 건 일도 아니었다. 사태가 생각보다 만만치 않게 돌아가고 있다는 걸 깨달은 것은 벽등이었다. 집과 마주하고 있는 곳 마당 한편의 작업실 앞에는 집까지 데크가 이어져 있다. 작업실 안에서 하기 곤란한 그라인딩이나 페인팅 작업을 위한 공간으로 사용하던 곳인데, 가끔 지인들과 어울려 고기를 구워먹을 수 있는 공간이기도 하다. 이를 위해 작업실 입구 양쪽에 외등을 설치해두었는데 외등 하나가 감쪽같이 사라진 것이다. 누군가가 떼어버렸거나(말이 안 되는 이야기지만) 바람이 세게 불어 떨어져 나갔을 수도 있지만(이건 더 말이 안 된다) 떼어낸 흔적조차 없었다. 처음부터 아예 설치가 되지 않았던 듯 전선 구멍도 없었고 사이딩 패널에는 벽등을 부착한 흔적조차 보이지 않았다. 이쯤 되면 나는 그를 의심할 수밖에 없다. 꿈속에서 일을 벌여놓고 태연히 잠에 빠져 있는 그 말이다. 하지만 그가 먼저 나를 비난했다. 설치하지도 않은 외등이 있었다고 착각하는 것이 틀림없다는 주장이었다. 생각해봐. 작업실 전면에 한쪽만 외등을 설치하는 건 균형에 맞지 않는 게 틀림없지? 그렇다면 반드시 양쪽에 달아놓았을 것이잖아? 그런데 말이지, 어쩌다 한쪽만 달게 되었다면? 그 불균형을 심리적으로 메우기 위해 다른 한쪽도 달았을 거라고 믿어버리는, 그런 거대한 착각이 일어난 것이 아닐까? 네가 얼마나 미학적 균형에 집착했는지는 네가 더 잘 알 거야. 논리적이고 적절한 그의 해석이었지만 그건 아니었다. 분명 아니라고 말할 수 있다. 나의 기억에 심각한 구멍이 나 있거나 미친 게 아니라면. 그럴지도 모르겠지만.

어느 날은 아침에 나와보니 유일한 운동기구이자 마을로 가는 수단인 자전거의 한쪽 바퀴가 빠져 있었다. 아니, 빠진 게 아니라 처음부터 한쪽 바퀴만 있는 외발자전거가 현관문 옆 데크 위에 덩그마니 기대 있었던 것이다. 자전거를 들어올려 뒤집어보고 뉘어보고 이음새를 꼼꼼히 살펴보아도 무엇 하나 떨어져나간 흔적을 찾을 수 없었다. 분명 처음부터 외발자전거였다. 외발자전거를 어찌 타라고? 그는 나에게 원망 섞인 푸념을 늘어놓았지만 이건 누가 누구에게 불만을 토로할 일이 아니었다. 도대체 이런 사태가 일어나는 이유를 알 수 없었다. 이게 나에게만 일어나는 현상이 아니라면 세상의 모든 짝이 사라지고 있는 것일까? 나는 서둘러 마을로 내려가 동네를 한 바퀴 둘러보았다. 우리에게만 일어나는 일이 아니길 바라면서(불행에는 동행이 있어야 하는 법이니까) 다른 집들을 유심히 바라보았지만, 처음부터 그랬는지 아니면 짝이 사라져 그런 것인지 좌우가 대칭이거나 균형이 잡힌 집들을 볼 수는 없었지만, 그렇다고 이상한 점이 발견되지도 않았다.

집으로 돌아오는 산길을 따라 걸으며 나는 일련의 사태가 일어난 원인에 대해 곰곰이 생각해보았다. 문제는 자신에게 있음에 틀림없다. 혼자 사는 것에 대한 갈망과 동시에 홀로 있게 된 두려움이 미친 심리적 영향 때문일 거라는 설명이 가장 근사한 이유일 것이다. 그는 완전히 독립된 존재로서 세상을 살아가고 싶었다. 그러기 위해서는 철저히 혼자여야 했다. 숲에 들어와 집을 짓고 살기로 작정한 이유이기도 하다. 혼자라는 건 용기인 동시에 외로움이자 두려움이었다. 그런 생각이 들 때마다 그는 다짐하곤 했다. 완전히 하나이기 위한 짝은 필요없어. 짝은 얄팍한 위안이자 타협에 불과해. 짝이 완전하다고 믿는 비겁한 짝수주의자들! 나는 당당한 홀수주의자로 남을 거야. 물론 말은 그렇게 했지만 그 자신에게도 미심쩍은 다짐이 아닐 수 없었다. 그가 또다른 나를 곁에 두고 싶어한 것이 외로움 때문이라는 건 누가 보아도 자명한 사실이었기 때문이다. 하지만 그는 나의 존재를 인정한 적이 없었다는 것 또한 사실이다. 어쨌든 그의 이런 의지가 젓가락이나 신발의 경우처럼 물질로 전환되어 사물을 사라지게 하거나 변형시킬 수 있는 근거가 되지 못한다는 것은 명백한 사실이었다.

집으로 돌아왔을 때, 마침 읍내에서 중학교 교사를 하는 이선생이 찾아왔다. 이곳에 와 알게 된 그는 과학 선생으로, 가끔 나를 찾아와 이런저런 이야기를 나누곤 했다. 이선생이라면 일련의 사태에 대해 논리적인 설명을 해줄 수 있을 것 같았다. 나는 그동안 내 주변에서 일어난 일을 되도록 자세히 설명했지만 그는 그래요? 하며 놀라는 시늉만 했을 뿐 대수롭지 않다는 반응이었다.

아니, 제 주변에서 짝이 하나씩 사라지고 있는 거예요. 이해가 돼요?

글쎄요. 처음부터 없었나보죠? 그렇지 않다면 말이 안 되는 일이니까요.

그런 말이 안 되는 일이 지금 일어나고 있단 말이에요.

이선생은 내 얼굴을 빤히 바라보더니 걱정스러운 표정을 지으며 말했다.

생각해보세요. 짝이 사라지고 있다는 게 심리적인 착각이 아니라면 분명 물리적인 현상입니다. 아시다시피 세상의 모든 물건은 물질로 되어 있습니다. 그중에서 짝으로 만들어진 건 한둘이 아니지요. 그건 대칭의 구조가 안정적이기 때문입니다. 인간이나 짐승의 몸, 하다못해 식물들도 모두 대칭적 구조인 게 그 때문이지요. 그중 한쪽이 사라지고 있다면 먼저 모든 생물이 사라져야 할 겁니다. DNA만 해도 그래요. 한쌍의 염기서열 아닙니까? 여기서 쌍을 이루지 못하면…… 시작부터 생명체는 존재할 수도 없는 것이지요. 안 그래요?

역시 이선생의 말은 생물을 전공한 과학도답게 한 치도 틀리지 않았다. 그걸 내가 왜 모르겠는가? 그런데 그런 일이 일어나고 있는 걸 어찌하랴.

생명체를 말하는 게 아닙니다. DNA가 짝을 이루건 말건 내가 알 바가 아니죠. 제 이야기는 주변에서 짝으로 된 물건이 하나씩 사라지고 있다는 거예요. 이거 한번 보실래요? 내가 이걸 탈 수 있나요?

나는 창고에서 자전거를 꺼내 그에게 보여주며 말을 이었다. 이선생이 자전거를 꼼꼼히 살피고 나서 크게 웃었다.

이건 외발자전거잖아요. 이걸 타고 싶으셨나보죠? 쉽지 않으셨을 텐데.

아니, 그게 아니라 한쪽 바퀴가 없어졌단 말입니다. 처음부터 외발자전거가 아니라.

농담이 지나치시군요. 누가 보아도 외발자전거인데요.

이선생은 나의 간절하고 답답한 심사를 아는지 모르는지 자신의 논리를 더 발전시켰다.

좋습니다. 물건의 한쪽이 사라지고 있다고 칩시다. 그런데 아시다시피 모든 물건은 물질로 되어 있습니다. 모든 물질은 분자와 원자로 되어 있다는 건 더 말할 필요도 없지요. 그런데 생각해보세요. 선생의 말에 따르면 이 세상에 존재하는 한쌍의 조합이 모두 사라지고 있다는 건데 그렇다면 물질 자체가 성립하지 않습니다. 짝을 가진 입자가 다 사라진다면 우주는 전혀 다른 모습이 되어야 할 것입니다.

아니 신발짝이 없어졌다는데 입자와 우주는 너무 먼 이야기 아닌가?

물질까지는 모르겠고, 분명 제 주변에서 물건이 사라지고 있는 현상임은 틀림없단 말입니다. 아시겠어요?

나는 수업 내용을 도저히 이해하지 못하는 지진아가 되었다. 이선생은 자신이 얼마나 참을성 있는 교사인지를 보이기라도 하는 듯 손바닥을 펴고 다른 손가락으로 짚어가며 차분한 어조로 말을 이었다.

다른 건 차치하고 물질과 반물질은 하나의 조합이라고 할 수 있습니다. 물질이 있다면 그에 상응하는 반물질이 있어야 하는 것이지요. 물질이든 반물질이든 어느 것 하나가 사라진다면 나머지도 존재할 수 없는 것이지요. 그런 일은 도저히 일어날 수 없습니다.

물질과 반물질에 대한 이선생의 이론에 이의를 걸고 싶었지만 지금은 그것을 따질 때가 아니었다. 세상은 짝을 원한다. 존재와 비존재, 인위와 자연, 음과 양 등등 이원론의 존재 이유는 짝이 없는 세계에 대한 불안감 때문일지도 모른다. 아마 이원론의 신봉자들은 짝이 사라지는 경험을 한번쯤 해보았을지도 모르는 일이다. 이선생은 도무지 내 말을 믿으려 하지도 않았고 사태가 얼마나 심각한지 알려고 하지도 않았다. 주변에서 사라진 짝의 예를 하나씩 들 때마다 이선생은 물리적 설명으로 반박했다. 그의 말을 못 알아듣는 건 아니다. 그런 물리적인 상식이야 어쩌면 이선생보다 내가 훨씬 더 많이 꿰어차고 있을 것이다. 그런데 그런 이야기가 아니지 않은가?

벌써 몇십 분째 똑같은 패턴을 반복하고 있는 대화에 그만 버럭 화를 내고 말았다.

도무지 제 말을 믿지 않는군요.

평소에는 호기심도 많고 논리적인 이선생이 그날은 한쪽만의 주장만 고집하는 둔하고 어리석은 인사처럼 보였다. 나는 이선생에게도 짝이 사라지고 있는 사실을 찾고 싶었다. 그의 이성과 감성 중에서 어느 한쪽이 사라진 게 아닐까? 더이상 무의미한 대화를 이어나가고 싶지 않았다. 그쯤에서 끝내고 싶었다.

이 얘기는 그만해야 할 것 같아요. 어쩌죠? 제가 나가봐야 해서…… 집사람에게 보낼 소포가 있어서 우체국에 가야 하는 걸 깜빡 잊었군요.

거짓말이었지만 이선생을 보내고 아내와 통화하며 하소연을 하는 게 더 나을 듯싶었다. 아내는 내 말을 조금은 믿어줄 것이다. 지난번 양말이 한쪽씩 다 없어졌다는 말에 아내는 세탁기 속을 찾아보라고 하고는 양말은 다시 사서 보내마 하고 말했다. 물론 아내에게 이런 일들에 대해 시시콜콜 이야기했던 것은 아니다. 아내 역시 내 말을 곧이곧대로 받아줄 리 없었다. 그때 자리에서 일어나려던 이선생이 눈을 동그랗게 뜨고 말했다.

무슨 말씀이세요?

뭐가요?

지금 아내분께 뭘 보내신다고 하셨나요?

그런데요?

부인이 계셨어요? 결혼은 하셨던 거예요? 원래 혼자가 아니셨어요?

뭔 자다가 봉창 두드리는 소린가. 혼자라니. 올해가 결혼한 지 25년째이고 아내가 하던 강의 때문에 홀로 내려와 살게 되었으며 몇 년 후 아내가 퇴직하는 대로 합칠 예정이라고 그동안 몇 번이나 말하지 않았던가.

내가 혼자라구요? 이선생은 도대체 나에 대해 아무런 관심도 없었군요. 내가 홀아비로 내려와 살고 있는 줄 아셨어요?

이선생은 갑작스러운 힐난에 어쩔 줄 몰라 했다.

그런 거 아니었어요? 제가 뭘 잘못 알고 있었나보네요.

죄송해요.

이선생은 서둘러 말을 끝내고 그만 가보아야겠다고 하면서 자리에서 일어났다. 이선생이 황급히 차를 몰고 언덕을 내려가는 동안 그의 차바퀴가 좌우 한쌍씩 멀쩡하게 있는 게 더 이상해 보였다.

집으로 들어와 전화기를 집어들었다. 이선생과 대화하면서 느꼈던 답답하고 불쾌해진 감정을 억누르며 아내에게 전화를 했다.

나야.

그런데 저쪽에서 전화를 받는 목소리가 이상했다. 여자는 맞는데 아내가 아니었다.

누구시죠?

아! 전화를 잘못 걸었네요, 서둘러 전화를 끊고 다시 단축번호 1번을 눌렀다.

여보세요.

똑같은 여자였다. 아내가 아니다.

아! 이런 전화가 자꾸 잘못 연결되고 있네요. 혹시 그쪽 번호가 어떻게 되시죠?

그걸 내가 왜 가르쳐주죠?

앙칼진 목소리 뒤로 전화가 끊겼다. 전화기를 열고 아내의 이름으로 저장된 번호를 확인해보니 아내의 전화가 맞다. 그렇다면 저 여자는 누구인가? 아니 아내의 전화가 언제 바뀌었지? 다시 단축 번호 3번을 찾아 인터넷 전화로 되어 있는 집으로 전화를 했다. 없는 번호였다. 현기증이 올라왔고 세상이 노랗게 물들기 시작했다. 방안으로 들어가 이불을 펴고 자리에 누웠다. 아내는 어디로 갔을까? 나에게 아내가 있었던가? 터무니없는 의심을 자신에게 보내는 내가 끔찍했다. 아픈 걸까? 아픈 거 맞아. 꿈일까? 꿈인 거 맞아. 한잠 자고 일어나면 모든 게 정상이, 아니 현실로 돌아올 거야.

잠이 올 리 없었다. 걱정과 근심이 가슴에 꽉 차 있는 채로 잠이 오겠는가? 도대체 나에게, 아니 그에게 무슨 일이 벌어진 걸까? 젓가락이나 양말, 자전거 따위야 다시 구입하면 되겠지만 사라진 아내는 어찌한단 말인가? 이런 한심한 생각이 다 들 정도였다. 지식과 논리와 이성적 판단은 소용이 없었다. 합리적인 추론과 논리적인 인식 따위도 일련의 사태를 설명할 수 없었다. 주변의 모든 짝이 사라져 결국 아내마저 사라져버렸다면 다음에 또 뭐가 사라질 것인가?

어찌어찌 깜박 잠이 들었던 것 같다. 일어났을 때는 한밤중이었고 손을 뻗어 머리맡의 스탠드를 켜자 이불 위에 누워 있는 나를 발견했다. 발견한 거 맞다. 전에는 단 한 번도 볼 수 없는 그를 발견했기 때문이다. 일어날 수가 없었다. 이불 위에 모로 누워 있었는데 몸을 움직일 수가 없었다. 간신히 똑바로 눕고 나서 고개를 쳐들고 아래를 보니 왼쪽 다리가 보이지 않았다. 그리고 그 위 왼쪽 팔도 사라지고 없었다. 오른손으로 얼굴을 더듬어보니 눈, 귀가 하나씩만 만져졌다. 더불어 그도 사라졌다.

그렇게 나는 한쪽이 사라진 채 완벽한 혼자가 되었다. 아마 불알도 한쪽만 남아 있을 것이다.

달팽이를 사랑한 남자

겨울부터 봄까지 마당에는 언제나 곁가지들이 떨어져 있다. 바람이 심하면 곁가지들은 가로걸릴 만큼 쌓이기도 한다. 두께가 1센티도 되지 않고 길이도 한 뼘보다 조금 크거나 작은 나뭇가지는 어디에도 쓸모가 없다. 매일 하나둘씩 집어 숲에 던져버리곤 했는데, 어느 때부터인가 한 움큼씩 모아 불쏘시개로 썼다. 나무들은 수많은 곁가지를 만든다. 실상 쓸모가 없어 떨어뜨릴 가지를 열심히 만드는 이유는 나중에 어떤 가지가 햇빛을 받는 데 요긴하게 쓰일지 모르기 때문이다. 필요 없다고 판명이 난 곁가지들은 나뭇잎처럼 때가 되면 떨어지고 만다.

폭우가 여름 장마처럼 내리던 4월 말의 어느 날, 비가 그친 뒤 마당에는 그동안 미처 떨어지지 못했던 곁가지들이 흩어져 있었다. 무심코 하나를 집어들려다 흠칫 놀랐다. 곁가지가 움직이는 것처럼 느꼈기 때문이다. 방으로 다시 들어가 안경을 쓰고 나와보니 약간 갈색이 나는 검은색의 곁가지가 슬금슬금 기어가고 있었다. 커다란 지렁이만해 한 뼘이 넘지만 지렁이가 아니다. 플라나리아? 오랜만에 말해보는 그 이름이 맞다면 플라나리아일 것이다. 부채를 펴놓은 것 같은 머리에 몸체는 약간 납작한 편이다. 이보다 더 가늘고 긴 플라나리아를 20년 전에 강원도의 바닷가 민박집 수돗가에서 본 적이 있다. 녀석은 그보다 두툼하고 검은 색에 가깝고 길이도 서너 배는 더 되었다. 모처럼 만난 플라나리아를 오래 보아주고 싶었지만 그만큼도 나에게는 한참을 참은 것이다. 징그러움. 이보다 더 끔찍하게 생긴 건 무수히 많다. 재작년인가 작업실 앞에서 연가시를 본 적이 있었다. 장마철이라 마당은 온통 습기가 가득했는데 물길을 내느라 파놓은 작은 웅덩이에 연가시가 있었던 것이다. 마치 살아 있는 구리철사처럼 둥글게 꼬여 있던 연가시는 바닥에 붙어 기어가는 것이 아니라 물속에 들어가 있는 듯이 공중에서 천천히 움직였다. 그 모습은 플라나리아보다 훨씬 소름 끼쳤다. 보통 플라나리아는 1~3센티 정도의 작은 수생동물이다. 예전에 수돗가에서 보았던 이 낯선 편형동물은 미기록종으로 분류되었지만 지금은 육상플라나리아로 부르고 있는 모양이다.

그날이었을 것이다. 천천히 길을 따라 어슬렁거리다가 들어오는 길 입구에 누워 있는 또다른 벌레를 보았다. 민달팽이. 길이는 10센티가량이지만 기어가기 시작하자 몇 센티는 더 길어진다. 모양과 색을 보아 작년에 보았던 녀석이 틀림없다. 짙은 자줏빛 살갗에 등 쪽으로 머리에서 꼬리에 이르기까지 2개의 줄무늬가 길게 이어져 있고 그 사이에 짧게 끊어진 선분이 툭툭 박혀 있는 밀리터리 룩 패션. 당당한 모습이다. 가는 길에 보았던 자리에서 오는 길에 보니 불과 두어 뼘을 기어갔을 뿐이다. 느리다. 시속 1미터. 길에서 비켜나지 않으면 혹시 올 누군가에 의해 밟힐 수도 있다. 두어 시간 후에 가보니 절벽을 올라가고 있다. 내 키 높이지만 그에겐 아득한 벼랑이다. 그 위의 숲이 녀석의 터전일 것이다. 벌레들의 세상은 분명 나의 세상과 겹쳐 있지만 우리는 서로 다른 세계를 살고 있다. 인간들도 그럴 것이다.

플라나리아와 민달팽이를 본 날로부터 며칠이 지난 뒤

나는 정말 이상한 달팽이를 보게 되었다. 숲에 사는 달팽이는 아니었다. 그 달팽이는 달팽이의 세상만큼 낯선 나라에서 온 니카넨이란 청년이 가져온 것이다. 이름에서 짐작할 수 있겠지만 그는 북구에서 온 여행객이었다. 처음 보는 외국인이 길을 잘못 든 듯 숲으로 들어오는 길에 어정쩡하게 서 있었고, 나는 그에게 다가가 무슨 일인가 하고 물었다. 그는 갑자기 사람이 나타나자 깜짝 놀란 듯한 표정을 지었다. 그러다 이내 크고 파란 눈을 껌뻑이며 맑은 웃음을 지었는데 한눈에 보아도 서른이 채 안 되어 보였다. 아직 봄바람이 찬 이른 아침인데도 반팔의 티셔츠 차림이었고 어깨에는 상자갑 모양의 작은 가죽가방을 메고 있었다. 인근의 게스트 하우스에서 머물고 있노라고 입을 뗀 그는 산책을 나섰다가 너무 멀리 오는 바람에 돌아가는 길을 잃었다고 했다. 근처에 게스트 하우스가 있는 줄 알지 못했다. 그의 말로는 바다가 동쪽으로 보이고 너른 들판에 커다란 호수가 있었다고 하는데, 근처에 그 비슷한 곳이라면 만덕호 주변 어느 곳이 틀림없었다. 아마 다산초당 근처 귤동 마을의 민박집에 머물고 있는 듯싶었다. 그곳에서 여기까지는 어림잡아도 3킬로미터는 넘을 것이다. 지금은 산기슭을 따라 난 도로이지만 불과 몇십 년 전까지만 해도 바닷가 마을을 잇는 해안도로였던 길을 따라 여기까지 오게 되었을 것이 틀림없었다. 한적할 뿐 아니라 길 양편으로 심은 벚나무들이 제법 운치 있어 산책하기에 좋은 길이었을 것이다. 나는 그에게 되가는 길을 설명하다가 잠깐 기다리라고 말한 뒤 집으로 들어가 자동차 키를 챙겼다. 아무래도 차로 데려다주어야 할 듯싶었기 때문이었다. 밖으로 나왔을 때, 그는 메고 있던 작은 가방을 앞에 들고 구부정한 자세로 들여다보고 있었는데 그 안에 바로 그 신기한 달팽이가 들어 있었다. 내가 호기심을 보이자 그가 가방을 열어 보였다.

달팽이들입니다. 저와 함께 여행하고 있죠.

촘촘한 철망 위에 물에 젖은 솜이 깔려 있었고, 먹이인 듯 배춧잎 몇 조각이 놓여 있었고, 그 위에 서너 마리의 달팽이가 촉수를 내밀고 꼼지락거렸다. 엄지보다 큰 달팽이집은 고깔 모양으로 끝이 뾰족했다. 처음 보는 종이었다. 취미로 키우나본데 그래도 그렇지 달팽이가 여행을 함께할 만큼 사랑스러운 애완동물이 될까 싶었다.

차를 몰아 그가 머물던 게스트 하우스를 찾아가는 동안 나는 그에게 외국인을 만나면 으레 묻게 되는 몇 가지를 물었다. 이름이 뭔지, 어디에서 왔는지, 온 지 얼마나 되었는지, 어디를 다녔는지, 여기는 어떤지 등등. 그는 핀란드에서

왔으며, 여행한 지 2년쯤 되었고, 대략 일곱 나라를 거쳤는데 이곳이 호수와 바다가 있는 고향과 비슷해 좀더 머물 생각이라고 했다. 이야기 끝에 그는 나에게 그 숲에서 혼자 살고 있는지를 물었고 내가 그렇다고 하자 주저하면서 혹시 내 집에서 며칠 머물 수 없겠냐고 물었다. 낯선 외국인과 함께 지낸다는 게 불편하고 내키지 않는 일이었지만 처음 본 달팽이에 호기심을 가진 나는(그 달팽이들은 정말 이상하게 생겼다) 그에 대한 궁금증까지 더해 급기야 내 집에서 머물러도 좋다는 허락을 하고 말았다.

그는 정확히 일주일을 내 집에서 머물렀다. 니카넨은 점잖고 수줍은 처음의 인상과는 달리 말이 적은 친구는 아니었다. 우리는 아침저녁으로 주변을 산책하고 시간이 되면 바닷가로 나가거나 그가 가보지 못했을 유적지를 몇 군데 돌아다니곤 했다. 월출산의 백운동별서나 병영성이 그곳인데, 그는 다른 곳보다 특히 병영성에 흥미를 느끼는 듯했다. 아마 하멜 때문이었을 것이다. 동인도 제도의 선원이었던 하멜은 표류하여 붙잡힌 뒤 서울로 압송된 이후 이곳 병영성에서 7년인가를 머물렀다. 병영성은 복원이 시작된 지 몇 년이 지났지만 아직 발굴이 끝나지 않아 어수선했다. 하멜이 고향을 그리워하며 앉아 쉬곤 했다는 커다란 은행나무를 보고 그는 이방인으로 살아야 했던 하멜에게 특별한 감정을 느끼는 듯했다.

그가 집에 머문 지 엿새째 되던 날. 저녁을 먹은 후 그와 나는 모처럼 푸근한 봄기운이 퍼진 데크에 앉아 맥주를 한 캔씩 나누어 마시며 개와 늑대의 시간을 즐기고 있었다. 그와 며칠 동안 붙어 있다보니 오랫동안 알고 지내던 친구처럼 편안했고 그 역시 나를 매우 친근하게 대했다. 그날 니카넨은 자신에게 있었던 일들을 고백하듯이 이야기하기 시작했는데 바로 달팽이에 관한 것이었다.

제가 이 아이들과 여행을 하기 시작한 이유가 있습니다.

그러면서 그가 나에게 들려준, 어느 대목에서는 그의 말을 잘 알아듣지 못해 추측할 수밖에 없었고 또 말하는 그나 듣는 내가 민망해지는 대목에서는 상상을 보탤 수밖에 없었던, 이야기는 이렇다.

니카넨은 자신에게 그런 일이 일어나리라고는 상상하지 못했다. 그날 양상추를 담은 비닐봉지를 뜯기 전까지 그는 평범하고 성실한 청년이었다. 대학을 졸업하고 굴지의 세계적 기업인 노킴버 전자 회사의 사무직으로 취직한 지 1년이 갓 넘은 그는 미래를 꿈꾸며 현재를 시작하는 평범한 일상을 보내고 있었다.

자신의 이름이 새겨진 전자카드를 와이셔츠의 주머니에서 꺼내 이름을 확인한 후 그는 거울 앞에 서서 넥타이를 매며 거울에 비친 얼굴을 바라보았다. 약간 곱슬한 금발의 머리와 회청색의 눈 그리고 두툼한 아랫입술이 균형 잡힌 얼굴을 한층 더 고귀하고 품위 있어 보이게 했다. 거울을 한 번 더 보며 머리를 손가락 사이로 쓱 밀어올리고 나서 니카넨은 주방으로 가 아침 요깃거리로 샐러드를 만들기 시작했다. 니나와 결혼을 한다면 매일 아침 샐러드쯤은 그녀가 만들어줄 거야, 아니 내가 그녀에게 만들어주어도 좋지. 그런 생각이 들자 니카넨은 기분이 좋아졌다. 저녁에 있을 그녀와의 데이트가 벌써부터 기다려졌다.

어제 사온 야채를 씻기 위해 수도꼭지를 돌리는 순간, 니카넨은 이상한 물체가 싱크대 안쪽에 붙어 있는 걸 발견했다. 물을 뿌려 흘려보았지만 그대로 붙어 있었다. 갈색의 둥근 원추형 돌기. 달팽이처럼 생겼다. 고개를 숙여 들여다보니 정말 달팽이였다. 그것도 엄지손가락보다 더 큰 달팽이였다. 그림책에서 본 것 말고 그는 달팽이를 실제로 본 기억이 없었다. 그가 사는 투르크 근방의 숲에서 달팽이는 쉽게 볼 수 있는 벌레가 아니었다. 아니 있었을지도 몰랐다. 아주

어릴 때 공원의 나무 그늘에서 흙장난을 할 때 달팽이를 보았던 기억이 있기는 것 같기도 했다. 그는 달팽이를 집어 손바닥에 올려놓았다.

원추형의 나선형 돌기를 따라 나 있는 붉은 선과 금빛의 반점들이 아름다운 빛을 냈다. 석회암으로 외벽을 둘러친 고급 주택을 스스로 짓고 사는 달팽이를 그는 신기한 듯 바라보았다. 니카넨은 달팽이를 식탁 위에 올려놓고 들여다보며 샐러드를 먹기 시작했다. 유리 위에 놓인 달팽이는 그가 샐러드를 거의 다 먹을 때까지 죽은 듯 움직이지 않았다. 그러다 그가 다 먹은 접시를 들어올리려 하자 딱딱한 껍데기가 움찔거리기 시작했다. 연한 살색의 몸이 조금씩 빠져나오더니 긴 촉수 하나가 요술 봉처럼 늘어나며 허공을 더듬었다. 곧이어 나머지 하나가 더 나오고 아래쪽으로 2개의 더듬이가 바닥을 더듬으며 달팽이는 자신의 완전한 몸을 드러냈다. 더듬이 끝에는 깨알을 박아놓은 듯한 까만 점이 박혀 있었다.

달팽이는 긴 몸통을 끌며 느리고 우아한 질주를 시작했다. 몸에는 수없이 많은 자디잔 돌기가 나 있었다. 돌기들은 앞뒤로 약간 길쭉한 모양을 하고 있고 물기를 머금어 반짝여서인지 얼핏 보면 비늘처럼 보이기도 했다. 달팽이는 조금씩 앞으로 기어가며 축축하게 젖은 물길을 만들어냈다. 달팽이를 신기한 표정으로 들여다보던 니카넨이 어느 순간 벌떡 일어났다. 늦었다. 출근 시간에 대려면 서둘러야 했다. 그는 윗옷을 걸치면서도 달팽이에게 눈을 뗄 수 없었다. 달팽이를 어떻게 해야 할지 고민했지만 뾰족한 방법을 찾지 못했다. 그대로 그 자리에 둘 수도 없었고, 도망가지 못하게 그릇에 담아 뚜껑을 덮어놓자니 숨을 쉬지 못할 것 같았고, 밖으로 가져가 숲에다 던져줄 생각을 했지만 그건 너무 무책임했다. 10월의 핀란드 날씨를 부드러운 속살을 가진 달팽이가 견딜 수 있을 것 같지 않았기 때문이다. 달팽이를 손에 들고 거실을 몇 번 두리번거리던 니카넨은 창가에 놓인 화분을 보았다. 고무나무가 자라는 화분이었다. 그는 달팽이를 넓적한 고무나무 잎에 살짝 올려놓고는 서둘러 집을 나섰다.

나뭇잎에서 굴러떨어지지 않았을까? 떨어져 깨져버리면 어쩌지? 회사에 간 니카넨은 하루종일 달팽이 생각이 머리에서 떠나지 않았다. 물기가 필요할 텐데 나무에 물을 준 게 언제였지? 나무에서 내려와 바닥을 기어 어디론가 숨어버리면 어떻게 찾지? 집안이 너무 추운 건 아닐까? 그런데 달팽이는 어떻게 집안으로 들어온 거지? 야채가 포장된 비닐봉지 속에 들어 있었던 것이 틀림없다면 그 야채는 어디에서 온 걸까? 퇴근하고 마트에 가서 물어볼까? 그런데 그 달팽이를 키울 수는 있을까?

달팽이가 뭘 먹고 사는지 알아? 니카넨이 출근한 뒤에 옆자리의 동료인 얀센에게 물었지만 그는 눈을 동그랗게 뜬 채 어깨만 으쓱할 뿐이었다. 니카넨의 머릿속에는 하루종일 달팽이가 기어다녔다.

퇴근하자마자 집으로 달려온 니카넨은 달팽이부터 찾았다. 니나와의 저녁 약속도 취소한 채였다. 그러나 달팽이는 없었다. 나뭇잎을 하나하나 뒤집어보고 나뭇가지와 화분의 이끼가 낀 흙도 뒤져보았지만 없었다. 소파 밑이며 책장 아래까지 집안 구석구석을 살펴도 달팽이는 어디에도 보이지 않았다. 실망한 니카넨은 소파에 주저앉았다. 하루종일 달팽이 생각으로 가득했던 자신이 우습게도 느껴졌고, 어느 구석에서 말라죽어갈 달팽이가 불쌍하기도 했다. 공연히 니나와의 즐거운 저녁을 보내지 못하게 한 달팽이에게 부아가 나가도 했다. 지금이라도 전화를 해볼까? 니나는 아직 화가 나 있을까?

짐작했던 대로 니나는 니카넨과 멋진 금요일 저녁을 보내려던 계획이 일방적으로 취소되자 토라져버렸다. 하지만 니카넨은 그 탓을 달팽이에게 돌릴 수는 없었다. 달팽이가 기다리고 있었어, 라고 어떻게 말한단 말인가. 결국 니나는 회사일로 중요한 약속이 잡혀버렸다는 말도 안 되는 변명을 우물쭈물 늘어놓는 니카넨에게 화를 냈고 둘의 관계는 처음으로 금이 가는 조짐이 보였다. 모두 달팽이 때문이었다.

니카넨은 그날 쓸쓸한 저녁을 보내야 했다. 빵 몇 조각으로 저녁을 대충 때우고 텔레비전을 켰지만 니나와 보내야 할 주말 밤의 즐거움이 날아간 아쉬움만 가득했다. 니카넨은 일찍 잠자리에 들기로 했다. 샤워를 하고 나서 타월만 걸친 채 침대에 누워 니나와 달팽이를 번갈아 생각했다. 어디로 갔을까? 그는 자신이 왜 그렇게 달팽이에 연연하게 되었는지 곰곰이 생각해보았지만 이유를 알 수 없었다. 작고 꼬물거리며 예쁘긴 하지만 징그러울 수도 있는 달팽이가 느닷없이 나타나 그의 일상에 작은 파문을 만들었다. 니카넨이 평소에 벌레나 곤충을 좋아했던 건 아니었다. 아주 어릴 때 잠깐 거미를 기르긴 했지만 오래가지 못했다. 하지만 달팽이의 매끄럽고 축축한 속살과 화려하고 반짝이는 껍데기를 떠올릴 때마다 야릇한 느낌이 일어나는 것을 속일 수 없었다. 니나와 달팽이. 어떻게 니나와 달팽이를 비교할 수 있다는 말인가? 그러나 니나를 떠올릴 때마다 달팽이의 부드러운 감촉이 떠올랐고, 달팽이를 생각하면 니나의 화려하게 반짝이는 입술과 그녀의 매끄럽고 촉촉한 속살이 그리웠다.

내일 아침 니나에게 무조건 찾아가리라. 니카넨은 침대 옆의 스탠드를 끄기 위해 손을 뻗는 순간 벽에 달라붙어 있는 긴 그림자를 보았다. 달팽이다! 달팽이가 침대 옆의 벽 위를 기어오르고 있었다. 니카넨은 침대에서 벌떡 일어나 앉았다. 여기 있었구나. 니카넨은 다시 나타난 달팽이가 너무 반가웠다. 달팽이를 조심스럽게 벽에서 떼어 손바닥 위에 올려놓았다. 달팽이는 재빨리 몸을 움츠려 자신의 집안으로 들어갔지만 곧이어 손바닥 위를 기어다니기 시작했다. 손가락 끝에 매달린 달팽이의 감촉은 부드럽다못해 간지럽기까지 했다. 니카넨은 달팽이를 눈앞에 가까이 대고 꼼꼼하게 들여다보기 시작했다. 몸의 근육이 작은 파도를 일으키며 리드미컬하게 밀려올라가는 달팽이의 움직임은 섬세하고 아름다웠다. 몸에서 흘러나오는 끈적끈적하고 촉촉한 액체는 그에게 알 수 없는 흥분마저 느끼게 했다.

니카넨은 자리에 누운 다음 달팽이를 배 위에 올려놓았다. 달팽이는 따뜻한 살의 온기 때문인지 촉촉한 물길을 내면서 더 활발하게 움직였다. 촉수들은 갈 길을 가늠하기 위해 길게 뻗어나왔다가 몸 어느 곳에라도 닿으면 재빨리 움츠러들었다. 달팽이가 배꼽을 지나 점점 아래쪽으로 내려가자 니카넨은 달팽이가 살 위를 다닐 수 있도록 조심스럽게 엉덩이를 들어올리고 타월을 벗어 침대 밑으로 던졌다. 달팽이는 부드럽게 그의 알몸을 주유했다. 니카넨은 눈을 감았다. 달팽이가 부드러운 전진을 할 때마다 살과 닿은 감촉은 마치 니나의 젖은 혀처럼 그를 흥분시켰다. 민감해진 감각을 참을 수 없어 눈을 뜨자 달팽이가 그의 페니스를 기어오르는 게 보였다. 떼어내려 했지만 그럴 수 없었다. 달팽이가 귀두를 감아올라 그 끝에서 머뭇거리는 순간 그는 자신이 사정을 하고 있다는 걸 알았다. 달팽이는 니카넨의 정액과 함께 그의 배 위로 떨어졌다.

니카넨이 정신을 차렸을 때는 달팽이가 흰 액체 속에서 허우적대고 있었고, 동시에 그는 자신에 대한 혐오감으로 뒤범벅이 되어 있었다. 그는 일어나 달팽이를 집어들고 화장실로 갔다. 달팽이를 변기 속에 던져넣으려 했지만 그러지 못했다. 달팽이에게 죄가 있을 리 없었다. 그는 달팽이를 물로 씻은 다음 거실로 가 화분에 올려놓고 나서 샤워를 하고 다시 잠자리에 들었다.

달팽이와 섹스를 한 지구 최초의 인간이 되겠군.

그는 더러워진 기분을 추스르려 일부러 소리를 내어 아무

렁지도 않은 듯 중얼거렸지만 그렇다고 기분이 나아진 것은 아니었다.

다음날 니카넨은 니냐를 찾아가 정식으로 사과했다. 말할 수는 없지만 당혹스러운 일이 있었다고, 이해해달라고 말했다. 니냐 역시 그를 등지고 싶은 마음은 없었다. 둘 사이에 난 금은 재빨리 메워졌고 니카넨은 그녀의 집에서 남은 주말을 즐겁게 보낼 수 있었다.

월요일. 니카넨은 회사에 출근하며 며칠을 지내는 동안 달팽이를 까맣게 잊어버렸다. 달팽이를 다시 본 것은 수요일 저녁, 집으로 돌아와 화분에 물을 주려 했을 때였다. 달팽이는, 그날 달팽이와 니카넨이 이상한 저녁을 보내고 난 뒤 그가 화분의 이끼에 올려놓은 그 자리에서 한 발자국도 움직이지 않은 채 발견되었다. 니카넨이 달팽이를 집어올렸지만 달팽이는 문을 닫아건 채 미동도 하지 않았다. 죽어버린 것이다. 니카넨은 잠깐 자책감에 사로잡혔다. 달팽이가 죽은 이유는 자신이 한 이상한 짓 때문이었음에 틀림없었다. 그는 껍데기만 남은 달팽이를 한참 들여다보다 그대로 화분의 이끼 위에 올려놓았다.

달팽이 사건, 그와 달팽이 사이에 있었던 은밀한 사건은 그의 일상에 작은 파문을 던졌지만 물결은 곧 잠잠해졌다.

하지만 그는 달팽이에 대한 생각에서 완전히 벗어나지 못했다. 달팽이를 떠올릴 때마다 부끄러움으로 얼굴이 붉어졌고, 그럴 때마다 니나를 떠올렸으며, 나나에게 전화를 하거나 문자를 보내며 달팽이에 대한 생각에서 벗어나려 했다.

니카넨이 다시 달팽이를 본 것은 그 일이 있은 후 열흘쯤 지난 뒤였다. 하지만 달팽이는 그가 보았던 달팽이가 아니었다. 껍데기만 남긴 채 여전히 이끼 위에 놓여 있던 죽은 달팽이의 주위에 수많은 작은 달팽이가 꼬물거리고 있었던 것이다. 니카넨은 깜짝 놀랐다. 달팽이들은 작은 돌기를 흔들거리며 이곳저곳으로 기어다녔다. 돌기의 길이는 2밀리미터도 채 되지 않았다. 어디서 나왔는지는 물을 필요도 없었다. 작은 달팽이들은 죽은 달팽이가 낳은 새끼들임에 틀림없었다. 달팽이는 자웅동체라는 말을 어디서 들었던 것 같다. 작은 새끼들은 알에서 나왔을까? 아니면 새끼를 낳은 것일까? 그는 달팽이에 대해 아는 게 하나도 없었다. 어쨌든 새끼들에 대한 대책을 세워야 했는데, 그는 뭘 어떻게 해야 할지 몰랐다. 화분을 종이로 감싸고 턱을 높이 만드는 것 외에 그가 할 수 있는 건 없었다. 다행히 새끼 달팽이들은 종이 위로 오르지 않고 그저 죽은 달팽이 근처에서만 맴돌았다. 세어보니 모두 열세 마리였다.

달팽이를 기를 생각은 조금도 없었지만, 니카넨은 화분에 양상추를 놓아주고 이끼가 마르지 않도록 매일 물을 뿌려주었다. 회사에 가기 전 달팽이를 들여다보고, 돌아와서 물을 주고 먹이를 넣어주는 건 이제 니카넨의 새로운 일상이 되었다. 달팽이는 조금씩 자랐다. 새끼손톱만하던 돌기들이 자라더니 어느새 나무줄기 위로 기어올라 커다란 잎새 위에 자리를 잡기도 했다. 한 달이 지나자 달팽이들은 엄지손가락만하게 자라 어미와 비슷해졌다.

어느 날 이파리 위를 기어가는 달팽이 한 마리를 보고 있던 니카넨은 소스라치게 놀랐다. 돌기의 무늬와 색깔이 달팽이마다 다르다는 건 알고 있었지만, 잎새 위의 달팽이의 몸은 많이 이상했다. 얼핏 보면 그가 책에서 보았던 여느 달팽이와 구분이 되지 않았지만, 자세히 보면 4개의 촉수가 좀 달랐다. 머리 양옆에 난 촉수처럼 보이는 돌기 2개는 촉수가 아니라 팔이라고 해야 할 것이었다. 게다가 그 끝이 갈라져 몇 개로 나뉘어져 있어 마치 손가락처럼 보였다. 니카넨은 서재로 들어가 돋보기를 들고 다시 들여다보기 시작했다.

달팽이를 들여다본 니카넨은 너무 놀라 그대로 그 자리에 주저앉았다. 놀랍게도 달팽이들은 얼굴을 가지고 있었다. 핑크빛의 피부에 까만 눈이 박혀 있었고, 뚜렷하지는 않지만 그 아래 약간 튀어나온 부분은 코와 닮았고, 작은 입이 그 아래 나 있었다. 귀는 없었지만 머리 옆에 팔이 달려 있었고, 손과 손가락이 좀더 뚜렷하게 보였다. 달팽이의 손은 마치 도롱뇽의 것을 축소해놓은 듯이 보였다. 달팽이들이 두 팔을 휘저을 때마다 가늘고 긴 팔이 촉수처럼 늘었다 줄어들곤 했다. 니카넨은 다른 달팽이를 하나씩 집어올려 살펴보았는데 모든 달팽이가 비슷한 모양이었다. 모두 사람의 얼굴을 하고 있는, 아니 작지만 사람의 상체가 붙어 있는 달팽이들이었다. 니카넨의 온몸에 소름이 돋았다. 서재로 뛰어가 백과사전을 뒤져보았지만 달팽이 사진은 몇 장이 되지 않았다. 인터넷에 접속해 '생물 도감' 달팽이 항목도 찾아보았지만 수백 개의 달팽이 사진 중에서 그렇게 생긴 달팽이는 단 하나도 없었다.

도대체 무슨 달팽이지? 그러다 니카넨은 갑자기 떠오른 생각으로 자신도 모르게 머리를 세차게 흔들었다.

아니야, 그럴 리가 없어! 하지만 한번 떠오른 생각을 떨쳐버릴 수 없었다.

세상에! 내가 무슨 짓을 한 거지? 저 달팽이들이 정말 내 새끼들이란 말인가? 도대체 어떻게 이런 일이 일어날 수 있지?

니카넨은 그날 밤 일을 떠올리며 다시 얼굴을 붉혔지만 그 결과를 어떻게 설명해야 할지 알 수 없었다.

며칠 동안 그는 아침이면 출근하고 저녁이면 달팽이에게 먹이를 주는 똑같은 일상을 보냈다. 그것 말고 그가 할 수 있는 건 아무것도 없었다. 누구에게 말할 수도 없었고, 달팽이 전문가를 찾아가 문의해볼 생각도 하지 못했다. 어떻게 나를 닮은 달팽이가 태어났다고 세상에 대고 말할 수 있단 말인가? 어떻게 달팽이와 그 짓을 하고 낳은 달팽이들이 나와 똑같이 생겼노라고 말할 수 있단 말인가?

달팽이들은 부쩍 자라 어미보다 훨씬 더 커졌고, 돌기의 직경이 거의 3센티미터는 되는 것 같아 보였다. 그럴수록 달팽이들의 모습은 점점 사람과 닮아갔다. 니카넨은 달팽이들이 점점 자라 어린아이만해지면 어쩌나 하는 생각을 했다. 그렇게 커진 달팽이는 어디에 숨길 수도 없지 않은가. 하지만 달팽이들이 더이상 자라는 것 같지는 않았다. 대신 이목구비가 더욱 또렷해졌고 팔은 거의 사람의 것과 흡사해졌다. 이제는 달팽이의 얼굴에서 그 표정도 읽을 수 있을 정도였다. 달팽이들은 눈을 깜빡이기도 하고 이마를 찌푸리기도 했다. 들리지는 않지만 작은 입을 통해 무슨 소리를 지르는 것도 같았는데, 달팽이들끼리 서로 부딪힐 때마다 팔을 휘저으며 입을 오물거리는 게 인사라도 하는 모양이었다.

달팽이들을 모두 내다 버릴 생각을 하지 않았던 것은 아니다. 하지만 자신을 닮은, 아니 낳았을지도 모르는 달팽이를 버린다는 건 생각만으로도 끔찍했다. 다행히 달팽이들은 조금 더 커지긴 했지만 더이상 자라지는 않았다. 나무에 기어올라 잎사귀 위를 다닐 때면 축 처질 정도일 뿐, 나뭇가지를 부러뜨릴 정도는 아니었다. 고무나무가 튼튼한 게 다행이었다. 보름이 더 지난 어느 주말, 니냐가 집으로 와 함께 보내기로 했다. 니카넨은 걱정이었다. 달팽이를 숨길까도 생각했지만 곧 포기했다. 니냐라면 이해해주지 않을까? 집으로 온 니냐를 니키넨은 창가로 데리고 갔다.

제발 놀라지 말아야 해.

무슨 일인데?

니냐는 마침내 니카넨이 그에게 프러포즈를 한다고 생각했다. 하지만 니카넨의 표정은 청혼을 앞둔 흥분이 아니라 잔뜩 긴장한 모습이었다.

이거 보여? 달팽이.

니카넨은 니냐를 고무나무 앞으로 데려가 줄기를 타고 오르는 달팽이 하나를 가리켰다.

니나는 달팽이를 보고 약간 놀라는 듯했지만 아무렇지도 않게 말했다.

정말 큰 달팽이네. 예쁜데. 이게 뭐?

자세히 봐.

니나가 고개를 숙여 달팽이를 들여다보다가 악 하고 소리를 질렀다.

도대체 이게 뭐야? 달팽이 맞아? 세상에 어떻게 이런 달팽이가 있을 수 있어?

니나는 니카넨의 손에 들려 있던 돋보기를 낚아채 다시 달팽이를 들여다보며 말했다.

얘 좀 봐! 나에게 말을 하는 거 같아. 세상에. 이거 어디서 난 거야?

니카넨은 니나의 손을 잡고 소파에 앉았다.

내 이야기를 듣고 제발 놀라지 말아야 해.

니카넨은 그날 밤 있었던 이야기를 니나에게 들려주었다. 니나의 이마가 점점 찌푸려지더니 급기야 더이상 말을 들을 필요도 없다는 듯 소리를 질렀다.

그러니까 저 달팽이들이 네 아이들이란 말을 하고 있는 거야?

그런지 아닌지 나도 모르겠어. 이런 일이 어떻게……

그만해. 도저히 못 참겠어. 변태 자식! 다시는 나에게 연락도 하지 마.

니냐는 옷을 집어들고 나가버렸다.

그것으로 끝이었다.

니카넨은 며칠 후 회사를 그만두었고 그의 달팽이들과 함께 사라졌다.

이야기를 마친 니카넨이 안으로 들어가 가방을 가지고 나왔다. 그 달팽이들이에요. 살아남은 애들이죠. 네 마리의 달팽이가 상자갑 속에서 일제히 머리를 들어올리며 나를 바라보았다. 머리를 숙여 자세히 들여다보았지만 니카넨이 말한 것만큼 이상해 보이지는 않았다. 촉수가 손처럼 보이긴 했다. 달팽이의 얼굴에서 이목구비를 찾아보려 했지만, 그렇다고 말해야 간신히 알아볼 수 있을 뿐이었다. 나는 니카넨이 들려준 이야기가 꾸며낸 게 아닌지 의심스러웠다. 니카넨이 내 속마음을 읽었는지 한마디 덧붙였다.

달팽이들의 얼굴이 조금씩 사라지고 있어요. 이제는 다른 달팽이들과 크게 달라 보이지 않죠?

니카넨은 이튿날 집을 떠났다. 그가 떠난 지 한 달 뒤쯤 그에게서 편지가 왔다. 소인은 대만이었다. 그는 자신을 집에 머물게 해준 것과 무엇보다 자신의 이야기를 들어주어서 감사하다고 했다. 그리고 슬픈 소식을 전했다. 여행중에 달팽이가 모두 죽어버렸다는 것이다. 공항 검색대를 통과하면서 달팽이가 문제가 되었고, 며칠 동안 압류되었던 달팽이들이 그 시간을 견디지 못했다는 것이다. 기쁜 소식도 있었다. 니나와 다시 만날 수 있을 것 같다고 했다. 그는 편지 말미에 이제 핀란드로 돌아가면 자신을 닮은 아이를 낳을 거라고 하면서 언젠가 아이를 데리고 다시 찾아오고 싶다고 했다.

꼭대기의 사람들

아침이면 도암 선생과 산책을 나선다. 키 작은 소나무들 사이로 붉은 해가 떠오르고, 안개에 젖은 숲을 둘러보며 맞는 아침은 언제나 즐겁다. 그게 아니더라도 새벽부터 일어나 산책을 가자고 졸라대는 도암 선생의 성화를 이겨낼 방법은 없다. 몇 분만 늦는 기색을 보이면 난리를 피우기 때문이다. 도암 김멍멍 선생. 숲에서 더불어 지내는 유일한 식구다. 도암 선생으로 말할 것 같으면 그 이름에서 알 수 있듯이 개다. 그와 나는 피차 이름을 불러 정체성을 까발리는 무례를 범하지 않기 위해 점잖게 따로 부르는 호를 지었는데, 아무도 그의 진짜 이름이 멍멍이인 것을 알지 못한다. 도암 선생으로 불릴 때는 멍멍이가 천방지축 자신의 처지도 모르고 날뛰는 때이다. 어허, 도암 선생 왜 이러시나. 체통을 지키셔야지. 그렇다고 도암 선생이 멍멍이의 본문을 잊을 리가 없다. 그럴 때는 도암, 하고 엄하게 꾸짖기도 하지만 그때뿐이다.

도암 선생과 아침 산책을 나섰다. 오늘은 깃대봉 꼭대기까지는 아니더라도 중턱까지는 가볼 생각이다. 엊그제 오른 산길에 흐드러지게 핀 구절초를 다시 보고 싶었다. 숲을 나와 큰길을 따라 언덕을 오르기 시작하자 도암 선생은 나의 늦은 발걸음이 답답했던지 몇 발 앞서 뛰어가다 되돌아와 내 뒤꿈치를 물어뜯는다. 앞서거니 뒤서거니 하며 걷다가 고갯마루에 이르자 도암이 무엇을 보았는지 쏜살같이 앞으로 달려나가더니 하늘을 보고 짖기 시작했다. 도암이 짖어대는 방향으로 눈을 돌리자 마루턱에서 깃대봉으로 오르는 오른쪽 숲 가운데 소나무 사이로 통신탑이 하나 삐죽 서 있는 게 보였다. 그곳에 통신탑이 있는 줄 전에는 알지 못했다. 탑인지 전신주인지는 모르겠으되 철 기둥으로 만들어진 탑의 중간쯤에는 긴 육면체의 박스들이 어지러운 전선 가닥과 함께 다닥다닥 붙어 있었다. 도암은 그곳을 향해 짖고 있었다. 아마 부지런한 다람쥐가 먼저 산책을 나선 것이었을 게다. 하지만 다람쥐 따위를 보고 그렇게 요란하게 짖어댈 도암 선생이 아니다. 가까이 가 자세히 보니 제일 높이 매달린 박스 위에 커다랗고 희끄무레한 물체가 붙어 있었다. 사실 그 물체는 그쪽으로 눈을 돌렸을 때부터 가장 먼저 눈에 띄었지만 어찌된 일인지 그 형체가 잘 들어오지 않았다. 내 눈이 본 것을 나의 뇌가 인정하지 않으려 했기 때문이다.

희멀건 색을 띤 그 물체는 겨울이면 나뭇가지에 붙어 있는 왕사마귀 알집처럼 통신탑 기둥에 완전히 밀착한 채 한 몸처럼 보였는데, 그런 이상한 형체가 그런 곳에 붙어 있으리라고 도저히 상상할 수 없는 모습이었다. 벌거벗은 사람처럼 보였기 때문이다. 사람을 닮은 형체를 눈앞에 보면서도 나는 그게 사람은 아닐 거라고, 사람일 수는 없는 거라는 믿음을 놓치지 않으려 했다. 그 형상은 낯설다거나 우습다거나 신기하다고 느끼기 전에 공포감을 불러일으켰다. 사람이 그런 곳에 있을 수 있는 상황을 설명할 수 있는 어떤 논리도 찾을 수 없었을 뿐 아니라, 그게 사람이라면 있을 수 있는 끔찍한 사태를 이른 아침부터 맞닥뜨리고 싶지 않았다. 하지만 그건 분명 사람이었고 그 사실을 받아들이는 순간 온몸의 피부가 고슴도치 바늘처럼 솟아올랐다. 도암 선생이 미친 듯 짖어대는 것도 이해가 갔다. 짖을 수 있었다면 나라도 그랬을 것이다. 숲 한가운데 서 있는 쇠기둥에 사람이, 새벽부터, 그것도 벌거벗은 채 매달려 있는 상황이란 도대체 어떤 경우일지 누가 설명할 수 있을까?

얼굴은 보이지 않았다. 두 팔과 다리로 쇠기둥을 감아 끌어안고 있는 그 인간은 얼굴을 어깨 안쪽으로 파묻은 채 미동도 하지 않았다. 누군가가 강제로 그곳에 올려놓은 것(도대체 누가 어떻게 그런 짓을 할 수 있을까?)이 아니라면 틀림없이 제 발로(미치지 않은 다음에야!) 기어올라갔을 것이었다. 그 순간 그 형체가 움찔거리는 모습을 보였는데 그제야 살아 있는 사람이 틀림없다고 확신할 수 있었다. 왜 아니겠는가? 밤기운이 남아 있는 이른 아침에 그렇게 높은 곳에서 차가운 쇳덩어리를 붙잡고 있는 몸이 떨리지 않는다면 그게 더 이상한 일이다. 살아 있는 인간이라면 말이다. 무엇을 해야 할지 아무것도 생각나지 않았다. 기껏 입에서 나온다는 말이 여기요, 하고 모깃소리를 내고 말았는데 컹컹 짖어대는 도암에게 부끄러울 지경이었다. 다시 용기를 내어 거기 누구시죠? 하고 소리를 내어보았지만, 그 형체 아니 그 사람은 조금 움찔거릴 뿐 아무런 반응도 보이지 않았다. 나는 계속 짖어대는 도암 선생을 불러 서둘러 집으로 돌아왔다. 경찰에 신고부터 하는 게 맞을 것 같았다.

사이렌 소리와 웅성거리는 사람들의 소리를 듣고, 도암을 집에 묶어둔 채 현장을 다시 찾았다. 도대체 무슨 일인지, 궁금증을 참을 수 없었기 때문이다. 혼자의 공포는 여럿의 호기심이다. 통신탑 밑에는 벌써 많은 사람이 모여 있었다. 경찰 두 명, 소방서 직원 셋이 나와 있었고, 어떻게 알았는지 동네 노인들이 여럿 모여 모두 고개를 하늘로 꺾은 채 통신탑 꼭대기를 올려다보고 있었다. 하나같이 눈앞에 벌어진 일에 황당해하며 가끔 서로의 눈을 마주하고 멀뚱거릴 뿐, 도무지 어찌할 바를 모르는 것은 마찬가지였다. 무슨 일이래? 망측해라! 실성한 거 아냐? 어떻게 올라갔다요, 죽은겨? 살아 있구만, 어디 사람인디, 누구래? 그 상황에서 주고받을 수 있는 모든 말이 튀어나온 뒤에 거기 사람이유? 누군가가 그렇게 소리쳤고, 어여 내려오시죠, 하고 경찰이 이어 소리를 질렀지만 그 형상은 꼼짝도 하지 않았다. 소방서 직원이 사다리차를 가져오겠다고 차를 몰고 내려가고, 무슨 일을 해야 할지 감을 잡을 수 없던 경찰은 모처럼 큰일을 맞이한 기쁨으로 상부에 보고부터 해야 한다며 전화를 눌러대고, 동네 사람들 몇몇이 담요라도, 아니면 아침 요깃거리라도 가져와야 하는 것 아니냐며 부산을 떨고 있는 와중에도 꼭대기에 매달린 인간은 내려올 줄을 몰랐다.

세상이 갑자기 시끄러웠다. 그날 아침 벌거벗은 채 통신탑에 기어올라간 사내의 이상한 행동 때문은 아니었다. 그런 일이 이 조그만 촌구석에서 어쩌다 한번 일어날 수 있는 해프닝이었다면 세상이 그렇게 시끄러워질 리도 없었다. 나는 그 희한한 사건을 먼저 아내에게 전화로 까발렸다. 오늘은 별일 없어? 응, 그렇지 뭐, 하는 일상적인 대화를 시작하기도 전에 나는 그날 내가 보았던 그 일을 잔뜩 흥분한 어조로 떠벌렸다. 정말 이상한 일 아냐?라고 말을 마치기도 전에 아내의 힐난이 치고 들어왔다. 거기도 그랬어? 근데 요새 통 뉴스도 안 보나봐. 그게 뭐 새삼스러운 일이라고. 테레비 켜고 뉴스 좀 보지그래. 아무리 혼자 지내도 세상이 어떻게 돌아가는지는 알아야 하는 거 아녜요? 내가 세상이 어떻게 돌아가는지 대강이나마 파악한 것은 아내와의 통화를 끝낸 후였다. 텔레비전을 켜니 온통 그 이야기들뿐이었다.

처음 그런 일이 벌어진 건 강남의 우면산 부근에 있는 송전탑이었다. 처음엔 단지 벌거벗은 미치광이의 자살 소동쯤으로 알려졌고 그렇게 시작되었다. 그 사건은 뉴스거리도 되지 못한 가십에 불과했고, 그나마 누군가가 벌거벗었다니 한군데 케이블방송의 사건 소식에서 '나체 자살 소동'이란 제목으로 짧게 소개되었을 뿐이었다. 그러던 것이 불과 며칠 사이로 비슷한 아니 똑같은 일이 여기저기서 벌어졌다. 대개는 그 일대에서 가장 높은 곳이 범행(?) 장소로 선택되었고 하나같이 남자들었으며 모두 다 벌거벗은 상태였다는 것이 공통점이었다. 하룻밤을 자고 나면 똑같은 뉴스가 우르르 쏟아졌다. 빌딩 위의 송신탑, 현수교 교각의 꼭대기, 건설중인 아파트의 크레인, 고압선이 흐르는 철탑, 물탱크 위의 피뢰침, 관청 앞의 국기 게양대에 이르기까지 높은 곳이라면(오를 수 있는 곳에서 도저히 올라갈 수 없는 곳까지) 어디서나 그런 일이 벌어졌다. 도시와 농촌을 가리지도 않았다. 새벽에 일을 나선 농부들이 마을 어귀에 서 있는 천년 된 팽나무 보호수 끝에 달라붙어 있는 희멀건 한 형체에 기겁하는 일도 일어났다.

갑자기 시작된 이상한 일에 모두의 관심이 집중되었던 것은 당연했다. 문제는 아무도 그 원인과 이유를 밝혀내지 못했다는 것이다. 출동한 한 경찰에 따르면 높은 곳에 기어오른 사람들은 거의 반수면 상태였고, 최면에 걸린 듯도 했으며, 자신이 어디에 있는지, 무엇을 하고 있는지 도무지 알지 못한 상태로 발견되었다고 했다. 그들은 누군가에 의해 끌려 내려와 지상에 발을 디뎌 서고서야 비로소 자신이 무슨 짓을 했는지 설명을 들을 수 있었고, 그제야 부끄러움을 이기지 못해 어찌할 바를 몰라 했다고 한다. 사건은 매우 단순해 보였고 또 매우 유사한 형태로 반복되고 있었지만 실제로는 매우 다양한 결과로 이어졌다. 세상 사람은 잘 몰랐지만 그쪽 판에서는 유명한 어느 연출가가 자신의 극단이 있는 빌딩 위에서 벌거벗은 채 발견되었는데, 조사 결과 그는 이번뿐이 아니라 이미 여러 차례 높은 곳으로 벌거벗은 채 올랐던 전력이 있던 것으로 드러났다. 또 세상 사람들이 모두 아는 어느 원로 시인은 수십 년간 이런 일을 벌여왔으며, 그때마다 그를 추종하는 사람에 의해 감춰져왔고, 감수성이 예민했던 그 시인은 자신의 특별한 경험이 자신의 시를 높은 경지에 이르게 했다고 주장하기도 했다. 물론 정반대의 현상도 없지 않았다. 자신이 저지른 이상 행동이 남들의 입에 오르내리자 좌절한 유명 연예인은 그가 올랐던 주상 복합 아파트 옥상의 송신탑으로 다시 기어올라가 그대로 아래로 뛰어내리고 말았다. 그 일이 있은 뒤, 처음엔 호기심으로 입에 올렸던 사람들이 경악했고 점차 심각한 사회 문제로 인식하기 시작했다. 사태가 일어난 원인과 배경에 대해 분석하기 시작한 지 얼마 지나지 않아 높은 곳에 오른 자들의 공통점이 하나씩 드러나기 시작했다. 가장 두드러진 특

징은 그들은 대개 자신의 분야에서 성공한 명망가들이었다는 점이다. 사회적으로 널리 알려져 이름만 들어도 알 수 있는 자들이거나 적어도 그 분야에서 일가를 이룬 소위 사계의 권위자들이었다. 거의 모든 직업을 망라했지만 대개 판검사나 변호사, 의사, 교수, 정치인, 작가, 시인, 화가, 배우, 가수, 연예인 등 소위 성공적인 직업군에서 더 잦은 빈도수를 보였으며, 나이는 30대 후반부터 90대까지 골고루 분포되어 있었다. 그러나 이런 분석은 그들이 저지른 행동을 설명하기에는 너무 포괄적인 구분법에 불과했다.

방송과 언론에서는 사계의 권위자란 권위자들은 죄다 연일 모여 토론을 벌였지만 그들이 어째서 그런 행동을 하게 되었는지에 대한 뚜렷한 이유를 찾을 수는 없었다. 심리학자들은 사회적 성공에서 오는 스트레스가 그렇게 나타난 것이라는 상투적인 진단을 내놓았고, 사회학자들은 무한 경쟁 사회의 잠재적인 공격성이 무의식 속에서 나타난 현상이라는 그럴듯하지만 아무런 의미도 없는 주장을 반복했으며, 병리학자들은 수면장애로 나타나는 일시적인 인식의 혼란 때문이라고 누구나 예상할 수 있는 진단을 내렸고, 대중문화 평론가들은 최근의 인터넷과 SNS를 비롯한 사이버 공간의 사회적 현상과 현실과의 불일치가 일으키는 심리적 불안에 기인한 것이며 현실과 가상의 혼란이 기억과 상상의 혼란으로 이어진 것이라는, 그 자신도 무슨 말인지 모를 알쏭달쏭한 가설을 내세웠으며, 한때 유명한 프로파일러였던 정치인은 틀림없이 과거에 저지른 범죄 행위를 어떤 식으로든 드러내려는 잠재된 욕망의 표출이라는, 책임질 수 없는 과감한 주장을 펴기도 했다.

이 사건을 계기로 밝혀진 사실은 이런 일들이 근자에 시작된 것이 아니라 기원을 알 수 없을 정도로 오래전부터 있었다는 것이다. 단지 일반에 알려졌을 때 오게 될 사회적 혼란을 막기 위해 철저하게 감춰졌을 뿐이었다. 누구는 정치권력이 기승을 부리던 독재정권 시기에 표출되었던 저항의 한 방식에서 시작되었을 것이라는 믿기 어려운 주장을 하기도 했고, 누구는 미군정 시기와 전쟁을 거치며 이 땅에 주둔했던 미군의 일탈적 행위에 대한 무비판적 모방에서 비롯된 것이라는 더욱 믿을 수 없는 가설을 제시했으며, 누구는 암울했던 식민지 시기 일군의 지식인에게 등장했던 우울과 자기 연민이라는 병적 증세가 재발한 것이라는, 그럴듯하지만 근거를 찾기 어려운 학설을 내놓았다.

높은 곳에 올라갔던 남자들은 대개 아침에 출근하는 시

민들에게 발견되었고, 발견되자마자 득달같이 달려온 소방서 직원에 의해 내려졌으며, 땅에 발을 딛자마자 방송국이나 언론사 기자들에게 둘러싸여 대답할 수 없는 질문 세례를 받은 후 경찰서에서 간단한 인적사항을 기록하고 풀려나 아무 일 없었다는 듯이 다시 일상으로 돌아갔고, 돌아간 후에는 자신이 한때 그런 일을 벌였다는 사실을 인정하려 하지 않았다. 물론 그중 일부는 비록 꿈과 현실을 구분하지는 못했지만 자신이 저지른 행동을 기억하기도 했고, 자신에 대해 말하는 방송이나 신문의 기사를 보고도 끝내 이를 받아들이지 못해 더욱 심각한 정신병을 얻은 채 그대로 잠적하거나 자살을 시도하기도 했다. 위험천만한 사고로 이어지기도 했다. 송전탑에 오른 사내가 꼭대기에 오르자마자 감전되어 새카맣게 탄 채로 발견되는 일도 있었고, 아침에 일을 시작한 크레인 기사가 끝에 매달린 사람을 보지 못하고 기계를 작동시키는 바람에 그대로 떨어지는 일도 있었으며, 물탱크 위에 설치된 피뢰침에 올랐다가 번개를 맞은 일도 있었다.

그러던 중 사태는 새로운 국면을 맞게 되었다. 매일 오늘은 몇 명이 높은 곳에서 발견되었는지를 전하던 방송사 앵커가 어느 날 자신이 근무하는 방송국의 꼭대기에 있는 방송탑에서 발견되고 난 후였다. 앵커는 높은 곳을 향하는 일련의 사건에 대해 다른 어느 방송사보다 적극적으로(대개는 비상식적인 사회적 현상을 일으킨 이들에 대해 노골적으로 비난하는 멘트를 날리며) 소개해왔을 뿐 아니라 온갖 수단을 써서 몇몇의 유경험자를 방송국으로 불러내 인터뷰를 시도하기도 했던, 방송계에서 유능하고 명망 있는 인물이었다.

그가 벌거벗은 채 방송탑에 올라앉은 사건은 어느 누구보다 이른 시각에 전파를 탄 것으로 기록될 수 있었다. 그날 그 앵커는 방송탑에서 발견된 뒤 스스로 내려와 다른 날과 똑같이 방송국으로 출근(물론 1층의 정문이 아니라 옥상 문을 통해서였지만)했고, 그날 아침 뉴스의 앵커로 등장해 스스로를 인터뷰하는 기상천외한 사건의 당사자가 되었다. 6시 아침 뉴스가 진행되고 있는 현장에 뛰어든 앵커는 미처 말릴 틈도 없이 이제 막 방송 경력을 시작하는 아나운서를 밀어내고 그 자리에 앉아 뉴스를 진행하기 시작했다. 몇몇 직원이 급한 대로 그에게 겉옷을 덮어주었지만 민망하게 드러난 속살까지 감출 수 없었다. 방송은 그의 잔뜩 상기된 얼굴을 제외한 나머지는 뿌연 안개로 가려진 상태로 진행되었다. 미처 옷깃에 달지 못한 마이크를 한 손에 든 앵커가 "여러분 안녕하십니까. 아침 뉴스를 전하겠습니다"라고 입을 떼는 순간부터 놀라울 정도로 투철한 직업의식이 유감없이 발휘되기 시작했다. 말하자면 그는 방송사상 최초로 진행자이자 출연자였다. 그는 먼저 자신이 기억하는 부분을 상세하게 전했다. 오늘 아침에도 민망하기 짝이 없는 사건이 또 일어났습니다. 바로 5분 전까지 방송탑 꼭대기에서 내려온 사건의 당사자가 여기 나와 있습니다. 먼저 지난밤에 무엇을 했는지를 말해보겠습니다. 정확히 기억나지는 않습니다만 퇴근 후 주차장에서 차를 몰고 나간 것은 분명합니다. 여의도 순복음교회 근처에 있는 식당에서 회식이 있었습니다. 거기까지 간 건 기억이 납니다. 어떻게 돌아와 방송탑까지 올라가게 되었는지는? 나도 알 수 없어요. 회식이 끝나고 다시 차를 타고 있었는데 차 안에서 어떤 소리가 들리기 시작했습니다. 무슨 소리였는지? 라디오에서 나오는 소리는 아니었고 어디서 나는 소리인지 끝내 알 수 없었어요. 처음엔 들리지 않았는데 소리가 점점 커지면서 어느 순간 그게 나를 향한 욕설이라는 걸 알았습니다. 귀를 막아도 소리는 계속 들렸죠. 그 내용이 뭔지? 정확히는 말할 수 없습니다. 방송으로 부적합한 단어들이라는 건 틀림없습니다. 도저히 참을 수 없어 차문을 열고 뛰쳐나갔던 것 같은데 아무리 빨리 달려도 소리는 계속 따라왔어요. 그뒤로는 기억이

나지 않는데 눈을 떠보니 방송탑 꼭대기였죠.

그렇게 발견되었던 것이지요, 라는 말을 마친 앵커는 그대로 기절한 뒤에 병원으로 실려갔다.

앵커의 인터뷰가 끝나자마자 특종을 놓칠 수밖에 없었던 다른 모든 방송은 재빨리 그 화면을 잡아 일제히 내보냈다. 그날 아침의 출근길은 그 어느 때보다 흥미진진한 뉴스로 채워지게 되었다. 그의 이야기는 당사자들의 심리적 상태를 명확히 파악할 수 없었던 학자들에게 몇 가지 해석의 열쇠를 제공했다. 대개는 틀림없이 과거에 그가 저지른 어떤 사건에 대한 죄책감에서 벗어나고 있지 못한 것이 그 원인이라고 짚었다. 경악할 사건이 일어날 때마다 전문가임을 자처하며 등장했던 한 사회심리학자는 추측임을 전제한 후 벌거벗는 행위, 즉 신체를 노출하는 행위는 성적인 욕망을 드러내는 것이기도 하지만 그가 들었던 욕설에 비추어볼 때 자신을 비난하는 내면적인 죄의식, 즉 범죄에 대한 죄의식을 드러내는 행위이기도 한데 이는 과거에 그가 저지른 일들과 밀접한 관계가 있을 것이며 이를 전면적으로 조사하는 것이 우선되어야 할 것이라고 말했다.

무책임할 수도 있는 심리학자의 발언이 세상에 퍼지자 사태는 완전히 또다른 국면으로 돌아서게 되었다. 그동안 벌거벗은 채 높은 곳에 올랐던 모든 사람이 소환되었고 그들의 과거 행적과 인적사항이 인터넷을 통해 낱낱이 까발려졌기 때문이다. 그 앵커가 가장 먼저 소환되었음은 물론이다. 그의 과거 행적도 낱낱이 밝혀졌는데 누구나 다 아는 그 내용까지 여기서 시시콜콜 이야기할 필요는 없을 것이다. 다만 그의 범죄 행각의 대상은 그가 인터뷰했던 사람들이 대부분이었으며, 그로부터 수치감을 느끼거나 모욕감을 느낀 사람은 대부분 여성들이었고, 그 수가 수십 명에 달했다는 점이 밝혀졌다. 그를 비롯한 시인, 판사, 정치인, 극작가, 탤런트, 교수, 교사 등등, 직업을 나열하는 게 무의미할 정도의 다양한 직군의 사람들이 높은 곳에 올라갔다는 이유로 공개적으로 과거의 행적이 들춰졌으며, 그 내용은 하나같이 앵커가 저지른 짓과 다르지 않았다. 그 모든 내용이 매일 매시간 SNS와 언론에 생중계되다시피 했다. 세상이 시끄러워진 이유이다.

그러거나 말거나 세상에 참 시끄러울 일도 많다는 것이 그동안 사태의 흐름을 보아온 나의 결론이다. 세상은 언제나 시끄러운 곳이었으며 그건 남들 이야기였다. 보통 사람들은 그저 저녁을 먹고 뉴스를 보며 시끄러운 세상을 확인한 뒤 오늘밤의 편안한 잠자리를 꿈꾸면 되는 것이었다.

새벽 잠결에 들으니 밖이 소란스러웠다. 멧돼지나 너구리 같은 짐승이 내려왔는지 도암 선생이 미친듯 짖어대고 있었다. 너무 심하게 짖어대는 바람에 잠에서 깼는데 갑자기 오한이 들며 몸이 떨리기 시작했다. 일어나려 해도 도무지 몸이 움직여지지 않았다. 팔다리가 마비가 된 듯 뻣뻣하게 굳었고 눈꺼풀에 껌이라도 달라붙어 있는 것처럼 눈을 뜰 수가 없었다. 어찌어찌 겨우 눈을 떠보니 날이 밝는지 붉은빛이 옅은 안개 속에 퍼지고 있었다. 사물의 윤곽이 뭉개져 있었다. 가까이 보이는 건 흐릿했고, 멀리 보이는 건 그보다는 좀더 또렷했지만 뭔지 알 수 없는 건 마찬가지였다. 눈을 몇 번 감았다 떴으나 눈앞에 보이는 건 어지럽게 흩어진 나뭇가지뿐이었다. 등짝이며 배와 가슴, 허벅지와 엉덩이가 따갑고 얼얼한 느낌이었는데, 특히 가슴 부위에 찢어질 듯한 통증이 몰려왔다. 무슨 일이 일어난 것이 틀림없었다. 나는 지금 벌어지고 있는 일이 무엇인지 알 수 없었지만, 공포감에 휩싸였다. 동시에 정신을 차리지 않으면 큰일날지도 모른다는 생각이 들었다. 악몽일 것이다. 악몽을 꾸고 있는 게 틀림없었다. 잠에서 깨어나야 했다. 눈앞의 사물이 점점 또렷이 보이고 주변 상황을 관찰할 수 있게 되었을 때, 갑자기 온몸에 힘이 빠져나가는 것이 느껴졌다. 어디론가 추락하고 있다는 느낌이 들었고 그 순간 있는 힘껏 팔다리에 다시 힘을 주지 않을 수 없었다. 바로 그때였다. 내가 숲길 초입의 커다란 소나무 꼭대기에, 그것도 벌거벗은 채로 올라앉아 있다는 것을 깨달은 것이.

밑에서는 도암이 나를 향해 미친듯 짖어대고 있었다.

종이 아이

봄에 부는 바람은 유별나다.

꽃잎은 찢어지고 나뭇잎이 가지와 함께 떨어지고 꽃대가 밑동부터 부러져나갔다. 장마처럼 내리던 비가 잠시 주춤거리던 저녁 무렵, 마당엘 나가려는데 밖에서 인기척이 느껴졌다. 마당 한가운데 누군가가, 아니 무엇인가가 이쪽을 바라보고 있었다. 잿빛의 털이 비에 젖어서 여기저기 얼룩이 져 있는 토끼였다. 비바람에 굴속에 박혀 있을 것이지 어딜 싸돌아다니다 온 건지, 꼴이 말이 아니었다. 녀석은 아마 제 집에 가서도 똑같은 핀잔을 어미로부터 들었을 게다. 처음 보는 낯선 동물에 당황했는지 한참 동안 나를 살피더니 어기적거리며 숲으로 들어가버렸다.

비는 멎은 듯했지만 바람이 다시 거세지기 시작했다. 돌풍이 부는 듯 바람을 따라 나뭇가지들이 이리저리 쏠리더니 급기야 소나무들의 여린 가지들이 부러져 길 위로 떨어지고 참나무 잎들은 가지째 하늘로 날아올랐다. 그때 북쪽 사면의 해송 위로 커다란 비닐조각 같은 것이 떠올라 공중을 몇 바퀴 돌고 매화밭 근처로 떨어지는 게 보였다. 동시에 숲 입구에서 어떤 여인이 전혀 알아들을 수 없는 비명을 지르며 달려오고 있었다. 산발한 여인은 얼핏 보아도 제정신이 아니었는데 길 한가운데 서 있던 나를 그대로 지나쳐 매화밭 쪽으로 뛰어들었다. 여인은 밭과 산비탈 사이 둔덕에 이리저리 날리던 비닐조각을 쫓는 것처럼 보였다. 그녀는 너풀거리는 비닐조각을 간신히 움켜쥐고 나서 이리저리 둘러보고는 마치 아이를 안듯 조심스럽게 껴안았다. 내가 가까이 다가갈 때까지 여인은 그렇게 한참을 앉아 있다가 인기척을 느끼고는 돌아보며 일어섰다. 그녀의 품안에는 여전히 비닐이 바람에 날리고 있었는데 놀랍게도 그건 비닐조각이 아니라 어린아이만한 인형이었다. 아니 인형인 것처럼 보였다. 그 인형이 울음을 터뜨리기 전까지. 여인이 안고 있는 아이가 인형이 아니라 조금 전에 보았던 그 흰 비닐조각이었으며 바로 전에 해송 위로 떠오른 물체였다는 것에 생각이 미치자 갑자기 멍해지는 느낌이었다. 도무지 앞뒤를 논리적으로 연결할 수 없는 상황이었다. 아이가 바람에 휘말려 올라갔고 여인은 아이를 쫓아 이곳으로 달려왔다는 말인가? 바람이 아무리 셌어도 그렇지……

나를 발견한 여인은 연신 고개를 숙이며 아리가토, 라는 말을 반복하고 있었다. 내가 인사를 받을 처지는 아니었다. 나는 고개를 숙여 아이를 보고 괜찮니라고 물었지만 아이는 창백한 얼굴로 울음을 터뜨릴 것 같은 표정을 하고 있었다. 나는 여인과 아이를 집안으로 안내했다. 얼마나 놀랐을까? 우선 이들을 진정시켜야 했다. 나는 차를 끓이고 아이를 위해 과자를 내었다.

여인은 자신을 미사코라고 소개했다. 아이의 이름은 가미라고 했다. 나는 그녀가 진정되는 기미를 보이자 조금 전에 내가 본 게 맞느냐고 조심스럽게 물었고, 아이의 엄마는 아이가 바람에 날아온 게 맞다고 했다. 나는 아이에게서 잠시도 눈을 떼지 못했다. 창백한 얼굴에 가느다란 팔다리를 한 아이는 매우 왜소했지만 여느 아이와 크게 다른 점은 없었다. 하지만 좀 전에 있었던 일련의 상황을 보아서인지 바람이 불면 날아갈 것처럼 생기긴 했다. 커다란 눈망울을 가진 아이는 방안을 이리저리 기웃거리기도 하고 일어나 서너 걸음을 떼기도 했는데, 아이의 움직임은 사람의 동작이라고 하기에는 약간 어색했다. 몸이 앞으로 쏠리면서 팔다리와 머리가 따라오는, 마치 종이인형의 움직임처럼 보였기 때문이다.

일본 홋카이도의 오타루시가 미사코의 고향이라고 했다. 그녀는 한때 아오리 냉동창고 회사의 중역실에 있는 비서였다. 미사코는 그 회사에 근무한 지 12년이 된, 중역실의 세 명의 여비서 중에서 가장 고참이었다. 그때까지 그녀는 미혼이었지만 결혼할 생각은 없었다. 미모라고는 할 수 없었지만 비서다운 반듯한 태도와 상냥한 말솜씨 그리고 적당히 가꾸어진 외모로 다른 사람들로부터 호감을 쉽게 이끌어낼 수 있는 여인이었다. 그런 미사코가 어느 날 갑자기 임신을 하고 회사를 그만두겠다고 했을 때 회사 사람들은 아쉬워했다. 그녀가 누구의 아이를 임신했는지는 알 수 없었다. 그녀는 궁금증만 남긴 채 회사를 떠났다.

미사코가 새로 직장을 잡은 곳은 구마모토현의 미사토 초라는 작은 도시였다. 그녀에게는 다섯 살 난 아이가 있었고, 그녀는 그곳에서 전통 부채를 만드는 작은 공방의 경리로 일하고 있었다. 미사코는 조금 나이가 들었다는 것 말고는 달라진 게 없었지만, 그녀의 아이는 좀 특이했다. 누구나 미사코의 아들, 가미를 보면 한번 더 돌아보게 되었다. 아이의 얼굴은 백지장처럼 하얬다. 그저 창백해 보이는 낯빛이 아니라 마치 가부키 분장을 한 게이샤의 얼굴처럼 흰색에 가까웠다. 아이는 언제나 자신의 몸집보다 큰 옷을 걸쳤고, 허리에는 어울리지 않게 굵은 혁띠를 두르고 있었으며, 거기에는 커다란 쇠붙이 장식이 몇 개 달려 있었다. 걷는 동작도 어색했다. 마치 바람을 타고 거닐 듯 사뿐거리는 발걸음이었지만 무거운 옷을 걸친 탓인지 어느 순간 휘청거리며 몸을 제대로 가누지 못하기도 했다.

미사코는 아들이 언제나 걱정이었다. 일을 끝내고 집으로 돌아오면 아이는 방안에 틀어박힌 채 혼자서 놀고 있었다.

가미상 잘 놀았어요?

퇴근한 미사코가 아이를 안아 들어올리면 아이는 거의 천장에 닿을 듯 높이 솟구쳤고 자지러지게 웃음을 터뜨렸다. 내려놓으면 아이는 그대로 접히듯 주저앉았다.

미안! 힘이 없구나. 네가 튼튼해질 수 있다면 더 바랄 게 없겠는데……

미사코는 혼자 중얼거렸지만 아이가 단단한 몸을 갖게 되리라고 기대할 수 없는 일이었다.

18년 전, 미사코가 고등여상을 졸업하고 냉동회사에 처음 다니기 시작할 무렵, 그녀에게는 남들에게는 말할 수 없는 기벽이 하나 있었다. 종이에 대한 집착이었다. 종이를 좋아하는 걸 기벽이라고 할 수는 없지만 종이에 대한 그녀의 집착은 좀 유별났다. 어릴 때부터 책 읽는 것을 좋아하고 글을 쓰는 걸 좋아했던 미사코는 흰 노트에 연필로 글을 쓸 때 느껴지는 종이의 감촉이 너무 좋았다. 처음엔 그저 자신이 뭔가를 할 수 있는 빈 여백이 눈앞에 놓여 있다는 사실이 기뻤을 뿐이다. 그랬던 것이 어른이 되어 스스로 돈을 벌 수 있게 되자 그녀는 틈만 나면 노트를 사 모았고, 좋은 종이가 있으면 어디든 달려가 사들였다. 종이를 사서 특별히 하는 일이 있었던 것도 아니다. 그림을 그리지도 않았고 글을 쓰지도 않았으며 종이 공예를 했던 것도 아니었다. 단지 종이를 사서 펼쳐놓거나 벽에 붙여놓고 냄새를 맡거나 쓰다듬는 일이 전부였지만, 그때마다 그녀는 황홀한 빈 여백으로 빠져들었다.

그녀의 종이에 대한 집착은 병적이었지만 문제가 될 건 없었다. 아무도 그녀에게 그런 기벽이 있으리라고 생각하지 못했고, 그녀 스스로도 자신을 이상하다고 느끼지 않았다. 그녀가 하숙하고 있는 작은 방은 벽지 대신 흰 종이가 붙어 있다는 것을 빼면 여느 집과 다를 건 없었다. 하지만 조금 주의 깊게 보면 가구며 장식들이 모두 종이로 만들어진 것을 발견할 수 있었다. 사람들은 가끔 그녀가 손가락에 밴드를 붙이고 있는 걸 보았다. 미사코가 특히 좋아했던 종이는 화지和紙였다. 화지는 베일 염려도 없고 매끈하지만 눈에 보이지 않는 보풀이 있어 한없이 부드러우면서도 느낌이 우아했기 때문이다. 미사코는 휴가 때가 되면 고급스럽고 질긴 화지를 찾아 전국을 돌기도 했다.

8년 전쯤 미사코가 아직 냉동창고 회사에 다닐 무렵, 그녀는 후쿠치야마에서 매우 오래된 제지 업체를 찾았고 거기서 매우 오래전에 만든 화지를 한 묶음 사게 되었다. 지금은 나오지 않는 종이죠. 앞으로도 이런 종이는 만들 수 없을 거요. 주인은 화지를 내어주며 그렇게 말했다. 그 화지는 다른 종이와 달리 펄프 입자가 거칠고 표면에 약간 광택이 있다는 것 말고는 특별해 보이지는 않았다. 하지만 미사코는 종이에 손을 대자마자 마침내 자신이 원하던 종이를 발견했음을 알았다. 전부 주세요. 그럴 수 있죠? 주인은 고개를 저었다. 이 종이를 당신에게 모두 팔 수는 없어요. 이 종이에 그림을 그리는 화가도 여럿 있단 말이오. 하지만 미사코는 끈질기게 달라붙었다. 주인은 내켜 하지 않았지만 결국 모든 종이를 그녀에게 전부 넘길 수밖에 없었다.

종이를 품에 안고 집으로 돌아온 미사코는 몇 장을 꺼내 벽에 붙이기도 하고 바닥에 깔아놓기도 했다. 미세하게 난 펄프의 가는 줄이 만들어내는 아름다운 무늬와 윤이 나면서도 반짝거리지 않는 종이의 품격에 반해, 매일 퇴근 후에 그 종이를 바라보는 즐거움에 빠졌다. 불에 비쳐보고 만져보고 쓰다듬고 어루만지며 미사코는 종이의 감촉이 주는 행복을 만끽하며 시간을 보냈다.

어느 날 미사코는 종이를 한 장 조심스럽게 꺼내 침대에 깔았다. 그러곤 옷을 벗고 그 위에 누웠다. 종이의 달짝지근한 풀냄새를 맡고, 부드러운 감촉을 느끼고, 은은하게 바스락거리는 소리를 들으며 그 어느 때보다 달콤한 잠에 빠져들었다. 그다음부터 미사코에게 종이는 바라보는 것 이상의 어떤 것이었다. 미사코는 잠이 들 때마다 정성스레 종이를 한 장 깔고 또 한 장을 올린 다음 그 위에 이불을 덮은 뒤 종이 사이로 기어들었다. 그럴 때마다 그녀는 더할 나위 없이 행복했다.

미사코가 점점 종이에 빠져들수록 그녀의 방은 차츰 종이로 가득해졌다. 회사에 나가 일을 하면서도 종이로 가득한 집을 상상하는 것만으로도 미사코는 저절로 기분이 좋아졌다. 그녀는 종이 속에 파묻히지 않고는 잠을 잘 수도 없었다. 그녀는 구겨진 종이들을 한데 모아 커다란 뭉치를 만들어 끌어안고 자기도 했다. 종이는 그녀가 원하는 모든 것이 되었다. 그녀가 꿈을 꾸거나 상상을 하면서 마주친 것은 다 종이로 만들어져 있다. 종이는 그녀가 원하는 모습으로 변했다. 종이를 구겨 형태를 만들고 가위로 오려 장식할 때마다 종이는 그녀가 원하는 물체가 되었다. 종이 공예라고 말할 수는 없었다. 특별히 어떤 물건처럼 보였던 것도 아니다. 그저 구겨지거나 뭉쳐진 덩어리에 불과했지만, 미사코에게 종이들은 그 자체로 살아 있는 것이었다. 종이뭉치들은 방안을 뒹굴거나 벽에 걸려 있거나 천장에 매달려 있기도 했고, 그녀가 방에 들어서는 순간 모두 살아 움직였다. 가장 커다란 종이뭉치는 늘 그녀의 침대 위에 뒹굴고 있었다.

첫눈이 온 어느 겨울밤, 미사코는 여느 때와 똑같이 종이 속에 파묻혀 잠을 청했다. 점점 몸이 더워지자 하나씩 옷을 벗었다. 부드러운 종이의 감촉이 몸을 감싸고 단단한 종이

뭉치가 몸에 닿을 때마다 그녀는 부끄러움을 느껴야 했다. 어느 순간 작게 뭉쳐진 종이의 끝이 자신의 몸속으로 들어와 부드러워지는 감촉을 느끼며 잠이 들었다가 그녀는 그대로 아침을 맞았다. 일어나보니 온몸이 땀으로 젖어 있었고, 종이들도 흠뻑 젖어 있었다. 미사코는 자신이 정상이 아닐지도 모른다고 생각했지만, 종이와 함께 잠이 드는 즐거움을 멈출 수는 없었다. 그로부터 3개월 후 생리가 끊기고 아랫배에 느껴지는 이물감으로 병원을 찾았을 때 그녀는 자신의 임신 사실에 충격을 받지 않을 수 없었다. 그럴 가능성은 전혀 없었다. 그가 마지막으로 남자를 사귄 것은 3년 전이었다. 하지만 미사코는 자신의 임신을 담담히 받아들였다. 그러고는 차츰 배가 불러오자 회사를 그만두고 도쿄로 왔다.

미사코가 아이를 낳았을 때 아이는 손바닥에 올려놓을 수 있을 만큼 작았다. 뿐만 아니라 너무 가벼워 무게가 전혀 느껴지지 않을 정도였다. 창백하고 작은 아이를 미사코는 가미라고 불렀고 그것은 아이의 이름이 되었다. 아이는 별탈 없이 잘 자랐지만 다른 아이들과 달랐다. 커갈수록 물을 거의 마시지 않았고, 물에 닿는 것도 싫어했다. 아이는 밖에 나가 놀 수 없을 만큼 약했다. 바람이 불면 날아가 골목에 처박힌 적도 있었으며, 습한 날에는 자리에서 일어나지도 못했고, 어쩌다 밖에 나가 비를 맞으면 며칠을 앓아누워야 했다.

미사코는 아이를 위해 다섯 번이나 이사를 해야 했다. 처음 머물렀던 도호쿠 지방은 그녀의 고향 근처였지만 바람이 거셌고 바닷가가 가까워 아이에게 위험했다. 니가타는 그녀가 살고 싶었던 곳이었지만 눈이 많이 내려 겨울에는 아이를 데리고 밖으로 나갈 수 없었다. 오키나와에서 잠시 살았던 적도 있었지만 아이가 태풍에 쓸려 다른 동네까지 날아가는 바람에 두 달도 살지 못한 채 이사를 해야 했다. 그녀가 마지막으로 정착한 곳은 구마모토였는데, 여름 장마가 시작되고 습한 날이면 아이는 자리에서 일어나지도 못했다. 더이상 찾을 곳도 없었지만 미사코는 포기하지 않았다. 따뜻한 햇빛과 건조한 공기가 가득한 곳을 찾은 끝에 다다른 곳이 바로 이곳이었다. 하지만 이곳에서도 다시는 미사코도 그의 아이 가[illegible]를 수 없을 것은 틀림없었다.

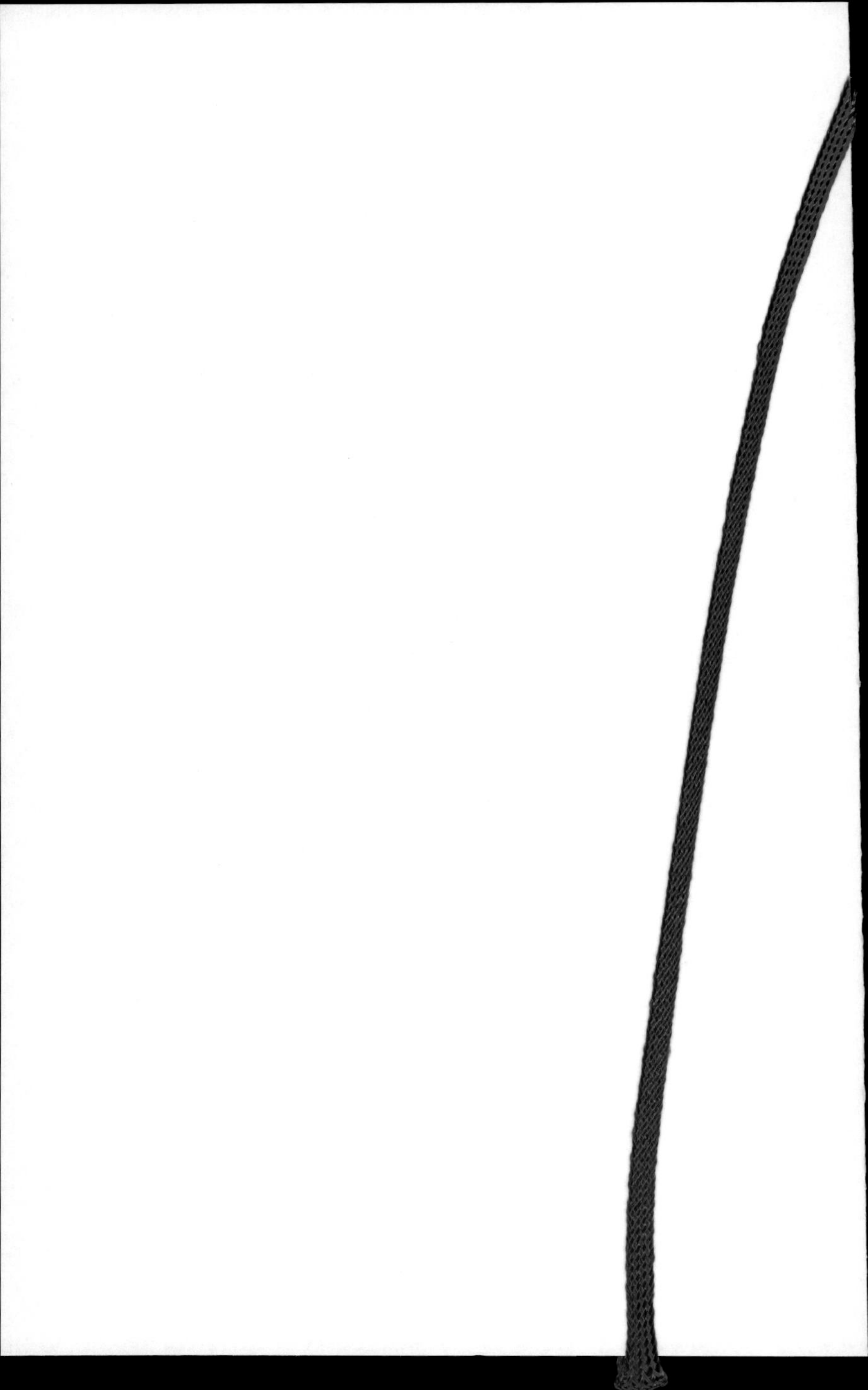

안섬 한 바퀴

처음 그 현상을 발견한 것은 고분 때문이었다. 역사학자도 아닌 주제에 옛 무덤에 관심을 갖게 된 이유는 단순한 호기심이었다. 고고학적 호기심이라고 하면 그럴듯할까. 고고학이 정확히 무얼 하는 것인지는 모르겠으되 어딘가에 묻혀 있는 옛날의 유물을 파내는 일쯤일 테고, 그 학문적 성취감이 맨땅에서 황금을 캐는 일과 어느 정도 유사하리라는 생각은 해왔던 것 같다. 미지의 세계는 언제나 감춰져 있고 그 세계를 발견하는 일만큼 신나는 일은 세상에 없을 터였다. 하지만 지금부터 말하려는 현상은 고고학이나 고분과는 관련이 없다. 단지 그 현상을 발견하게 된 빌미를 고분이 제공했다는 정도이다.

강진만의 서안을 따라 나 있는 해안도로는 시간이 나면 차를 몰고 바닷바람을 쐬러 나가는 곳이다. 이름은 해안관광도로라고 붙였지만 평일에는 오가는 차도 드물고 인가도 거의 없는 호젓한 길이다. 구불구불 이어진 만을 따라 남쪽으로 하염없이 내려가다보면 사초리의 거대한 인공 호수에 이른다. 왼편의 제법 너른 바다와 오른편의 그에 못지않은 호수가 마주하고 있는 곳이다. 간척지를 매립하고 제방을 쌓은 후 남은 호수는 해남과 강진이 절반씩 나누어 가지고 있는 사내호인데, 이곳에서 물위에 점점이 떠 있는 철새들과 건너편의 두륜산을 바라보고 뒤돌아 제방에 올라 바닷바람을 맞는 기분은 더할 나위 없다.

직선으로 이어진 해안도로를 벗어나 두륜산 방향으로 이어지는 길을 따라 나오다보면 왼편으로 큰 소나무가 연이어 서 있는 작은 삼거리가 보인다. 그곳에서 차를 좌측으로 돌려 3, 4백 미터쯤 들어가면 오른편에 갑자기 거대한 구릉이 등장한다. 바로 방산리 장고봉 고분이다. 모양이 장구처럼 생겼다 하여 붙여진 이름이다. 전방후원분前方後圓墳이라고 불리는 고분 중 가장 규모가 큰 장고봉 고분이 처음 알려진 것은 일본 고유의 무덤이라는 전방후원분이 한반도에도 존재하는지 논쟁이 뜨거웠던 1984년 말쯤이다. 고분의 봉토 원형부 중심에 널길〔羨道〕이 달린 장방형 석실이 있었지만 발견 당시에 이미 도굴되어 있었다고 한다.

고분을 두르고 있는 나지막한 철책을 넘어(불법이지만 학문적 호기심으로 보아주시길) 고분 위로 올라보니 너른 들판과 그 뒤로 바다 끝자락이 한눈에 들어온다. 고분 아래쪽에는 상대적으로 더 작아 보이는 일반 무덤들이 나란히 늘어서 있다. 이 무덤을 쓸 때는 뒤쪽의 언덕이 거대한 고분이라는 것을 미처 알지 못했을 것이다. 고분은 늘씬한 허리를 중심으로 원형과 네모꼴이 붙어 있는 형태이다. 바로 전방후원분이라고 불리는 이유이다. 전방후원분은 일본의 고분 시대4~6C경에 성행했던 무덤 양식으로 열쇠구멍 모양의 무덤Keyhole-shaped tomb이라고도 한다. 일본 열도에 수천 기가 분포하고 있어서 일본 고유의 고분 형태로 인정되고 있는데, 한반도의 것보다 시기도 앞서고 규모도 크다.

전방후원분에 대한 학술적 가치나 역사적 의미를 잘 알지도 못하거니와 안다 해도 논문을 쓰려는 게 아니라면 여기서 자세하게 논할 수는 없는 노릇이다. 다만 장고봉 고분에 처음 올랐을 때 들었던 의문이 하나 있었다. 전방후원분은 대체로 네모꼴의 전방 부분이 작고 낮으며 원형의 후원 부분이 크고 높다. 말 그대로 작은 쪽의 전방이 앞이고 큰 쪽의 후원이 뒤라는 말이다. 그런데 전방후원이라는 말을 곧이곧대로 받아들이면 아무리 보아도 고분이 거꾸로 놓여 있는 것처럼 보인다.

일반적으로 무덤의 앞과 뒤는 주변의 지세와 관련이 있다. 무덤은 대개 경사진 구릉에 쓰기 마련이다. 당연히 구릉의 높은 쪽이 뒤, 낮은 쪽이 앞이라고 해야 할 것이다. 이제까지 높은 쪽을 향해 돌아앉은 무덤을 본 적은 한 번도 없으니 이런 판단이 틀리지 않을 것이다. 또 산이 있고 그 앞에 강이나 물이 있다면 배산임수의 풍수에 의해 강이나 바다가 보이는 쪽을 앞이 되도록 무덤을 썼을 것이다. 그런데 장고봉 고분은 앞쪽, 그러니까 대략 남동쪽의 바다가 보이는 쪽이 높고 둥글며 그 반대쪽이 낮고 네모지다. 그렇다면 전방후원분이 아니라 전원후방분이라고 해야 하는 거 아닌가? 물론 이 무덤을 조성한 시기에는 풍수가 적용되지 않았을 수도 있고*, 바다 쪽이 아니라 산 쪽을 앞으로 생각했다면 그럴 수도 있다. 하지만 그 위에 올라서 아무리 둘러보아

---

* 풍수지리는 신라 말 9세기경 도선국사에 의해 전파되었다고 하는데 장고봉 고분은 백제 시대인 4~5세기의 것으로 추정되니 아직 풍수지리가 적용되지 않았다고 말할 수 있다.

도 바다를 향해 트인 쪽을 뒤라고 말하고 나무로 막힌 쪽을 앞이라고 말하는 건 아무래도 이해가 되지 않았다.

방산리의 장고봉 고분보다는 규모가 작지만 동일한 성격을 지닌 것으로 알려진 용두리 고분도 마찬가지였다. 고 최정희 시인의 생가 근처인 해남의 용두리에 있는 고분의 장축은 북동-남서 방향이며, 평면 형태는 장고형으로 이 역시 전방후원분이다. 원형부는 북동, 방형부는 남서쪽을 향하고 있다. 무덤이 자리한 지형 역시 북동쪽이 낮고 남서쪽이 높다. 원형의 북동을 앞, 방형의 남서를 뒤로 본다면 이 역시 전방후원분이 아니라 전원후방분이라고 해야 한다. 내가 뭘 잘못 알고 있는 걸까? 이게 단지 전방후원분의 명칭에서 오는 오류일까? 이름이 유래한 일본의 무덤 양식은 그 이름에 걸맞게 조성되어 있을까? 아니면 이 이름을 지었던 학자가 그저 대충 모양만 보고 지었던 것일까?* 설마 그럴리가.

---

* 전방후원분에 대한 명칭의 유래는 일본 근세의 학자 가모쿤페이〔蒲生君平〕가 천자天子가 타는 궁차宮車의 모양을 모방하여 만든 고분으로 추정한 것에서 비롯되었다. 즉 천자가 타는 차에는 둥근 지붕이 있고 여기를 후원부後圓部, 말이 끄는 방형의 앞부분을 전방부前方部로 해석했다. 이러한 전방후원분의 궁차기원설은 지금은 성립되지 않으나 용어 자체는 고고학 용어로 정착되어 사용되고 있다. 〈네이버 지식백과〉 전방후원분(고고학사전, 2001. 12. 국립문화재연구소)

이야기가 길어졌다. 잘 알지도 못하는 전방후원분을 설명하자고 시작한 이야기가 아닌데 말이다. 어쨌든 이 거대한 무덤에 대한 호기심 때문인지 길을 가다가 주변에 고분이 있으면 꼭 방문하곤 했는데 그러다 아직 발굴되지 않은 전방후원분의 형태를 논 한가운데서 발견하기도 했다. 밭섬을 찾게 된 것도 그곳에 고분이 있다는 말을 들었기 때문이었다. 밭섬은 장고봉 고분으로 향하는 해안도로의 끝자락에 있는 '섬'이다. 밭섬이라고 했으니 섬이 틀림없었다. 사내호를 지나며 직선으로 3~4킬로쯤 시원하게 뻗어 있는 길 끝에 우측으로 휘어진 도로로 들어서기 전, 왼편에 작은 정자 하나가 서 있고 그 옆 잔디밭에는 간단한 운동시설과 바다를 향해 놓인 벤치가 있어 오가며 쉬기 좋은 곳이다. 그곳 길가에 '내동 밭섬 고분군'이라고 적힌 안내판이 서 있다. 안내판에는 화살표가 바다를 향해 그려져 있었고(그렇게 보였다), 주위를 아무리 둘러보아도 가장 가까운 섬은 해안으로 이어진 길을 따라가면 손에 닿을 듯 보이는 작은 섬뿐이었다.

섬은 처음 볼 때부터 내 마음을 사로잡았다. 물이 들면 바다 한가운데 떠 있는 작은 섬이었고 물이 나면 폭이 좁은 노두길이 생겨나 육지와 이어지는 섬이었기 때문이다. 그 섬이 밭섬이 틀림없었다. 마침 물이 빠진 터라 섬에 들어갈 수 있었다. 폭이 40여 미터, 길이가 백여 미터, 해발이 대략 20미터가 채 안 되어 보이는 작은 섬이었는데, 물이 빠지면 그 둘레를 따라 모래톱과 바위들이 드러나고 너른 갯벌로 이어졌다. 섬을 한 바퀴 돌았지만 아무리 찾아도 고분으로 향하는 길을 찾을 수 없었다. 급기야 길도 없는 가파른 벼랑을 올라 나무와 넝쿨이 우거진 섬 안을 뒤졌지만 고분은커녕 무덤 비슷한 것도 발견하지 못했다. 그때 물이 서서히 들어오기 시작했고 서둘러 섬을 빠져나올 수밖에 없었다. 고분을 찾지 못한 게 괘씸해, 돌아와서 안내판 앞에 서서 다시 보니 화살표가 가리키는 방향으로 작은 언덕길이 나 있고 그 위의 비탈에 제법 너른 밭이 있는 게 보였다. 혹시 하는 생각에 밭가에 나 있는 길을 따라 오르니 고분이 나타났다. 그러니까 밭섬은 바다 위에 떠 있는 섬이 아니라 큰길 바로 옆에 붙어 있었던 것이다. 한때는 섬이었지만 그 일대를 간척한 뒤에 제방을 쌓은 해안도로와 이어져 이제는 작은 언덕으로 남은 것이 틀림없었다.

어렵사리 찾은 밭섬의 고분은 실망스러웠다. 폐허에 가까운 모습이었기 때문이다. 발굴중이었는지 아니면 무너져버린 것인지 석실이 밖으로 드러나 있고 규모도 작았다. 나중에 찾아보니 1호 고분은 섬 정상부의 남쪽에 있는 고분으로 북동쪽은 해일 등으로 봉토가 유실되었다고 한다. 분구墳丘의 가운데에는 석실이 노출되어 있었다. 두번째 무덤은 1호분에서 조금 떨어져 있었는데 섬이 무너져내리면서 분구의 북동쪽 일부가 유실되었다. 이 역시 가운데에 있는 돌방이 노출되었다. 이곳 유구에서는 철촉편과 갑옷편 등이 채집되었다고 한다.

처음엔 그곳 이름이 밭섬이었던 까닭이 내가 보았던 대로 밭이 있기 때문이라고 생각했다. 그런데 여기서 밭섬은 외도라고 불린다. 그러니까 밭섬은 밭이 있다는 의미가 아니라 바깥 섬이라는 뜻이다. 내가 밭섬인 줄 알고 찾았던 바다 쪽의 섬은 안섬, 즉 내도라고 한다. 예전에는 밭섬과 안섬, 즉 외도와 내도가 바다에 떠 있는 한 쌍의 섬이었다는 말이다. 그도 그럴 것이 외도와 내도는 물이 들면 2개의 섬이었다가 물이 나면 모래톱이 드러나 하나로 연결되었던 것이다. 그런데 여기서 나는 또 한번 헷갈리기 시작했다. 육지와 가까운 섬을 밭섬이라고 하고 바다 쪽으로 멀리 있는 섬을 안섬이라고 하는 건 또 뭐지? 바다를 메우기 전의 풍경을 머릿속으로 그려보아도 밭섬보다는 안섬이 육지에서 더 멀리 떨어진 건 틀림없었다. 상식적으로 육지와 가까운 쪽을 안섬, 먼 쪽을 밭섬이라고 말해야 하는 것 아닌가?

정방후원분과 밭섬, 안섬의 뒤바뀐 명칭(내가 생각하기에)은 해결되지 않은 채 계속 궁금증으로만 남았다. 막연히 이곳이 그 옛날 해상 왕국의 중심지였고 바다를 중심으로 삼았던 사람들이 살았다면 그들의 심리적 중심이 바다에 있었기 때문일 것이라는 추측을 해볼 뿐이었다. 그들에게는 바다가 안이고 육지가 밖이었을까?

어쨌든 그렇게 찾게 된 안섬은 내가 가장 좋아하는 장소가 되었다. 남쪽으로는 완도의 독특하게 생긴(산봉우리가 한쪽으로 쏠린 듯한) 실루엣이 드러나고, 만의 끝자락에 위치해 넓은 바다가 한눈에 들어온다. 멀리 만의 건너편에는 마량과 고금도를 잇는 다리가 보이기도 한다. 물이 나면 육지를 잇는 노두길이 드러나는 안섬의 주변은 남녘의 고즈넉한 바닷가 풍경을 제대로 보여준다. 가끔 바다를 가까이하고 싶을 때는 밭섬으로 가 바닷길이 열리기를 기다려 안섬을 한 바퀴 돌아보곤 했다.

장황해졌지만 여기까지가 지금부터 말하려는 이야기의 배경이다.

안섬이 나에게 있었던 그 이상한 현상의 원인을 제공한

장소라는 걸 처음엔 도저히 떠올릴 수 없었다. 때 이르게 여름인 듯 무더운 날이 이어지던 4월의 어느 날이었다. 아침에 일어났을 때부터 그날은 다른 날과 조금 달랐다. 옅은 안개가 숲 아래로 퍼져 있었던 건 어제와 다르지 않았다. 일어나자마자 주방으로 가 물을 한잔 마시고 커피포트의 스위치를 올린 뒤 도암 선생의 아침밥을 챙겨준 것도 어제와 다를 게 없었다. 어제가 아니라 그제와 그리고 그 전날과 또 전전날과도 다르지 않았을 것이다. 하지만 나는 일어나면서부터 계속 주변에 번져 있는 안개처럼 알 수 없는 느낌에 사로잡혀 있었다. 그 느낌이 기시감이라는 걸 감지한 건 도암 선생과 산책을 마치고 돌아오는 길에서였다.

집으로 들어가는 숲의 초입에 서 있는 우편함 옆을 지날 때 도암 선생이 짖어댔다. 산토끼 한 마리가 오른편 언덕에서 굴러떨어지다시피 내려와 쏜살같이 앞으로 달려가는 게 보였다. 어! 어제도 그랬는데…… 바로 어제 그 자리에서 있었던 일이 똑같이 일어난 것이다. 언젠가 보았던 것 같은 느낌을 기시감이라고 한다면 어제 보았던 광경을 오늘 다시 보게 된 것을 기시감이라고 말할 수는 없을 것이다. 기시감은 '기억에 없지만'이라는 전제가 붙어야 하지만 어제 본 그 장면이 너무 생생했다. 같은 시간에 같은 장소에서 나타나 똑같은 길을 달려가는 토끼의 엉덩이를 볼 확률은 살면서 얼마나 될까?

잠깐 머리가 어질했다. 곧 이런 우연의 일치가 일어날 확률은, 적지만 불가능한 일은 아니라는 결론을 내릴 수 있었다. 우연에 과도한 의미를 부여하는 건 어리석다. 그러나 산토끼를 본 후에 일어난 모든 일이, 도암 선생을 제 집에 묶어놓고, 아침으로 남아 있는 두 쪽의 식빵(남아 있는 식빵의 개수는 내가 언제 읍내에 가야 하는지를 가늠하는 기준이다)에 버터를 발라 굽고, 마당을 쓸면서 반짝이는 초록색의 등딱지를 가진 멋쟁이 벌레를 숲으로 던져주었던 게 어제도 똑같이 일어난 일이라는 걸 깨닫는 데는 그리 오래 걸리지 않았다. 기시감이 아니다. 너무나 또렷하다. 분명 느낌이 아니라 현실이었다. 모든 일은 어제도 일어났던 일이었다. 어제의 시간이 오늘 다시 흐르고 있다고? 어제의 사건이 오늘 고스란히 재현되고 있다고? 그런 말도 안 되는 일이 일어나고 있다고? 둘 중에 하나일 것이다. 정말 시간이 다시 흐르고 있든지, 아니면 내가 어떻게 되었든지. 물론 이성적이고 합리적인 판단을 내린다면 결론은 당연히 후자여야 했다. 내 머릿속이 어떻게 되었다고 말하는 게 이성적인 판단이라니.

그즈음 내 생활은 단조롭기 짝이 없었다. 아침에 일어나 산책을 하고 마당을 쓸고 아침을 챙겨 먹고 정원에 물을 주고 숲의 나무들이 새로 낸 잎을 살펴보고 점심을 대강 먹고 책을 읽거나 컴퓨터를 켜 이것저것 들여다보다 저녁을 차려 먹고 강아지 밥을 주고 텔레비전을 보다 일찍 잠이 드는 게 일상이었다. 먹을 게 떨어지면 읍에 있는 마트에 들러 간단한 장을 보거나 무료해질 때면 차를 타고 이곳저곳 아무데나 돌아다니다 해안도로를 달려 바다를 보고 돌아오는 게 하는 일의 전부였다. 살면서 이런 시간을 보낸 적은 단 한 번도 없었다. 처음엔 그저 아무 일이 없다는 것만으로 더없이 행복했다. 하지만 그 시간이 점점 길어지자 행복은 서서히 불행으로 바뀌고 있었다. 아무 일이 없다는 건 곧 할 일이 없다는 것을 의미했다. 해야 할 일이 없자 하고 싶은 일도 없어졌고 곧바로 일상적으로 해야 할 일조차 하기 싫어졌다. 모든 일에 대한 의욕이 사라졌으며 일에 대한 의욕이 사라지자 그동안 해왔던 갖가지 일에 대한 회의가 들었다. 의욕이 없으면 의미도 없어지고 의미가 사라지면 삶도 사라진다. 겉으로는 평온한 일상을 보내고 있었지만 무료한 일상에서 오는 내면의 회의는 나를 점점 더 나태와 무기력으로 이끌었다. 게으름은 다시 알 수 없는 불안을 가져왔다. 어제와 다르지 않은 오늘을 보내는 일은 내일도 오늘과 다르지 않을 거라는 절망을 낳는다. 어제를 기억하는 사람이 어제와 똑같은 오늘을 어떻게 견뎌낼 수 있을까? 그랬다. 나에게 일어난 기시감은 어제와 다르지 않은 오늘에 대한 절망에서 비롯된 현상일 것이다. 어제와 다르지 않은 오늘을 보내야 하는 불안이 이 현상들의 원인임에 틀림없었다.

자학적인 심리까지 고려한 그럴듯한 결론에 이르긴 했지만 그렇더라도 어제 화단 돌 틈에서 기어나와 햇볕을 쪼이고 있던 지네 한 마리를 오늘 똑같은 곳에서 다시 보게 되는 일을 설명할 수는 없었다. 틀림없이 뭔가 이상했다, 심리적으로가 아니라 물리적으로. 오후가 되자 더이상 견딜 수 없어진 나는 옷을 갈아입고 현관과 작업실 문을 차례로 잠근 뒤 차에 올랐다. 시동을 켜자마자 라디오 볼륨을 크게 틀어놓았던지 Alicia Keys의 〈Un-thinkable〉이 왕왕거리며 들렸다. 어제 그랬듯이. 해안도로에 들어서자 열은 갯내가 창으로 밀려들어왔다. 사내호를 지나며 직선으로 뻗어 있는 도로를 시속 백여 킬로미터쯤으로 달릴 때, 어제 그 길을 달리며 라디오 볼륨을 한껏 올렸던 게 생각났다. 오늘 내가 하고 있는 모든 행동이 어제와 한 치도 다르지 않았던 것이다. 분명히 시간이 반복되고 있어. 어제와 똑같은 오늘이. 브레이크를 있는 힘껏 밟자 콘크리트 도로가 비명을 질렀다. 휴대전화를 꺼내 화면을 켰다. 4월 18일 수요일. 어제가 수요일이 아니었던가. 확신할 수 없었다. 날 가는 줄 모르고 사는 날들에서 어제와 오늘을 명쾌히 구분하는 건 불가능했다.

밭섬의 언덕을 돌아 모래 해안을 따라 걸었다. 검은색의 바위들이 기암괴석처럼 늘어서 있는 사이로 조개와 굴 껍데기가 잘게 부서진 모래톱이 안섬까지 이어진 길이었다. 만의 끝자락에 여러 겹의 띠처럼 펼쳐진 물비늘이 잘게 부서진 햇빛을 쏟아내고 있었다. 이곳은 늘 그랬듯이 시간이 멈춘 풍경을 그려내고 있었다. 긴 시간을 지나 무너진 과거의 세계가 바로 미래의 현재였다는 것을 발견하고 오열하는 혹성 탈출의 주인공이 그랬을까? 불현듯 어긋난 시간 속에 영원히 갇혀버렸을지도 모른다는 두려움이 밀려왔다. 안섬을 이어주는 노두길은 아직 열리지 않았지만 물이 빠지고 있는 중이었다. 30분 뒤면 바다는 조금씩 길을 열어줄 것이다. 물이 빠질 때마다 한 걸음씩 걸으면 어느새 안섬에 이를 것이다. 바로 어제 그랬듯이.

그날, 그러니까 수요일이 반복된 그날 나는 안섬으로 들어가지 않았다. 어제가 반복되는 오늘, 어제와 똑같은 오늘을 견딜 수 없다면 어떻게 해서든 시간의 흐름을 끊어야 했다. 어제 안섬을 돌았으니 오늘 그곳에 들어가지 않으면 어제가 더이상 오늘이 될 수 없을 것이다. 시간이 반복된다고 하더라도 일어난 사건이 다르다면 똑같은 날은 아니지 않은가? 그 정도가 내가 생각할 수 있는 최선이었다. 노두길 중간에서 찰랑거리며 밀려나는 물 사이로 조금씩 열리는 길을 바라보다 그대로 뒤돌아섰다. 어제와 똑같은 오늘을 살 수는 없어. 그 생각뿐이었다. 어제와 다른 오늘을 보내면 내일이 올 것이다. 만일 내일도 똑같은 오늘이 반복된다면…… 그건 생각하고 싶지도 않은 악몽이었다. 어제(똑같은 날을 어제라고 말할 수는 없지만)와 달리 해안도로를 버리고 국도를 타고 오르다 면 소재지를 거쳐 집으로 돌아왔다. 그날 저녁 내내 나는 전날 했던 행동을 기억하며 똑같은 행위를 하지 않으려 애썼다. 텔레비전을 틀지도 않았고 국수를 삶는 대신 밥을 지어 먹었다. 자기 전에 샤워도 하지 않았다.

밤이 되어도 도무지 잠을 이룰 수 없었다. 외면하려 해도 책상 위 시곗바늘의 움직임에만 신경이 몰렸다. 모든 시곗바늘이 천장을 가리키며 하나로 모였을 때 서둘러 휴대전화를 열었다. 4월 19일 목요일. 00:04. 목요일이다. 하루가 넘어갔다. 어제가 지나고 드디어 오늘이 되었다. 아니 오늘이 지나고 내일이 온 것이다. 하루를 보내고 또다른 하루를 맞는 게 이렇게 힘든 일이었던가? 새벽 4시를 넘겨 언제 잠이 들었는지 모르게 잠이 들었고 눈을 뜨자마자 다시 날짜를 확인했다. 4월 19일 09:34. 모든 게 정상이었다. 어제는 지나가버렸고 다시 반복되지 않았다.

며칠 동안 불안에 시달렸다. 똑같은 하루가 시작되는 건 아닌지 아침에 일어나자마다 날짜를 확인해야 했다. 나흘이 지나도록 아무 일이 없고 나서야 조금 진정되는 듯했다. 하루가 반복된 그날의 끔찍했던 기억이 시나브로 사라지자 정말 그런 일이 있었는지조차 조금씩 의심이 들기 시작했다. 그 현상은 도무지 있을 수 없는 일이었으며 현실적으로 일어날 수 있는 일이 아니었다. 논리는 사실을 뒤엎을 수도 있다. 이치에 맞지 않는 일은 일어나지 않았던 일이 될 수밖에 없다. 그런 일은 일어나지 않았다, 그렇게 생각하면서 마음은 편안해졌지만 똑같은 날이 반복되었던 그날의 두려움은 생생한 느낌으로 여전히 몸 어딘가에 남아 있었다.

다른 한편으로 그런 일을 그저 그렇게 보내버린 것이 아쉽기도 했다. 별거 아닌 일에 호들갑을 떨었던 듯싶기도 했다. 정말 별일이 아니었을까? 그럴 리는 없다. 어찌 보면 굉장히 흥미롭고 신나는 일일 수도 있지 않았을까? 하루가 다시 주어진 엄청난 사건을 나는 왜 그렇게밖에 보내지 못했을까? 다른 사람에게도 이런 일이 일어난 적이 있을까? 내가 너무 겁을 냈던 건 아니었을까? 만일 이런 일이 스티븐 킹에게 일어났다면 그는 아마 두 권으로도 모자라는 장편의 이야기를 만들어냈을 것이다. 그런데 정말 그럴 수 있을까? 스티븐 킹이 아니라 그 할아버지가 온대도 이런 현상을 실제로 맞닥뜨리면 이야기는커녕 숨도 제대로 쉬지 못했을 거라고 확신한다. 소설 속의 시간 이동, 혹은 시간 여행이 흥미로울 수 있는 것은 그게 불가능하다는 걸 알기 때문이다. 작가 자신은 그 불가능의 진실을 외면하고 있을 뿐이다.

하루가 다시 시작된다는 것은 단지 그날 하루로 그치지 않는다. 그다음날도 똑같은 하루가 올 테고, 그렇게 영원히 하루가 반복된다는 말이기 때문이다. 그건 공포 그 자체다. 시간이 멈춘 세계에서 모든 질서가 뒤틀려버릴지도 모른다는 두려움이 상상의 문 앞에서 나를 얼어붙게 만들었다.

다시 며칠이 지나고 그때의 두려움에 대한 기억이 거의 사라지자 도대체 어떻게 그런 일이 일어날 수 있는지, 그런 현상이 일어나게 된 계기 혹은 이유가 무엇인지 따져보기 시작했다. 이유는 알 수 없어도 계기는 분명 있을 것이다. 알 수 없는 이유로 시간의 톱니바퀴 하나가 덜렁 빠져버렸다면? 그 빠져버린 시간의 톱니바퀴 사이로 우연히 내가 들어선 것이었다면? 그날, 그러니까 하루가 반복된 날의 전날

내가 보낸 시간 중 어떤 행동이 시간을 뒤틀리게 한 톱니바퀴와 맞물려 있었던 것이 틀림없었다. 그 순간을 반복한다면 다시 시간을 거스를 수도 있지 않을까?

그날의 행위 중 일상에서 벗어난 일은 안섬을 한 바퀴 돌고 온 일이었다. 일탈된 시간과 맞닥뜨렸다면 거기는 안섬이어야 했다. 물론 그 이전에도 몇 차례 간 적은 있었지만 그런 현상이 일어난 적은 없었다. 그때 떠오른 생각이 있었다. 바로 그것일지 몰랐다. 그날은 분명 평소와 다른 점이 있었다.

안섬에 물때를 맞추어 가는 경우는 없었다. 때를 맞춰 갯벌에 나가 바지락을 캐거나 고기를 잡을 게 아니라면 굳이 물때를 알아야 할 이유가 나에겐 없었다. 그저 그곳으로 가서 길이 열리면 들어가고 아니면 그대로 되돌아오면 그뿐이었다. 잠겨 있는 바닷길을 보고 아쉬울 때도 없지 않았다. 그러니까 아무때나 그곳에 도착해 안섬에 들어갈 확률은 대략 반반 정도였다. 아마 집에 조수간만이 적혀 있는 달력이 있었다면 물이 빠지는 시간을 확인했을 것이다. 이 지역에는 완도를 기준으로 하는 조수간만을 기록한 달력이 있는데, 여느 식당에서 흔히 볼 수 있었다. 어부들의 집 안방에는 반드시 그 달력이 걸려 있을 것이다.

안섬에서 있었던 그날의 일을 하나씩 떠올렸다. 며칠 전 그날이 다시 반복된 날보다 늦은 시각이었고, 바닷길은 차 두 대가 비켜 지나갈 정도로 넓게 열려 있었다. 사리 무렵이었던지 그 어느 때보다 바다가 멀리 물러앉아 갯벌이 한껏 드러났다. 평소에는 사람의 그림자조차 볼 수 없는 곳이었지만 낙지를 잡으려는지 동네 아낙 서넛이 갯벌에 나와 있었다. 백여 미터쯤 되는 바닷길은 파도에 휩쓸려 하얗게 변한 굴과 조개껍데기로 도톰하게 솟아올라 있었다. 그 길을 지나 안섬에 도달하면 언제나 왼편을 돌아 시계 방향으로 한 바퀴를 돌곤 했다. 그 방향으로 돌아야 할 특별한 이유가 있었던 건 아니었다. 왼쪽으로 돌면 굴과 자갈이 가득 널려 있는 곳을 지나게 된다. 타원형의 섬 북쪽 끝, 바다를 향해 펼쳐진 뾰족한 바위들을 지나면 모래톱과 바위가 어울린 해변이 나오는데, 그곳은 날이 좋으면 잠시 앉아 쉬면서 반짝이는 물비늘을 바라보기에 딱 좋은 장소였다. 그날은 오후 늦은 시간이어서 물비늘을 보기 힘들 것 같았다. 그래서였을 것이다. 그날은 평소와 달리 오른편으로 돌기로 했다. 왼쪽보다 모래톱이 넓어 걷기가 더 편할 것 같았다. 전에는 몰랐는데 동쪽의 갯벌에는 콘크리트 길이 나 있었고, 그 끝에는 헝겊 쪼가리가 매달린 대나무들이 여기저기 꽂혀 있었다. 바지락 양식장의 영역을 구분하기 위한 말목인 듯싶었다. 그날 안섬을 한 바퀴 도는 산책은 녹록지 않았다. 걸을 때마다 바람이 맞부는 것처럼 걸음을 옮기기가 쉽지 않았다. 물속을 걷듯이 밀도가 높아진 공기를 헤쳐나가야 했다. 이상했다. 하늘엔 구름도 없었고 바다는 잔물결 하나 없이 고요한, 바람 한 점 없는 날씨였다. 분명 어느 방향에서도 바람이 불어오지 않았다. 그것이었을까? 안섬을 거꾸로 돌았던 게 시간을 거슬러 하루를 늘려놓게 된 것이었을까? 그곳이 나의 토끼굴이었을까? 그것 말고 다른 어떤 이상한 징후는 그날 일어나지 않았다.

며칠 뒤인 5월 2일쯤 안섬을 다시 찾았다. 그날의 현상이 똑같이 일어날지 시험하고 싶었다. 이번엔 집을 나오면서 물때를 확인했다. 간조 시간은 05:51과 17:43. 오후 5시 43분이 내가 맞출 수 있는 시간이었다. 그 중간인 12시쯤부터 물이 빠지기 시작하여 오후 5시 43분 사이의 어느 순간부터 길이 열릴 것이다. 오후 2시쯤, 길이 열리길 기다려 안섬을 한 바퀴 돌았다. 물론 그날처럼 시계 반대 방향으로. 날은 흐렸고 남서풍이 약하게 불었지만 걸음을 떼기가 그날처럼 힘들지도 않았고 이상한 느낌도 없었다. 집으로 돌아와 맞은 다음날 아침은 그다음 날이었다. 시간은 다시 거꾸로 흐르지 않았다. 뭐가 잘못되었을까? 그런 일이 언제나 일어날 수 있는 현상이 아니었을까? 혹시 물때를 잘못 맞추었던 건 아닐까? 그날, 하루가 반복된 그날은 그저 착각이었을까?

시간의 화살은 한쪽으로 흐른다. 시간이 흐른다는 것은 무질서 혹은 엔트로피가 증가하는 시간의 방향을 말한다. 거꾸로 흐르는 일은 있을 수 없다. 팽창하는 우주가 갑자기 수축하는 게 아니라면 그런 일은 일어날 수 없다. 이건 상식이다. 시간의 흐름을 알려주는 가장 큰 시계는 지구와 달 그리고 태양이다. 달과 지구와 태양은 한 치의 오차도 없이 정교하게 돌아가는 시계 장치일 것이다. 어쩌면 시간이 반복되는 현상은 시계처럼 돌아가는 거대한 톱니바퀴 하나가 덜렁 빠져버리거나 아니면 어긋나 미끄러지면서 다시 원위치로 돌아갔기 때문이 아니었을까? 내가 저지른 어떤 일이 시간의 톱니바퀴 하나에 영향을 미쳤던 것일까? 그런데 우주의 시계가 오작동을 일으킬 수 있을까? 한 치의 오차도 없이 매끈하게 작동해야 하는 우주의 질서를 거스를 수 있을까?

처음 물때를 확인하면서 알게 된 사실이 있다. 만조와 간조를 이루는 시각은 매일 조금씩 늦어지는데, 일정하지 않다는 것이다. 어느 때는 30분, 어느 때는 한 시간 이상 들쭉날쭉할 뿐 아니라 조수의 높이 차이도 제멋대로였다. 수십 년 동안 바다에 나가 고기를 잡아온 어부도 시간이 기록된 달력을 보지 않고는 밀물과 썰물의 시간을 정확히 예측하는 건 불가능하다. 그러니까 이곳, 바다와 육지가 만나는 세상에서는 해와 달과 지구가 작동하는 시간의 이빨이 들쭉날쭉한 것처럼 보인다. 정교한 우주의 시계가 불규칙하다고?

조수간만의 차가 달의 움직임 때문인 건 상식이다. 여기에 태양의 인력도 작용한다. 조수간만의 차가 가장 적은 '조금'에서 시작해 1물, 2물, 3물…… 한객기 대객기를 지나 다시 조금까지가 보름간이다. 조금 다음날은 '무쉬'라고 하는데 음력 8, 9일과 23, 24일쯤으로 조수가 조금 불기 시작하는 물때이다. 음력 보름과 그믐 무렵에 밀물이 가장 높은 때가 사리다. 물때는 분명 달과 태양 그리고 지구의 움직임에 의해 작동되는 거대한 시계 장치가 알려주는 수치이다. 태양과 지구와 달의 위치에 따라 변하는 것이 분명함에도 불구하고, 시간과 바닷물 수위의 고저에는 일정한 규칙은 있으되 정확한 규칙이 없어 보인다. 그렇다면 태양과 지구와 달의 움직임이 불규칙적이라는 말인가? 그럴 리가. 머릿속으로 태양을 가운데에 놓고 23.5도쯤 기울어진 지구를 옆에 배치하고 그 주위를 수평으로 도는 달을 올려놓으면 태양과 달과 지구의 위치와 각도가 시시각각으로 변한다는 것을 알 수 있다. 지구가 자전하는 매 시각, 달과 태양이 놓인 위치 값에 따라 지구에 미치는 인력을 계산해보면(계산할 수 있다고 치고) 비로소 들쭉날쭉한 시간표가 이해되기 시작한다. 거기에 조수가 일어나는 지역의 지형적 특성에 따라 간만의 차가 또 발생한다. 그러니까 달과 지구와 태양은 한 치의 오차도 없이 정교하게 돌아가는 기계 장치인 것이 맞다.

어긋난 시간의 이빨을 찾을 수가 없었다. 시간의 일탈은 우주적 차원의 물리적 현상에서 일어나는 것이 아니라 개인적이고 주관적인 현상으로 일어나야만 한다. 단지 그런 현상을 일으킬 수 있는 절대적이면서 동시에 상대적인 물리적 조건을 제공하는 어딘가가 존재해야 한다. 마치 블랙홀처럼.

다시 그런 일을 겪었던 4월 18일의 물때를 찾아보니 만조는 11:27와 23:59, 최고 수위는 각각 +312 +376이었고 간조는 05:51와 17:59, 최저 수위는 -350와 -339로 기록되어 있다. 안섬을 한 바퀴 돌았던 시각이 저녁 6시가 다 되어서였으니 간조 시간과 일치했다. 그로부터 한 달 뒤인(보름은 이미 지났다) 5월 17일경이 이와 가장 근사한 무렵인데 간조 시간은 05:39와 17:39이다.

그 시간에 다시 안섬을 찾았다. 그리고 길이 열리기 시작하는 시간이 아니라 물이 최저 수위에 도달하는 오후 5시 39분에 안섬을 한 바퀴 돌기 시작했다. 물론 시계 반대 방향으로. 동쪽의 긴 모래 해변을 지나 북쪽의 바위틈 사이로 비집고 들어설 때였다. 그날과 똑같이 갑자기 걸음을 떼기 힘들었고, 몇 걸음을 옮기고 나서 기진맥진해 잠깐 바위에 앉아 쉬어야만 했다. 만일 시간의 역전이 발생하는 곳이 있다면 방금 지나온 곳일 거라고 나는 확신했다. 그곳은 물이 한껏 빠져야 모습을 드러내는 바닷가 쪽이었고 바다를 향해 사선으로 송곳니처럼 돌출된 바위와 바위 사이를 몸을 기울여 비스듬히 지나야 하는 곳이었다. 그곳을 지날 때 그날 아침에 느꼈던 똑같은 기운이 안개처럼 나를 감싸고 있었기 때문이다.

그날 밤, 자정을 넘기고 하루가 다시 시작되었다. 오늘이 아니라 어제가. 휴대전화 속의 디지털시계는 0시를 넘겨도 여전히 어제 날짜를 표시하고 있었다. 드디어 전날과 똑같은 하루를 맞을 수 있는 방법을 찾아낸 것이다. 보름마다 오는 같은 물때를 찾아 안섬을 거꾸로 도는 것. 그리고 반드시 송곳바위를 비스듬히 통과하는 것. 그러니까 안섬과 밭섬은 뫼비우스의 띠처럼 연결되어 있고, 그곳의 어느 한 점이 정반대의 방향으로 돌려놓는 변곡점일 것이다. 안섬과 밭섬의 명칭이 뒤바뀐 이유가 그것 때문이었을까? 어쩌면 그 옛날 그곳에 살던 누군가는 이 사실을 알고 있지 않았을까? 그리고 이름을 슬쩍 뒤바꿔놓으면서 누군가에게 그 사실을 전해주고 싶었던 건 아니었을까? 어쨌든 나는 시간과 공간이 어긋난 톱니바퀴 하나를 찾아낸 것이다.

나는 흥분을 감출 수 없었다. 똑같은 하루가 나에게 무한한 기회를 열어줄 것이 틀림없었다. 그러니까 원한다면 언제든, 아니 적어도 보름이나 한 달에 한 번 나는 하루를 영원히 더 벌 수 있는 기회, 이 세상 어느 누구도 가져보지 못한 기회를 가지게 된 것이다.

다시 시작된 하루는 매우 조심스럽게 보내야 했다. 아침에 일어나 어제와 똑같은 일들을 차례로 겪고 어제와 똑같은 생각을 하고 어제와 똑같은 행위를 하는 것. 기시감으로 둘러친 장막을 조심스럽게 헤쳐나가는 듯한 이상한 기분. 매 순간 바로 어제도 그랬어, 라는 인식을 놓쳐버리면 그대로 어제로 빨려들어갈 것 같았다. 시간의 인력은 예상했던 것보다 훨씬 더 강했다. 블랙홀의 거대한 소용돌이 입구에 있는 사건의 지평선을 스치듯 통과해야 시간 여행이 가능한 것처럼 어제가 잡아당기는 시간의 인력에 빨려들지 않아야 반복되는 시간에서 빠져나올 수 있었다. 어제와 똑같은 생각이 떠오르고 똑같은 행동을 하면서도 마지막 그 시간이 되면 안섬에 들어가지 말아야 한다는 것을 절대로 잊지 말아야 한다. 어제와 같은 하루를 무한히 반복할 수는 없는 일이다.

그날을 처음 발견한 이후, 나는 세 번의 어제를, 아니 오늘을 보냈다. 그리고 세번째 맞은 오늘을 흘려보내기 위해 안섬에 가는 행위를 멈추어야 했지만 그게 쉽지 않았다. 그 시간이 되면 여지없이 안섬에 다시 가야 한다는 생각이 들었기 때문이다. 머릿속으로는 가지 말아야 한다는 것을 알았지만 어느새 옷을 갈아입고 문을 걸어 잠그고 차에 올라앉아 있었다. 나는 황급히 차에서 내렸다. 조금만 느슨해지면 어제와 똑같은 하루를 보내게 될 것이고, 아무 생각 없이 하루를 보내다간 자칫 영원히 반복되는 하루에 갇혀버릴 수도 있었다. 어쨌든 나는 완벽한 하루를 가질 수 있는 분명한 기회를 얻은 셈이었다. 맹렬하게 휘감아도는 시간의 소용돌이를 스쳐지나가야 하는 위험을 감수할 수 있다면 말이다.

무엇을 할 수 있을까? 그날을 무사히 흘려보내고 다음날이 되자 나는 상상의 날개를 활짝 펴고 있을 수 있는 모든 가능성을 머릿속으로 그리기 시작했다. 무엇이든 할 수 있을 것 같았다. 내가 하지 못했던 일을 완성할 수도 있고 원한다면 무엇이든 손에 넣을 수 있을 것 같았다. 마음만 먹으면 부자가 될 수도 있지 않을까? 어떤 일을 벌인 뒤 마음에 들지 않으면 될 때까지 몇 번이고 다시 시도할 수 있는 기회라니! 세상에 이보다 더 굉장한 일이 있을까? 그동안 게으름에 지치고 생각도 떠오르지 않아 마무리하지 못한 글을 써보자. 하지만 그건 불가능했다. 다시 날이 시작되면 그 전 날 썼던 모든 것이 깨끗이 지워져 있을 것이기 때문이다. 어쩌면 영원히 똑같은 글을 다시 써야 하는 사태를 맞이할지도 모른다. 그건 상상만 해도 끔찍했다. 글이야 뭐 안 되면 그뿐이지. 돈을 벌어보는 건 어떨까? 일확천금의 꿈. 복권을 사보자. 당첨될 때까지 몇 번이고 복권을 살 수 있지 않은가! 그게 불가능하다는 걸 판단하는 데는 채 1초도 걸리지 않았다. 복권을 구입하고 당첨되는 순간을 하루에 할 수 있다고 하더라도 당첨될 확률은 천만 분의 1에서 기껏해야 천만 분의 몇이 될 뿐이다. 아니면 당첨될 때까지 천만 번의 똑같은 하루를 살든가. 그것보다 멍청한 일은 세상에 없을 것이다. 하루가 더 주어진다고 모든 게 뚝딱, 마음대로 되는 것은 아닐 것이다. 보름마다 오는 그날이 복권을 추첨하는 날과 겹칠 때, 당첨 번호를 확인한 다음 똑같은 아침이 오면

판매소로 달려가 그것을 사둘 수도 있지 않을까? 그러려면 추첨 시간이 지난 뒤 안섬에 달려가야 하는데 그 시간의 물때를 맞추는 것은 거의 불가능했다. 이런! 새로 날이 주어져도 할 수 있는 일을 찾는 게 쉽지 않았다. 헝클어진 머릿속은 극단으로 치달았다. 그렇다면 은행을 털어볼까? 성공할 때까지 몇 번이고 시도할 수 있지 않을까? 하지만 첫번째에 실패해 붙잡힌다면 안섬에 갈 수 없을 거고, 모든 건 거기서 끝이었다. 첫번째에 성공해야 하는데 그땐 하루가 더 있을 필요도 없다.

하루가 아무리 많이 주어진대도 원하는 그 어떤 것도 손에 넣을 수 없었다. 두번째 기회를 맞을 방법을 찾을 수도 없었다. 그뒤 몇 차례 물때에 맞추어 안섬을 돌아나오며 똑같은 하루를 더 보냈지만, 하루가 또 주어진다고 할 수 있는 일이 아무것도 없다는 사실을 확인했을 뿐이다. 그리고 그동안 반복된 어제의 일을 기억하고 있다는 것이 단지 착각에 불과하다는 사실도 알게 되었다. 다시 날이 시작되면 그 전날의 기억은 사라지고 오직 순간의 기시감으로만 남아 있을 뿐이었다.

그뒤로 하루하루를 보내는 게 더 힘겨워졌다. 하루를 다시 보낼 수 있다는 사실을 알지 못했던 것보다 더 나을 게 없었다. 아니 똑같은 하루를 보내야 할지 모르는 끔찍한 가능성, 영원한 하루에 갇혀버릴 위험성만 더 높아졌을 뿐이다. 나는 할 일 없이 하루를 보내고 나서 안섬으로 향하려는 유혹을 뿌리쳐야 했다. 그리고 달 없는 그믐이나 달 밝은 보름이 되면 걷잡을 수 없는 불안감에 시달려야 했다.

내 이야기는 여기까지다. 누구든 하루를 벌고 싶다면 물때를 잘 살펴 안섬을 한 바퀴 돌아보기 바란다. 그리고 새로 맞은 하루를 그럴듯하게 보낼 수 있는 방법이 있다면 제발 나에게 알려주기를 바란다.

신의 기원

1

이제는 제대로 밝힐 때가 된 것 같다. 최초의 인간과 최초의 신이 정면으로 딱 마주친 그 사건에 대해서 말이다. 신과 인간이 만났던 때를 밝히면서 옛일을 말하지 않을 수는 없다. 다른 것도 아니고 신에 관한 이야기니, 대부분 그에 대한 이야기가 그렇듯이, 적어도 인간의 기억이 가물거리는 순간까지는 거슬러올라가야 할 것이다. 그러자면 지구가 만들어졌을 때의 이야기부터 시작하는 게 옳을지 모르겠다. 아니 적어도 인간이 생겨나기 시작한 때부터 말해야 할 것이다. 그때가 언제쯤일까? 누군가에게는 초등학교 시절만

해도 까마득한 옛날일 수 있고, 누군가는 공룡이 살다가 어느 날 싹 사라졌던 시절도 바로 엊그제 일처럼 말할 수도 있다. 앞서 말했지만 그건 너무 먼 이야기라서 대부분의 사람들은 시작부터 고개를 저을 것이다. 그러니 그렇게 시작하지는 않을 생각이다.

인간이 처음 어떻게 신을 만나게 되었는지, 그 정황을 자세히 말하면 이렇다. 그날 읍내 시장통에 붙어 있는 작은 공원 한편의 커피숍에서 그녀를 기다리고 있었다. 그곳에 가기 전에 나는 종묘상에 들러 배추씨와 상추씨를 비롯해 채송화와 몇 가지의 꽃씨를 샀다. 작은 텃밭을 가꾸는 그녀를 위한 선물이었다. 그러나 한 시간이 지나도록 그녀는 오지 않았다. 더이상 기다리기에 지친 나는 블랙으로 커피 한잔을 주문해 마신 뒤 햇빛이 쏟아지는 거리로 나섰다. 그때였다. 어디서 나타났는지 중절모를 약간 삐딱하게 쓴 늙수그레한 얼굴의 중년 사내가 내 앞을 막아섰다.

"잠깐 할말이 있는지라."

사내가 갑자기 막아서는 바람에 얼른 옆으로 비켜선다는 것이 그만 화단에 엎어질 뻔했는데, 그가 나의 팔을 재빨리 부축해 일으켜세웠다. 얼떨결에 사내와 코가 닿을 정도로 얼굴을 맞대게 되었는데, 낯빛이 차갑고 눈에서는 광채가 일었으며 입술이 얇은 사내였다. 그에게서는 시골 읍내에서 좀처럼 만날 수 없는 라일락 향과 같은 향수 냄새가 짙게 풍겼다.

"할말이 있소. 잠깐 시간 좀 내주시지요."

"저 말입니까? 처음 뵙는 분 같은데."

그는 내 말이 끝나기도 전에 방금 나온 커피숍으로 나를 몰아세우듯 밀고 들어갔다. 졸지에 마주한 낯선 사람으로부터 나는 매우 황당한 제안을 받았다. 뒷얘기부터 말하자면 내가 너를 만들어줄 테니 네가 나를 만든 것으로 하자, 뭐 그런 이야기였다. 황당하지 않은가? 그걸 이 자리에서 다시 말해야 하는 나는 더 당혹스럽다. 그의 말을 듣자마자 겉보기와는 달리 단단히 머리가 돈 양반이라고 생각했다. 내가 얼마나 어수룩해 보였으면 처음 보는 사람이 다짜고짜 그런 말을 할 수 있었을까? 잠깐이나마 나의 삶을 반성하지 않을 수 없었다. 아무튼 그가 제안한 것은 말하자면 종교 사업이었고 그 내용이란 간단히 말하자면 신 앞에 무릎을 꿇은 인간들을 부려먹을 수 있는 방안을 모색하는 일이었다. 하지만 이따위 어설픈 제안으로 신(그가 신이었더라도)과 타협할 인간은 없을 것이다. 예나 지금이나 신과 인간, 그 둘 간의 공모가 그리 쉽게 이루어질 리 만무하다. 인간은 대리석과 같은 돌이나 청동 같은 쇠붙이 따위로 영원한 신의 형상을 만들어내지 않으면 신에 대한 코딱지만큼의 신뢰도 보이지 않을 것이다. 아니면 적어도 신에 대한 이야기 수백 편쯤을 지어낸 뒤에야 비로소 약간의 관심을 보이기 마련이다. 이 모든 과정을 생략한 채 신과 인간이 타협할 수는 없는 일이다. 나의 냉정한 이성과 단호한 의지를 눈치챘는지, 그는 근원적인 이야기부터 꺼냈다.

"요즘 신의 기원에 대해서 말들이 많지요?"

그랬나? 신이 어떻게 탄생했는지에 대한 이야기가 많았다고? 요즘은 몰라도 그런 이야기들이야 인간의 역사가 시작된 이후 무수히 많았을 것은 틀림없었다. 그렇더라도 바보가 아닌 다음에야 인간이 먼저라느니 신이 먼저라느니 하는 쓸데없는 논쟁에 휘말릴 사람이 있을까?

"달걀이 먼저인지 닭이 먼저인지를 다투는 몽매한 인사들처럼 인간들은 신과 인간의 기원과 탄생에 대한 갖가지 되지도 않는 논리를 펼쳐왔습니다. 그것도 수천 년 동안 말이지요. 말이 나왔으니 말인데 닭과 달걀의 기원에 대한 논쟁은 진작에 달걀의 승리로 끝났다는 것을 이참에 밝혀두지요. 그건 달걀을 낳은 닭, 닭이 된 달걀, 그 달걀을 낳은 닭 이런 식으로 끝까지 거슬러올라가 밝혀냈으니 틀림없는 사실이지요. 이미 다 죽어버린 닭의 조상을 캐어들어갈 수는 없을 테니, 그런 식으로 과학적인 추정과 합리적인 추론에 의해 밝혀졌다는 말입니다. 간단히 소개하면 진화의 절차에 의해 아무래도 단순한 쪽에서 복잡한 쪽으로 가닥을 잡아나가는 것이 논리적으로 모순이 없다면 달걀의 손을 들어주어야 하는 것 아니겠소? 물론 삶은 달걀보다는 노릇하게 구운 통닭의 가치를 더 높게 평가하는 일부에서는 아직도 닭으로 하여금 기원의 첫 단추를 끼우게 하고 싶을 것이오만. 하지만 취향과 의지가 진실에 앞설 수는 없는 일이지요. 달걀이 먼저입니다."

그는 매우 까다로운 문제를 단순한 논리로 해결하는 탁월한 능력의 소유자임에 틀림없었다. 그 역시 그런 자신을 자랑스러워하는 듯했다.

"그런데 말이오, 결판이 나버린 닭과 달걀의 진실게임과 비슷할 수는 없겠지만 인간과 신의 탄생에 대한 논란도 유사한 부분이 없지 않다오. 창조자인 신이 있고 나서야 인간이 있을 수 있다는 주장과 인간이 존재하지 않고서는 어떤 신도 존재할 수 없으니 인간이 신을 만든 것이라는 주장이 그것이지요. 프라이드치킨을 먹느냐 에그프라이를 먹느냐의 문제와는 차원이 다르지만 결국 다를 건 없다오. 이건 간단하면서 매우 골치 아픈 문제이긴 합니다. 인간들은 신에 대한 논쟁이라면 전쟁도 불사하는 종류의 동물이라 자칫하면 신(인간을 만든 신이건 인간이 만든 신이건 관계없이) 때문에 인간의 역사가 끝장이 날 수도 있기 때문입니다. 인간이 만든 신(물론 한쪽의 주장이긴 하지만) 때문에 인간이 망할 수 있다는 건 정말 어처구니없는 일 아니겠소?"

그는 자신이 인간에 대한 사랑을 근본으로 깔고 있는 작자라는 걸 그럴듯하게 피력했다고 느꼈는지 그쯤에서 커피를 몇 번 홀짝이다 잔을 탁 소리나게 내려놓았다. 들어서 알겠지만 그의 말은 좀 묘했다. 터무니없는 말 같기도 하고 그럴듯한 논리로 무장되어 있기도 해서 그다음 이야기를 듣지 않을 수 없게 만들었다. 그의 터무니없는 장광설을 계속 들어야 할지 말지를 결정해야 했지만 그는 그 틈도 내주지 않았다.

"인간의 기원을 따져보기 위해 굳이 생명의 기원부터 말할 필요는 없을 것입니다. 일단 생명이 태어나면 인간은 거의 만들어진 거나 다름없으니까 말이오. 어쩌다가 적당한 온도와 적당한 염분이 섞인 적당한 환경이 만들어지고, 태초의 불안정한 대기에서 어쩌다가 떨어진 자연의 전기 스파크로 단백질 덩어리가 꿈틀거리는 생명이 되었을 거라는 설은 그럴듯해 보이지 않습니까? 하지만 태초의 끓어오른 바닷속 사정을 누가 알겠소? 거기서 무슨 꿍꿍이가 있었는지 어찌 알겠는가 말이오. 일단 생명이 탄생했다고 치면 그다음부터는 일사천리지요. 단세포동물이 진화를 거쳐 다세포동물로, 다시 극피동물이나 패각류나 물고기로 변했다고 하면 그것으로 끝입니다. 그것은 아무래도 깃털 달린 날개, 노란 발가락, 단단하고 뾰족한 부리, 부리부리한 눈, 움직일 때마다 출렁이는 멋진 볏 같은 걸 달고 있는 닭을 물컹한 흰자와 노랗고 동그란 노른자 말고는 가지고 있는 것이라고는 부서지기 쉬운 껍질밖에 없는 달걀보다 훨씬 진화된 존재로 생각하는 것과 비슷한 논리지요."

그의 진화론은 철저하게 달걀과 닭의 게임으로 이루어져 있었다.

"그래요. 분명 차원이 다름에도 불구하고 이 골치 아픈 문제가 닭과 달걀 사이에 벌어지는 논쟁과 동일한 문제의식에서 출발하고 있는 것은 분명합니다. 진화론의 입장에서 보자면 인간이 신보다 먼저 생겨나야 합니다. 단순한 알이 복잡한 닭보다 먼저 생겨나야 하듯이 열등한 인간이 우월한 신보다는 아무래도 먼저 생겨났어야 하는 거 아니겠소? 문제는 이 진화론이라는 것이 신과 인간의 논쟁에서는 진실이

나 객관을 보장해주지는 못한다는 것입니다. 신의 우선권을 주장하는 사람들이 진화론을 통째로 반대하는 것은 당연한 일입니다. 그들은 열등한 걸 단순하다고 말하고 우월한 걸 복잡하다고 말하는 것에 얼마든지 이의를 걸 수도 있고, 또한 신은 단순하고 인간은 복잡하다고 주장함으로써 진화론을 무력화시킬 수도 있지요. 진화론이란 어디까지나 처음부터 인간 우선주의자들의 손을 들어주기 위한 주장에 불과하다고 말하면서요. 선생도 그렇게 생각하시는 건 아니겠지요?"

그는 내 동의를 구하는 척했지만 내 의견을 듣고 싶은 의도가 없음이 분명했다.

"말할 것도 없이 진화론을 받아들이면 모든 건 순조롭게 진화를 거듭할 것입니다. 한 번도 본 적 없는 공룡이 한때 이 땅 위에 득시글댔다는 걸 받아들인 사람이 벌레에서 출발한 인간인들 못 받아들이겠습니까? 그럼에도 진화론을 버리고 굳이 창조론을 택한 사람들이 아직 지구에는 부지기수입니다. 진화론자들이 그렇게 하지 못해 안타까워하듯이, 이 몽매한 사람들을 끌어다 엄정한 과학의 제단 앞에 무릎을 꿇도록 하는 건 힘든 일이지요. 많은 과학자, 그중에서도 정말 학식이 풍부하고 대중적인 언어로 자신을 설파할 수 있는 놀라운 능력을 지닌 사람들이 손수 그 역할을 자임하고 나섰지만 그럼에도 과학과 학문의 제단은 창조론자들이 신의 제단에 차린 성찬에 비하면 아직 초라하고 소박한 제사상에 불과하지요. 아무래도 인간에게 바치는 과학의 제물이 신에게 바치는 창조의 제물보다 나을 것이 없다고 믿는 사람들에게는 말입니다."

장황하고 앞뒤가 맞지 않는 이야기였지만, 그의 논리가 비교적 과학적인 추론에 근거하고 있다는 사실에서 나는 그나마 작은 안도감을 느끼지 않을 수 없었다.

"진화론이든 창조론이든 이걸 주장하는 사람들이 똑같이 겪는 당혹스러운 문제는 어느 것이나 아득한 옛날부터 이야기를 시작해야 한다는 점이지요. 게다가 진화론자들은 더 불리합니다. 입에 올리기 쉽다고 마구 들먹이는데, 보통 수억 년 아닙니까? 보통 사람들에게는 엊그제의 기억도 가물가물한데 1, 2년도 아니고 1, 2십 년도 아니고 1, 2백 년도 아니고 1, 2천 년도 아니고 1, 2만 년도 아닌 까마득히 오랜 시절의 이야기가 제대로 씨알이 먹히겠습니까? 사람 모두를 설득시키기에는 애초부터 한계가 있던 이론인 것이지요. 물론 창조론이라고 사정이 나을 건 없어요. 그때가 어느 때건 모두 신의 뜻이라고 우기면, 따지기 좋아하는 사람들은 처음부터 포기하는 것이 더 좋을 겁니다. 그런데 말입니다……"

그는 말을 잠깐 멈추더니 이제부터 정말 중요한 이야기를 하려는 듯 눈을 몇 번 껌벅이며 말을 이었다.

"처음부터 신의 기원에 대해서는 말할 자격조차 없는 진화론이나 신의 기원에 대해서는 절대 말할 수 없다고 버티는 창조론이나 적어도 인간과 신의 기원에 대한 논의에서는 모두 한 발씩 뒤로 물러나 있어야 한다는 것입니다. 얘긴즉슨 창조론이든 진화론이든 인간이 먼저인지 신이 먼저인지를 다투면서 신의 기원에 대해서는 일언반구 어떤 논리도 말하지 않는다는 것입니다. 이상하지 않습니까? 신을 무시하는 진화론이야 그렇다고 쳐도 신이 인간 그리고 모든 생명을 만들었다는 창조론에서조차 신이 어떻게 태어났는지는 내 알 바 아니라는 듯 모른 척한다는 말입니다."

도대체 그게 어떻다는 건가? 나는 그가 무슨 말을 하려는지 도무지 알 수 없었지만 장황한 그의 이야기가 그 끝을 보이는 것 같아 반갑지 않을 수 없었다. 드디어 그의 말 아귀에서 벗어날 수 있는 순간이 온 것이다. 하지만 이어진 그의 말은 정말 뜬금없었다.

"이제부터 내가 하는 제안을 신중하게 생각해주시기 바

랍니다."

그는 그렇게 운을 뗐다.

"인간이 없다면 신의 존재를 인식할 수 없으니 신이 있거나 말거나 인간이 생겨난 이후에 만들어진 건 틀림없는 일 아닙니까? 말하자면 인간 원리인 셈이지요. 거기까지는 동의할 수 있을 것입니다. 그런데 인간에 의해 신이 만들어졌음에도 아무도 신이 어떻게 만들어졌는지 관심이 없다면 신은 그저 만들어지기만 하면 된다는 말입니다. 이해하시겠습니까? 말하자면 신은 누구나 만들 수 있고 또 누구나 신이 될 수 있다는 말입니다. 그러니 내가 신이 된다고 해서 안 된다는 법이 없지 않소?"

뭔 논리가 이렇게 무모하게 이어질 수 있는지 그의 억지가 그저 놀라울 따름이었다. 내 머릿속 한구석에서 킬킬거리는 웃음소리가 들려오기 시작했다. 논리 없이 주장만 있는 그의 말이 요즘 선거철을 앞두고 여기저기서 들려오는 정치인들의 논리와 묘하게 닮아 있다는 생각이 들었다. 혹시 그는 한물간 왕년의 선거꾼일까? 그건 아니었다. 그의 표정이 그보다는 훨씬 진지했기 때문이다. 이윽고 그가 본심을 드러냈다.

"그러니 내가 신이 된다면 그때 선생이 신의 대리자가 되어달라고 정중하게 제안하는 바입니다. 어떻소?"

"도대체 무슨 말씀을 하시는 거죠?"

나는 그의 어설픈 의도를 알아차리고는 느긋해지기까지 했다.

"말했지만 신은 존재하지 않소. 다만 그려질 뿐이라는 거요. 신의 형상을 그리는 인간이 바로 신을 창조하는 것이라오. 나는 그런 사람들을 이미 여럿 만나고 있소. 당신도 미켈란젤로의 재주가 쓸 만하다는 소식을 들은 적이 있지요? 그 친구라면 군소리 없이 신의 성전 천장에 그림을 그려줄 거요. 아마 목이 꺾여 평생 하늘만 바라보고 살아도 영광으로 알 친구거든. 이런 친구들은 어디에나 쌔고 쌨지."

그는 내 표정을 찬찬히 살피더니 약간 실망한 표정을 지었다. 그는 말을 반토막 내며 논리고 뭐고 아무렇게나 씹어 뱉기 시작했다.

"문제는 신의 추종자들이 아니오. 적당한 신만 내세우면 그들은 구름떼처럼 몰려들 거요. 하지만 신만으로 되는 건 아니지. 인간들은 묘하게도 절대적인 신을 원하면서도 그 신이 자신과 흡사한 인물이기를 바라지. 신이든 뭐든 인간은 조금만 자신과 멀어지면 곧 싫증을 내거든. 신의 대리자가 필요한 것이 그 때문이지. 그래서 어디 적당한 친구를 구하고 있는 중이라오. 당신이 제격일 거 같소만. 대리자는 아무나 하는 게 아니거든."

그는 큰 시혜를 베푸는 듯 거만한 표정을 지었다. 신의 대리인이라니! 나는 속으로 기겁했지만 솔깃한 표정을 짓지 않을 수 없었다.

"한때 내가 아는 친구 중에서 잘난 척하기 좋아하는 목수가 하나 있었지. 손재주는 형편없으면서 입만 살아 있는 친구였거든. 그래도 말솜씨는 손재주보다 나아서 주위에 제법 사람들이 꼬여들었어. 하긴 대부분 농사꾼이나 어부들 같은 무지렁이들뿐이었지만. 아! 그 친구는 신을 별로 좋아하지 않았던 것 같아. 신전에 가서 깽판을 쳤더군. 덕분에 명성이 조금 올라가긴 했지만 그걸로 만족할 친구는 아니었지. 그 친구는 스스로를 신의 아들이라 자처하고는 사람들을 끌어들였지. 나는 딱 그만한 인물을 찾고 있는데, 당신이 목수라면 일단 자격은 충분하지 않소?"

신에 대해서라면 그와 내가 묵시적 동의를 하고 있었던 것은 틀림없었다. 여기까지 그의 말을 꾸역꾸역 듣고 있는 나 자신을 비추어볼 때, 신을 진리의 영역에 머무르게 할 의도는 그나 나나 조금도 없다는 것도 사실이었다. 하지만 나는 그가 이제 막 창조하려는 신의 세계가 마음에 들지 않았다. 정확히는 모자를 벗은, 그의 번들거리는 머리가 마음에 들지 않았다. 그의 양쪽 입가에 묻은 흰 거품도 역겹기 짝이 없었다. 이건 진리인가 아닌가 하는 문제와는 다르다. 세상에는, 아니 우주에는 진리와 진실만 존재할 수는 없는 일이다. 사기꾼! 그가 신이 된다고? 용서할 수 없다. 사내에게 일격을 날리고 싶었다. 그랬을 뿐이다. 그렇더라도 내가 이런 일 따위로 폭력을 쓸 위인이 못 된다는 건 누구라도 알 것이다.

그만 의자를 밀치고 일어나는 순간, 번쩍하고 눈앞에 빛이 일었다. 어처구니없는 일이었다. 그의 주먹이 허공을 가르는 순간, 분명 내가 먼저 손을 뻗었던 것 같은데 바닥에 쓰러진 건 나였다. 모든 건 찰나였으며 전후좌우 사건의 모서리가 뭉개졌다. 곧이어 천장이 서서히 갈라지면서 하늘에서 빛이 쏟아졌으며, 공중으로 부양되는 내 육신을 느낄 수 있었다. 신의 세계가 한꺼번에 열리고 있었다. 닭인지 달걀인지 에그프라인지 프라이드치킨인지 모를 것들이 행성처럼 눈앞에 떠다녔다. 지상에서 영원으로 향하는 길이 열린 것 같았고, 나는 시간이 중지된 곳을 지나 최초의 순간으로 나아가고 있었다.

그뒤로 내가 어찌되었는지, 아니 그전에 무슨 일이 있었는지 기억나지 않지만 눈을 떠보니 에폭시를 칠해 번들거리는 카페 바닥이었다. 사내는 사라져버렸는지 보이지 않았다. 나는 다시 혼절의 시간 속으로 되돌아가고 싶었다. 그 짧은 순간만큼 나는 분명 신의 대리자였기 때문이다.

2

사내가 사라지고 난 뒤 카페에 홀로 앉아 나는 오지 않은 그녀를 기다렸다. 방금 있었던 일들을 되돌려 곰곰이 생각해보았지만 너무 황당한 일이라 기억이 제대로 떠오르지 않았다. 하지만 그 번쩍하던 순간은 또렷했다. 더이상 앞으로 나갈 수 없는 깎아지른 절벽이 끝 모를 심연까지 이어진 곳에 다다랐던 것은 분명했다. 절벽 아래에는 검은 회오리 강이 천천히 흘렀는데 수많은 작은 빛이 천천히 그 위를 떠다녔다. 마치 눈을 감으면 보이는 아른거리는 빛처럼 먼지 같고, 검불 같고, 세포 알갱이 같고, 플랑크톤 같고, 모래알 같고, 개구리밥풀 같고, 쑥부쟁이의 마른 솜털 같고, 은하에 흐르는 별과 같은 것이 무수히 떠다녔다. 작은 빛은 하나같이 투명한 껍데기에 싸여 있는 둥근 세포 알갱이처럼 보였다. 자세히 보면 작은 빛 입자들의 투명하고 얇은 세포막 속에는 핵들이 하나씩 들어 있었다.

비슷한 겉모습과는 달리 알갱이들의 핵은 하나같이 달랐다. 거기에는 기억할 수 있는 모든 사물의 형상이 작게 축소되어 있었다. 우주가 생긴 이래 있었던 사물들, 셀 수 없이 많은 작은 분자와 원자, 짚신벌레와 아메바, 모래와 자갈, 풀과 나무, 뱀과 개구리, 이슬과 얼음, 의자와 일기장, 재떨이와 책, 개와 사람, 다리와 빌딩, 자동차와 기계, 구름과 먼지, 운석과 혜성, 식어버린 백색 왜성과 아직 불씨가 남아 있는 거성까지 그리고 아무것도 보이지 않지만 다 들어 있기 때문에 비어 있는 블랙홀까지. 배추씨보다 작은 알갱이 속에 들어 있는 사물들은 보석처럼 아름답지도 않았고, 반짝이는 빛을 발하지도 않았다. 입자들은 슬프거나 처연해 보였는데 그것이 너무 작아졌기 때문만은 아니었다. 기억할 수 있는 사물의 입자들이었지만 결국 망각의 입자들이었기 때문이다. 존재했던 것들은 다 우주의 씨앗으로 되돌아갔다. 손바닥에 받아든 까만 나팔꽃씨가 그랬던 것처럼 사물의 입자들도 망각의 씨앗으로 돌아갔다. 망각의 입자들은 시간이 되돌아와 적셔주지 않으면 영원히 그대로 남을 것이다. 시공의 자양분이 없다면 결코 싹을 틔우지 않을 것이다. 망각의 알갱이들은 바다 위에서 흐느적거리며 모든 걸 포기한 채 죽어가는 해파리의 잔해들처럼 그렇게 검은 강 위를 부유했다.

시간의 강물을 따라가며 작은 알갱이들을 거두어올리면서 나는 흥분에 들떴다. 하나라도 더 건져올리려고 뜰채를 몇 번이나 손보았지만 대부분의 알갱이들은 숭숭 뚫린 구멍으로 빠져나가버렸다. 하지만 거두어올린 것으로 충분했다. 단 하나의 알갱이만 있어도 세상은 다시 시작될 수 있으리라 나는 믿었다. 이제 나는 그 알갱이들을 뿌릴 공간만 마련하면 될 것이었다. 새로운 공간 역시 거의 남아 있지 않았다. 시간이 사라지면서 시간을 지탱하던 공간들 역시 사라져버렸기 때문이다. 그러나 우주의 끝 어딘가에서 새로운 공간의 포말이 부풀어오르는 걸 보았다는 이야기를 나는 분명히 들었다. 그 순간, 아직 오지 않은 그녀가 보고 싶었다.

얼마 동안이었는지는 기억할 수 없다. 아마 시간이 존재하지 않았을 그때, 심연을 떠다니는 사물의 알갱이들을 바라보고 있었는지도 모르겠다. 여름이라는 계절이 있었을 때, 철길 아래 썩어가는 개천 위를 떠다니는 검푸른 색의 이끼와 퍼렇게 뽀글대는 기포와 흰 배를 드러낸 작은 물고기의 시체들과 잿빛의 물속에서 하늘거리는 실지렁이를 하염없이 바라보던 그 순간처럼 긴 세월이었다. 심연의 절벽을 되돌아 한참을 걸어나오자 거의 녹아내릴 듯한 쇳덩이로 만들어놓은 낡은 이정표에는 '현재까지 100억 년'이라고 적혀 있었다. 나는 우주의 끝이 현재로 가는 길목에 놓여 있다는 것을 알았지만 그곳으로 가는 길을 알지는 못했다. 다만 그녀의 기억이 이끄는 대로 따라가다보면 현재에 도착할 것이며, 거기서 모든 것이 다시 시작되리라는 막연한 기대에 부풀어 있을 뿐이었다. 어차피 시간이 사라지고 난 뒤에 시간의 부피는 아무런 의미가 없다.

시간이 사라질 무렵, 우주의 끝까지 들리는 굉음과 함께 단 한 점으로 시간이 쏠려 들어가는 순간을 맞이하게 되었다. 그 순간은 모두에게 공포스러웠다. 왜냐하면 시간이 너무나 빨리 사라져 그 밀도를 감당할 수 없었고, 한번 쓸려가면 그 힘이 엄청나 아무도 빠져나올 수 없을 것이기 때문이다. 하지만 알고 있다고 손쓸 수 있는 방책이 있지는 않았다. 옆집 부부는 새로 산 자동차에 집안의 짐을 전부 구겨넣고는 있는 힘껏 페달을 밟아 달려갔지만, 유감스럽게도 동네 어귀의 먹통이 되어버린 신호등에 막혀버리고 말았다. 나와 같은 대학에서 물리학을 전공하는 친구는 시간의 상수를 제로로 만드는 수식을 완성한 순간, 그가 기대고 있던 칠판과 함께 날아가버렸다. 그나마 다행인 것은 시간의 종말을 예견하고도 아무런 대책을 마련하지 못한 무능한 정책자들이 사태의 책임을 서로 전가하는 사이, 한꺼번에 사라진 것이다. 그 순간이 지난 뒤 시간은 아무런 부피도 밀도도 없이 느슨하게 펴져버렸다. 우주에 있던 거의 모든 존재가 시간이 응결된 작은 알갱이 속으로 사라지고 난 뒤, 시간은 더욱 천천히 흘렀다. 그 광활한 침묵과 무한의 적요를 감당하기에 우주는 너무 작게 오그라들어버렸고 남아 있는 것이라곤 몇 개의 태양과 태양에서 미처 벗어나지 못한 몇몇 볼품없는 행성뿐이었다.

하늘의 절반을 덮고 있는 태양이 머리 위에서 이글거렸다. 손에 닿을 듯한 거리에서 태양은 금방이라도 터져버릴 것 같은 종양처럼 노랗고 붉은 피고름이 엉겨붙은 채 검은 가스 속으로 소용돌이쳤다. 플라스틱 챙이 달린 모자는 소용이 없었다. 짙은 선글라스만 그런대로 제 기능을 할 뿐이었고, 살갗은 미처 떼어낼 틈도 없이 허물이 줄줄 벗겨져내렸다. 용광로 속을 천천히 유영하는 기분이었다. 막 10억 년이 지났을 때는 캄캄한 밤이었다. 아주 짧은, 그래서 더 어두운 밤에는 몇 개의 별만이 빛을 내고 있었다. 별빛은 수직으로 지상에 내리꽂혀 막대 같은 모습이었고 아주 가끔 몇 개의 별에서 떨어져나온 유성들이 지상으로 떨어져 지평선

끝에서 섬광이 일었다. 기온이 영하 120도까지 내려가자 땅이 얼어터졌고, 땅이 갈라질 때마다 나는 그 소리가 시끄러워 잠을 잘 수가 없었다. 낡은 점퍼를 둘러쓰고 간신히 잠이 들었다. 1억 년 후까지도 어느 것 하나 보이지 않았다. 다들 정말로 거대한 우주선을 만들어 타고 포말 우주로 떠나버린 것일까? 그녀도 함께? 그녀가 미친 듯 보고 싶었다. 현재에 가까워질수록 모두가 사라진 좁은 길 위로 해초가 떠다녔고 말라버린 조개껍데기가 수북했다.

그때, 문을 열리면서 거대한 빛이 한꺼번에 쏟아져들어왔다. 뒤이어 검은 머리를 날리며 들어서는 그녀의 모습이 보였다. 그녀가 자리에 앉자마자 나는 바지 주머니에 구겨 넣었던 보자기를 꺼내 조심스럽게 풀었다. 작은 시간의 알갱이들은 빛을 발하지도 투명하지도 않았다. 모두 배추씨처럼 작았고 검은색으로 말라서 만지면 바스라질 것 같았다. 그녀의 표정이 실망으로 가득했다. 나는 씨앗을 그녀에게 내밀었다. 그녀가 한참을 들여다보다 자지러지게 웃으며 말했다.

"이게 다야? 커피나 마셔. 뭐 마실래?"

그녀가 일어나 카운터로 가서 아메리카노를 주문했다.

어린 왕자의 귀향

벌써 7년째, 어린 왕자와 씨름하고 있다. 어린 왕자야말로 내가 존재하는 이유이다. 어린 왕자가 아니었다면 내가 이렇게 너저분한 창고에 처박혀 처량한 신세로 전락했을 리도 없고, 나뭇조각과 쇠붙이에 파묻힌 채 지나간 시간을 안타까워할 이유도 없다. 그럼에도 어린 왕자가 가뿐한 발걸음으로 내게 다가올 때마다 나는 살아 있음을 느낀다. 그 기분은 참 묘한 것이어서, 내가 살아 있어서 기쁜 것이 아니라 어린 왕자가 살아 있어서 기쁜, 동시에 꼭 그만큼 나의 삶이 어디론가 사라지고 있을 것 같은 느낌이 들게 했다. 나는 어린 왕자에게 내가 가지고 있던 모든 것을 주었다. 남아 있는 내 시간마저. 그 대신 어린 왕자는 고독하고 완전한 인간이 될 수 있는 기회를 나에게 주었다. 내 손가락은 참나무 가지처럼 휘었고, 나의 피부는 녹슨 철판처럼 검게 변했으며, 전선가닥처럼 뻣뻣해진 머리카락은 하얗게 세었지만 나의 모습은 세상을 만들고는 지쳐서 무화과 동산에 쉬고 있는 누군가를 닮아갔다. 신이 있다면 그의 거울에는 틀림없이 나와 비슷한 모습이 들어 있을 거라고 나는 확신한다.

갸름한 얼굴, 사방으로 뻗은 머리카락, 눈동자만 점으로 찍힌 작은 눈, 커다란 망토에 바람에 날리는 목도리. 누구나 어딘가에서 한 번쯤 보았을 어린 왕자. 그 어린 왕자가 어느 날 나에게로 왔다. 살다보면 치통이나 배앓이처럼 앓고 지나가야 하는 병증이 있듯이, 어린 왕자가 꿈꾸는 세상을 기웃거리는 시절이 있게 마련이다. 사춘기 소년들의 통과의례처럼, 삶이란 무엇인가 따위의 자못 철학적인 물음에 빠져들거나 인생의 항로에 대한 막연한 고민 따위에 젖는 일 말이다. 이 나이에 새삼 그럴 리는 없었다. 순진무구했던 어린 시절을 회상하며 치기 어린 감상 따위에 젖어 있는 덜떨어진 어른일 수도 없었다. 그때 나의 손에 잘 깎인 연필이 쥐여 있었고, 스케치북에 하릴없이 끼적거리다 어린 왕자를 그리게 되었던 것뿐이다. 왜 하필 어린 왕자였을까?

마지막 비행을 끝으로 알 수 없는 세계로 사라진 비행사에서 시작된 상상은 모두의 이야기가 되었다. 그뒤로 우리는 어린 왕자가 어딘가에 있을 거라고 믿고 있다. 어린 왕자는 현실 속에서 살아 있는 존재가 되었다. 그러나 어린 왕자 스스로는 존재할 수 없다. 누군가의 상상 속에서만 존재하기 때문이다. 그게 어린 왕자이다. 여기까지 이야기하면 벌써 눈을 다른 곳으로 돌리는 사람들이 있을 것이다. 어린 왕자는 동화일 뿐이라고 간단히 말하면 될 것을 꼭 그런 식으로 복잡하게 말해야 해? 하긴 쉬운 말도 어렵게 하는 게 내 버릇이긴 하다. 그런 버릇이 오토마타를 만들게 했는지도 모르겠다. 단순한 동작을 복잡한 기계장치로 구현하는 움직이는 인형 말이다. 시작은 그렇게 단순했다. 어린 왕자를 만들기로 했다. 어린 왕자로 하여금 그의 행성 위를 걷게 하고 싶었다. 어린 왕자를 스스로 움직이게 할 수 있다면, 더이상 상상 속의 존재가 아닐 것이다. 내 식대로 말하면 생각과 상상의 차원을 물질의 차원으로 끌어내리는('끌어올리는'이라고 말하고 싶지만) 것이다. 내가 어린 왕자에게 주고 싶은 게 있다면 바로 이것이었다. 존재의 자율성. 그리고 신이 인간에게 준 것도 그 비슷한 것이었으리라.

* * *

글로 적거나 그림으로 그리고 말 것이라면 이야기가 장황해질 필요는 없다. 종이 위에 그려진 어린 왕자를 보고 실재한다고 말할 수는 없는 노릇 아닌가? 2차원의 평면과 3차원의 입체는 말 그대로 차원이 다르다. 존재는 공간과 물질을 원한다. 그러나 그것으로는 부족하다. 시간이 없는 공간은 무의미한 허공일 뿐이다. 몇 걸음이라도 움직일 수 있어야 어린 왕자는 시간의 차원을 얻게 될 것이다. 어린 왕자가 작은 의자에 앉아 있다. 적도 부근에 장미꽃 한 송이가 자라고 있고, 그 반대편에 가로등이 서 있다. 살아 있다는 것은 공간과 시간 속에서 스스로 움직인다는 것이다. 의자에 앉아 있던 어린 왕자가 일어나 걸음을 옮겨 장미꽃에게 다가간다. 손을 뻗어 장미의 가지를 당기고 고개를 숙여 향기를 맡는다. 돌아서 가로등까지 걸어가 손을 위로 뻗어 불을 켜고 다시 의자로 돌아와 앉는다. 그게 전부다. 아니 그것으로 충분하다. 어린 왕자를 꿈꾸는 모든 이처럼 그 세상은 단순하고 소박할 것이다.

세상이 소박하다고 작업이 단순한 것은 아니다. 나무로 깎은 장미꽃에는 붉은색이 칠해질 것이다. 길게 뻗은 가지에 이파리 몇 개면 충분하다. 가로등의 유리 안에는 작은 전구를 심어놓을 것이다. 문제는 어린 왕자. 어린 왕자는 작다. 아무리 커도 반 뼘을 넘지 않을 것이다. 어린 왕자의 몸은 단풍나무가 제격이다. 단단하지만 정교하게 깎아낼 수 있고 뒤틀림이나 쪼개짐도 없거니와 색이 짙지 않기 때문이다. 작업실 어딘가를 뒤지면 단풍나무 토막 하나쯤은 나올 것이다. 어린 왕자를 움직이게 할 부품을 찾아 며칠 동안 시계포와 고물상을 뒤지며 돌아다녔다. 부품이 따로 있을 리 없었다. 톱니바퀴, 스프링, 볼트와 너트 등 작은 기계의 부속이라면 어느 것이든 괜찮다. 어린 왕자의 행성은? 마침 시내를 돌아다니다 시청 직원의 집 마당에서 심상찮은 나무를 발견했다. 땔감을 할 요량이었던지 나무는 모두 토막이 나 있었다. 나는 단번에 알아보았다. 어린 왕자의 행성이 잔디밭 위에 뒹굴고 있다는 것을. 집주인을 불러낸 나는 혀부터 찼다. 도대체 정신이 있는 거요? 이 나무가 무슨 나무인지 알기는 해요? 이건 장작 따위로 쓸 나무가 아니란 말이오. 몇 마디의 핀잔으로 머쓱해진 그가 마지못해 내어준 비자나무 한 토막이 어린 왕자의 행성이 되었다. 비자나무는 목질이 고울 뿐 아니라 부드럽고 촘촘해서 조각하기에 그만이다. 지름이 두 자가 넘는 나무토막은 터너나무를 회전시켜 깎는 목공 기계 위에 좀처럼 올라가려 하지 않았다. 도끼로 쳐내고 손대패로 대강 밀어낸 뒤에야 간신히 기계에 물릴 수 있었다. 회전 속도를 최대로 낮추었지만 나무토막은 살인적으로 돌아갔다. 튕겨져나오는 나무를 몇 번이나 달래 다시 물리곤 했다. 그렇게 하루를 보내자 행성이 모습을 드러냈다. 지름이 50센티미터에 불과한 원시적인 행성이었지만.

행성은 긴 여정의 시작이다. 지구가 생긴 후 생명이 꼬물거리기까지 수십억 년이 걸린 걸 고려한다면 어린 왕자의 탄생은 아직 멀었다. 두어 달 동안 퇴근하자마자 부리나케 작업실로 달려와 밤늦도록 나무를 깎고 다듬고 칠하고, 작은 부품을 조립하고, 선을 연결해 심어넣고…… 처음 어린 왕자는 걷는 건 고사하고 일어나지도 못했다. 자리에서 일어나는 동작을 위해서는 모두 열두 개의 유연한 관절이 필요하고, 몸의 균형을 잡을 수 있는 평형장치도 필요하다. 한 걸음을 떼기는 더 어렵다. 걸음 하나를 떼는 데 발과 다리만 움직이는 게 아니다. 머리와 팔, 몸통의 위치가 제대로 놓이려면 온몸의 관절이 유기적으로 작용해야 한다. 첨단기술로 만들어진 로봇조차 아직 제대로 걷는 것이 없는 까닭은 이 때문이다.

우연과 필연의 교차, 예측 불가능한 시행착오, 절대적인 물리적 한계. 모든 생명의 탄생은 지난하다. 단세포동물에서 포유류까지 이어지는 길고긴 진화의 길이 그랬듯이. 그러나 진화가 시작되기도 전에 골치 아픈 문제가 등장했다. 중력이다. 어린 왕자가 행성 위를 돌아다니기 위해서는 지구만큼 강한 중력이 있어야 했다. 지구의 반대편에 사는 사람들이 멀쩡하게 거꾸로 매달려 있는 걸 생각한다면 이해가 될 것이다. 중력이 없다면 어린 왕자는 몇 걸음 떼기도 전에 행성에서 굴러떨어져 우주의 심연으로 사라질 것이다. 아무리 머리를 쥐어짜도 행성에 중력을 심어넣는 방법을 찾을 수 없었다. 만유인력을 발견한 뉴턴에게 물어보았지만 묵묵부답. 그가 해결할 수 있는 일이 아니다. 나무를 갈라 강력한 자석을 심어놓으면 될까? 어린 왕자의 몸속에는 금속의 부속들이 들어 있을 테니 중력과 비슷한 효과를 낼 것이다. 방법을 찾았지만 실행은 불가능했다. 행성을 가르는 것도 쉽지 않았고 가를 수 있어도 어린 왕자의 무게를 버틸 만한 강력한 자석을 찾기가 어려웠다. 궁하면 편법이 나온다. 편법이 아니다. 세계의 질서는 그것을 창조한 자의 능력에 따른다. 중력을 거꾸로 작용시키자 결과는 비슷했다. 어린 왕자의 신발에 작은 자석을 부착하고 그가 걷는 길을 따라 얇은 함석을 덧대는 것이다. 어린 왕자가 발걸음을 떼기 위해서는 자석의 힘보다 약간 더 큰 힘이 필요한데, 그 정도라면 몸속에 심은 전지로도 충분히 가능할 것이다. 시행착오 끝에 또 시행착오. 그 끝에서 어린 왕자와 그의 별이 탄생되었다.

원격제어장치의 버튼을 누르자 어린 왕자가 천천히 자리에서 일어난다. 한 걸음을 떼고 열한 걸음 만에 장미꽃에 도착한다. 어린 왕자의 몸이 수평으로 기운다. 중력의 평형이 가장 불안한 순간이다. 어린 왕자가 미끄러질 듯하다가 균형을 잡는다. 손을 뻗어 장미의 가지를 살짝 당기고 허리를 숙여 냄새를 맡는다. 손을 펴자 장미는 제자리로 돌아가고, 어린 왕자는 몸을 돌려 가로등으로 향한다. 열일곱 걸음을 걸은 후 어린 왕자는 거꾸로 서 있다. 손을 들어올리자 가로등의 노란색 LED 등이 밝게 켜진다. 다시 몸을 돌려 스물일곱 걸음을 걷고 나서 처음 앉았던 의자로 돌아온다. 행성 위를 걷는 어린 왕자. 성공이다.

어린 왕자를 만들고 집으로 가져와 제일 먼저 아내에게 보여주었다. 당신에게 주는 선물이야. 물론 아내는 이 말이 거짓인 줄 안다. 내가 이런 자동인형 장치를 만들 때마다, 당신에게 주는 거야, 라고 말했기 때문이다. 아내가 이걸 가져다 어디에 쓰겠는가? 그럼에도 아내는 어린 왕자를 보고 정말 좋아했다. 훌륭해요, 이번 게 최고인 거 같아. 아내는 언제나 그렇게 말했지만 이번만은 진심인 듯했다.

아내는 내가 오토마타를 만드는 취미를 달가워하지 않았다. 온 집안을 어지럽히는 것도 모자라 나무를 깎고 다듬는 소리에 아파트 주민들로부터 몇 차례 항의를 받았기 때문이다. 농가의 창고를 개조해 작업실을 만든 후에야 아내의 불만은 사라졌다. 퇴근 후는 말할 것도 없고 토요일과 일요일마다 나는 작업실로 달려갔다. 허구한 날 작업실에 처박혀 있는 나에게 볼멘소리를 하던 아내는 시간이 흐르자 그만 포기했는지 오히려 집안에 있는 나를 불편해했다.

어린 왕자를 본 친구들도 하나같이 탄성을 질렀다. 우아! 이게 뭐야. 도대체 어떻게 한 거지? 여자들과 아이들의 반응은 더 했다. 어머, 귀여워라! 얘 좀 봐. 살아 있어! 모두 그랬다는 건 아니다. 최신 로봇을 들먹이며 시큰둥한 이들이 없지 않았다. 그들에게는 뭘 보여줘도 똑같다. 어쨌든 어린 왕자를 만든 후 나는 한껏 고무되었다.

일요일에 느긋한 아침을 먹고 작업실에 가 커피를 내려 마시는 일처럼 즐거운 일은 없다. 어린 왕자를 만든 후 어느 일요일. 아침부터 내리던 비가 그치더니 햇살이 들기 시작한다. 작업실에 들어서자 작업대가 있는 오른쪽 구석 들보에 매달린 어린 왕자의 별이 가장 먼저 눈에 들어온다. 안녕, 어린 왕자. 잘 있었지? 커피를 내리는 동안 어린 왕자를 깨워 지구를 한 바퀴 돌게 한다. 창으로 들어온 햇빛이 어린 왕자에게 비치며 긴 그림자를 만든다. 의자에 앉은 어린 왕자의 모습이 조금 쓸쓸해 보인다. 물론 그날 내 기분이 그래서였지만.

자동인형을 완성할 때마다 그랬다. 처음의 흥분이 사라지면 곧바로 작은 허무함이 딸려나왔다. 어린 왕자의 경우도 다르지 않았다. 작은 행성 위를 걷는 어린 왕자. 그의 세상은 너무 좁고 너무 작다. 매번 같은 동작을 되풀이하는 어린 왕자. 단순한 반복의 세계. 기계적인 반복은 알 수 없는 슬픔을 불러온다. 커다랗고 시끄러운 소리를 내는 기계도 다르지 않다. 그 앞에 있는 인간은 더 슬프다. 어린 왕자는 스스로 움직여 실존의 차원을 얻었지만 여전히 자동인형에 불과하다. 어린 왕자를 위해 이 정도의 세상밖에 만들어주지 못하는 게 미안하다. 신이었다면 좌절할 일이다.

그날, 어린 왕자가 슬픈 표정으로 앉아 있을 때, 나는 그에게 더 큰 세상을 만들어주고 싶다는 생각에 골몰했다. 어린 왕자가 마음대로 돌아다닐 수 있는 세계를 만들어줄 수 있을까? 어린 왕자에게 무한한 자유를 줄 수는 없을까?

그럴 이유가 있나요? 무한한 자유는 있을 수 없어요.

어린 왕자가 말했다.

나도 알아. 어차피 무한은 불가능하니까. 그렇다면 어느 정도의 자유라고 말해두지.

어디까지가 어느 정도인지는 아무도 몰라요.

나는 무한으로 수렴되는, 측정할 수 있는 정도를 말하는 거야.

숫자 말인가요?

그래! 경우의 수.

자유로운 영혼은 숫자 속에 들어 있지 않아요.

나도 알아. 그렇다고 마음속에 있을 수도 없어. 나는 자유로운 영혼이 존재하는 조건을 말하는 거야.

그렇다면 나를 만들 수 없어요.

너를 위해서라고 말하지는 않겠어.

어린 왕자가 실망한 표정을 지었다. 도대체 이 까탈스러운 아이는 누가 만들어낸 것일까? 나는 어린 왕자에게 너는 아직 어린아이에 불과해! 그렇게 말하고 싶었다. 대신 이렇게 말했다.

적어도 내가 아는 세계에서 존재의 자유는 언제나 물리적인 한계에 부딪히기 마련이지. 내가 신은 아니잖아?

나는 철학자도 아니다. 내 손에 쥐어진 것은 망치와 끌, 드릴과 그라인더, 땜납과 용접기 들이다. 모든 창조자와 생산자가 필연적으로 유물론자일 수밖에 없듯이, 내 생각은 관념의 세계가 아니라 물질의 세계에 머물러 있다. 자유로운 영혼, 숭고한 정신과 같은 수사는 숫자로 치환되거나 물질로 전환되지 않으면 허공에 뜬 구름과 다를 바 없다. 어린 왕자가 정색을 하고 나에게 던지는 충고를 언제든 들어볼 용의가 있지만 나는 그에게 무한한 자유의 물리적 조건에 대해 다시 설명할 수밖에 없다.

물리적인 세계에서 '마음대로'는 경우의 수로 실현된다. 선택 가능한 경우의 수를 무한대로 늘리는 것. '무한한 자유'의 기계적 의미는 그것이다. 이를테면 이런 식이다. 커다란, 그럴 수 있다면 아주 큰 행성을 만들고 그 위에 어린 왕자가 갈 수 있는 길을 만든다. 갈림길을 만들고 그때마다 무작위로 한 길을 선택하도록 한다. 사거리라면 선택할 수 있는 방향은 네 가지이다. 앞으로, 우로, 좌로, 뒤로. 사거리가 두 곳이라면 경우의 수는 16, 세 곳이면 64, 네 곳이면 256…… 4의 제곱으로 늘어난다. 20개의 교차로를 만든다면 경우의 수는 무려 1,099,511,627,776. 그러니까 1조가 넘는다. 1조. 상상할 수 없는 수이다. 만일 그렇게만 될 수 있다면 나는 죽을 때까지 어린 왕자가 똑같은 길을 반복하는 것을 볼 수 없다는 말이다. 죽을 때까지 끝을 볼 수 없는 경우의 수는 무한과 다를 바 없다. 그렇다면 어린 왕자, 너는 자유로운 것 아닌가? 어린 왕자는 더이상 말이 없었다.

어린 왕자의 별은 지름이 50센티미터에서 조금 모자란다. 표면적은 $4\pi r^2$이니까 대략 0.785평방미터. 1평방미터가 채 안 된다. 작업실 크기를 고려하여 최대로 큰 행성을 만든다면 지름 2미터까지 가능할 것이다. 그럴 때 표면적은 12.56평방미터. 어린 왕자를 한 뼘 크기로 한다면 행성 위에 30개 이상의 갈림길을 만들 수 있다. 무한까지는 아니더라도…… 직경이 2미터가 되는 행성을 뭘로 어떻게 만든다? 널을 정교하게 재단해 오크 통처럼 이어 붙인다? 철사로 틀을 잡고 헝겊에 풀을 먹여 덧바른다?

그때부터 길고 험난한 어린 왕자 프로젝트의 여정이 시작되었다.

지난했던 과정은 건너뛰기로 한다. 복잡한 제작 과정을 시시콜콜 설명할 수도 없거니와 그럴 수 있어도 재미없는 이야기가 될 테니 말이다. 그래도 몇 가지는 말해야 할 것이다.

행성을 얻지 못했으면 어린 왕자 프로젝트는 일찌감치 포기하고 말았을 것이다. 행인지 불행인지 어린 왕자의 행성은 너무 쉽게 작업실로 굴러들어왔다. 쉬웠다고 말할 수는 없다. 어디서 들었는지, 누가 말했는지 기억나지 않지만 여수에 있는 정유 공장에서 낡은 LNG 탱크를 교체한다는 말을 들었다. 그 탱크가 완전한 구체였다. 정유 설비에서 뜯어낸 탱크가 공장 한편에 놓여 있었는데, 두께 4밀리의 철판으로 된 2개의 반구체를 수백 개의 볼트로 이어 붙인 형태였다. 구를 따라 감아 올라간 사다리와 몇 개의 파이프라인이 삐죽이 나와 있는 탱크는 그 자체로 어린 왕자의 지구가 되기에 충분했다. 적지 않은 무게가 걱정이긴 했지만 어린 왕자의 행성으로 그보다 나은 건 어디에서도 찾을 수 없을 것 같았다. 탱크를 구입하기 위해 복잡한 서류 절차를 거쳐야 했고, 적지 않은 자금이 소요되었으며, 운반과 설치를 위해서는 그보다 훨씬 많은 비용이 들었다. 무게도 무게려니와 크기도 지름이 거의 3미터가량 되어서 판넬로 지어진 작업실의 한쪽 벽을 뜯어내야 했다. 크레인과 지게차가 번갈아 드나들고, 지붕의 트러스트를 H빔으로 교체해 몇 차례 보강한 끝에 겨우 천장에 매달 수 있었다. 거대한 가스탱크는 6개월의 시간이 지난 후 어린 왕자의 행성이 되었고, 탱크의 한가운데 마치 토성의 띠처럼 볼팅이 되어 튀어나온 부분과 사다리를 그라인더로 떼어내는 데만 두 달이 걸렸다.

시작부터 미친 짓이었다. 집착과 과욕이 일을 불렀다. 앞뒤 가리지 않는 내 품성을 탓할 수밖에 없었지만, 요란한 굉음과 철가루에서 튀는 불꽃과 씨름하는 중에는 도무지 지금 뭘 하고 있는지 모르겠다는 자책이 절로 나왔다. 아니나 다를까, 작업실에 매달린 거대한 탱크를 보고 아내는 경악했다. 드디어 미쳤구나. 아내의 첫마디였다. 그러곤 더이상 말이 없었다. 아내의 격앙된 반응으로 내가 무모한 짓을 저질렀다는 걸 확실히 깨달았지만 이미 굴러들어온 행성이었다.

어린 왕자 프로젝트는 그뒤로도 장장 7년 동안 진행되었다. 나 역시 그렇게까지 시간이 지나가리라고는 전혀 예상치 못했다. 시간뿐이 아니다. 행성 위에 구조물을 세우기 위해 제작하거나 구입해야 할 엄청난 양의 부품, 어린 왕자를 움직일 컴퓨터와 제어 시스템을 갖추는 게 푼돈으로 될 일이 아니었다. 자금을 조달하기 위해 적금을 깨고, 그것도 모자라 퇴직금을 받을 생각으로 정년이 한참 남은 회사를 그만두자 아내가 폭발했다. 도대체 무슨 짓을 하고 있는 거예요? 이게 말이 된다고 생각해요? 어린 왕자라니. 당신이 애예요? 사춘기 소년이냔 말이에요. 아내의 항의는 당연했다. 내가 뭘 짓을 하는지 나도 모르는데 아내가 어찌 이해하겠는가? 아내가 이혼 서류를 내밀었을 때, 나는 한마디 변명도 할 수 없었다.

아내와 헤어지며 아파트를 내어주고 작업실에 들어와 산 지도 2년이 넘었다. 그래 차라리 잘된 거야. 어린 왕자가 아니면 자유의 몸이 될 수도 없었지. 냄비에서 끓기 시작한 물에 라면을 떨어뜨리며 나는 자위했다. 생활은 엉망이었다. 주방도 갖춰지지 않고 침대를 놓아둘 공간마저 없는 작업실은 발 디딜 틈조차 없었다. 한쪽에는 부품들이 잔뜩 쌓여 있고 그나마 비질이라도 가능한 앞쪽은 컴퓨터 시스템과 제어장치를 위한 전자기기들이 어지럽게 널려 있다. 작업실의 한복판, 우주의 공간을 가득 채우고 있는 거대한 쇳덩이는 바닥에서 약 1미터쯤 떠 있다. 그 둘레에는 작업을 위해 사다리로 이어진 비계가 설치되어 있다. 수많은 길이 나 있고 건물이 가득 들어선 행성은 복잡한 진화의 과정을 거치는 중이었다. 행성을 한 바퀴 돌아보려면 벽에서 불과 50센티도 안 되는 틈을 비집고 들어가야 했다.

어쩌다 작업실을 방문하는 사람이면 누구나 아내가 처음 보았을 때와 똑같은 표정을 지었다. 처음엔 나도 친절하게, 그리고 약간의 허풍을 실어 자랑스럽게 어린 왕자 프로젝트에 대해 설명했다. 하지만 호기심 어린 그들의 표정은 의구심이 가득한 눈빛으로 바뀌었고 결국은 이해할 수 없다는 표정으로 마무리되었다. 도대체 뭐 하는 거야? 미친 거 아냐! 가까운 친구들은 그렇게 말했고 낯선 이들도 말은 하지 않아도 똑같은 표정이었다. 어느 때부터 나는 모든 방문객을 문 앞에서 되돌려 보냈다. 나를 이해하지 못하는 사람들을 더이상 상대하고 싶지도 않았지만 그들과 입씨름할 시간도 아까웠다.

어린 왕자와 그의 행성은 내가 가진 전부였다. 사람들의 반응이 차가울수록 어린 왕자에 대한 나의 애정은 커져갔다. 애정은 집착의 산물이었으며 집착은 소외의 반작용이었다. 소외는 관계의 단절이었고 관계의 단절은 어린 왕자 프로젝트 성공을 위한 필연적 조건이었다. 나의 모든 건 어린 왕자와 그의 행성으로 귀결되었다. 어느새 어린 왕자는 내 삶의 목적이자 전부였다.

어린 왕자 프로젝트는 어느덧 막바지를 향하고 있었다.

어린 왕자의 행성은 작지만 거대한 세계이다. 상상할 수 있는 모든 것이 거기에 놓였다. 집과 건물, 산과 언덕, 나무와 숲. 들판에는 바오바브나무를 심어놓는 것도 잊지 않았으며 작은 연기를 뿜어내는 활화산도 하나 만들어졌다. 길을 따라 작은 마을이 이어졌고, 큰 마을을 잇는 기차가 놓였다. 총연장 47미터에 이르는 길이 깔렸다. 거기에는 스물세 군데의 갈림길과 그보다 두 배가 넘는 사거리가 만들어졌다. 길 위를 걷는 어린 왕자가 선택할 수 있는 경우의 수는 이제 계산조차 불가능했다.

어린 왕자는 총 스물네 가지의 기본 동작을 할 수 있다. 일어나고, 안고, 서고, 눕고, 엎드리고, 걷는 동작들은 손을 들거나 고개를 돌리거나 하는 단순한 동작과 결합하여 동시에 수백 가지의 응용 동작이 가능하다. 어린 왕자가 갈 수 있는 장소 또는 할 수 있는 일상적인 행위는 스물아홉 가지 정도이다. 세워진 모든 건물을 방문하는 것 말고 기차에 오르거나(전부 9개의 마을에서 내리고 탈 수 있다) 자전거를 타거나(이를 위한 학습 프로그램을 만드는 과정이 지난했음은 말할 필요도 없다) 어린 왕자가 사는 마을 한편에 설치된 전망대에 오를 수 있다. 행성에서 가장 높은 전망대는 소방서가 있는 5층 건물이다. 어린 왕자가 입구에 서서 버튼을 누르면 작은 엘리베이터 문이 열린다. 엘리베이터가 5층에 이르면 옥상으로 나와 마을을 내려다볼 수 있다. 어린 왕자는 이곳을 가장 좋아했다(다시 말하면, 선택의 빈도수가 가장 높게 책정되어 있다).

중력은 여전히 문제였다. 행성 위의 건물과 시설의 뼈대는 쇠붙이로 만들어져야 했다. 행성이 철판으로 되어 있기 때문이다. 어린 왕자의 발바닥에는 여전히 작은 자석이 붙어 있지만 이를 전자석으로 대체한 뒤 전류의 단속에 따라 걸음을 옮길 수 있도록 한 뒤에는 걸음걸이가 한결 자연스러워졌다.

수백 번의 실험을 거치는 과정에서도 어린 왕자는 단 한 번도 똑같은 길을 가지 않았다. 물론 어린 왕자의 움직임은 전부 행성의 안쪽에 설치된 메인 컴퓨터 시스템의 명령에 의한 것이다. 시스템을 행성의 안쪽에 설치할 수 있었던 것은 처음부터 구체가 반으로 갈라져 있었기 때문이다. 볼트를 제거하면서 2개의 반구체를 열고 닫도록 결합한 것인데, 결과적으로 행성 안에서 모든 게 이루어지는 완벽한 세계가 되었다. 행성의 안쪽은 겉의 질서정연하고 깔끔한 모습과 달리 복잡한 회로들과 전선들로 가득했다. 외부에서 행성과 연결된 것은 전선뿐이었는데 나중에 광전지판을 행성 위 곳곳에 설치해 전기를 독립적으로 생산하게 되면서 이마저 사라졌다. 행성이 외부와 연결된 건 작업실 지붕에 탯줄처럼 매달려 있는 쇠줄뿐이었다.

어린 왕자는 자유로웠다. 여전히 어린 왕자가 컴퓨터가 지시하는 대로 움직이는 자동인형일 뿐이라고 할 수도 있지만, 메인 시스템의 인공지능 자체가 어린 왕자의 두뇌라면 이야기는 달라진다. 그의 세계가 우리와 똑같을 이유는 없지만 그건 인간도 마찬가지이다. 인간들도 점점 자신의 몸통 위에 붙어 있는 머리를 버리고 외장 두뇌인 노트북과 스마트폰을 들고 다니지 않는가? 어린 왕자의 자유로운 움직임은 선택의 경우의 수가 무한에 가깝기 때문이다. 모든 선택은 최근의 결정과 중복을 피해 이루어지고 선택의 지점에서 방향과 행동이 결정되면 이는 기록으로 누적되어 다음 선택을 위한 데이터로 남는다. 알파고의 알고리즘과 비슷한 프로그램인데 이를 위해 메인 시스템에는 중앙처리장치 4개와 이를 지원하는 D램 모듈 86개가 탑재되었다. 많은 경우의 수에서 합리적인 선택을 하기 위해 정책망과 가치망이라는 네트워크 프로세스를 이용한다. 어린 왕자는 위치를 계산하는 정책망으로 탐색한 뒤 가치망으로 가장 적절한 행위를 결정한다. 딥 러닝 기술을 적용하자 어린 왕자는 어느 정도 스스로 학습할 수 있게 되었다.

아침에 눈을 뜨자마자 어린 왕자를 찾는다. 이제는 더이상 어린 왕자를 작동시키기 위해 제어 버튼을 누를 필요가 없다. 스물네 시간 스스로 움직이도록 설정되어 있기 때문이다. 어린 왕자는 다른 어린아이와 똑같이 아침에 일어나 침대에서 걸어나온다. 그리고 그가 원하는 대로 자유롭게 이곳저곳을 돌아다니며 하루를 보낸다. 그가 좋아하는 전망대에 갈 수도 있고 자전거를 타고 작은 언덕을 오를 수도 있으며 이웃 마을을 방문하거나 기차를 타고 행성의 반대편으로 가볼 수도 있다. 물론 저녁이면 집으로 돌아와 그의 작은 침대로 들어가 잠이 든다.

어린 왕자가 어디서 무엇을 하고 있는지는 이제 나조차 예측할 수 없다. 신이 인간을 만들었지만 아침에 일어난 인간이 식탁 위에 무슨 접시부터 꺼내놓을지 신이 결정할 수는 없는 노릇이다. 어린 왕자가 일어나 하루를 어떻게 보낼지 내가 알 수 없는 건 당연했다. 어떨 때는 들판을 가로질러 바오바브나무 꼭대기로 올라가기도 했고, 어떨 때는 하루종일 자전거를 타고 행성 구석구석을 여행한 적도 있었다. 아! 어린 왕자가 어떻게 자전거를 타는지 궁금할 것이다. 설마 어린아이용 세발자전거를 타는 걸 상상하지는 않을 것이다. 보기에는 크기만 다를 뿐 여느 자전거와 똑같이 생겼지만 바퀴가 편편하고 자석으로 되어 있어 수직의 균형을 쉽게 잡을 수 있다. 어린 왕자가 자전거를 타고 내릴 때 균형을 잡는다면 페달을 밟아 수평이동을 하는 건 어렵지 않다. 어린 왕자가 페달을 밟으며 힘차게 달려 행성의 저편으로 사라지는 모습을 보면 나도 모르게 흐뭇한 미소가 절로 나온다.

돌발 사고도 없지 않았다. 어린 왕자의 부주의 때문이 아니라 행성의 물리적 조건이 문제였다. 기차는 행성을 크게 위아래로 움직이며 무한궤도를 돌도록 되어 있는데, 어린 왕자를 태운 기차가 남극에 근접했을 때 철로에서 이탈해 추락해버린 것이다. 기차와 함께 어린 왕자가 작업실 바닥에 나동그라졌다. 기차와 어린 왕자를 합친 무게를 잘못 계산한 탓이었다. 어린 왕자의 세계가 불완전한 건 모두 내 탓이다. 그에게 완전한 세계를 만들어줄 수 없다면 처음부터 만들지 말았어야 했다. 신의 실수는 인간의 그것보다 치명적이다.

어린 왕자 프로젝트가 거의 마무리될 무렵, 자동인형을 완성할 때마다 그랬던 것처럼 작은 허무함이 찾아왔다. 행성이 완성되는 꼭 그만큼 쓸쓸함은 점점 깊어졌다. 쓸모없는 일로 삶을 그르친 것 같은 후회. 헤어진 아내가 그리웠다. 매일 밤, 술을 마시지 않으면 잠을 이루지 못했다. 너 때문이야. 어린 왕자. 너 때문에 내 인생이 망가졌어. 아침이면 지난밤을 부끄러워했다. 미안해. 네 잘못은 아니지. 회의와 허무가 깊어질수록 나는 어린 왕자에 매달렸다.

아침에 일어나면 으레 그렇듯이 일찍 깨어나 어딘가를 돌아다니고 있을 어린 왕자를 찾았다. 어린 왕자, 어디 있니? 어린 왕자는 길을 걷다 내 목소리가 들리면 멈추어서 나를 향해 돌아서 손을 흔들어 보였다. 어린 왕자는 말을 하거나 대화를 나눌 수 없다. 단지 내 목소리의 방향을 인식하고 그 쪽을 향해 손을 들어 반응하는 정도이다. 어린 왕자와 말을 나눌 수 있다면, 외로움도 덜할 텐데. 그러나 지금으로서는 내 능력 밖이다. 프로그램을 개발하는 비용을 더이상 감당하기 어려웠다. 그날 아침, 한참을 불러도 어린 왕자가 나타나지 않았다. 어디 있는 거지? 뭐 하고 있어? 어린 왕자를 부르며 행성을 한 바퀴 돌자 어린 왕자가 반대편에 있던 농가의 사일로 속에서 나오는 게 보였다. 둥근 원기둥 위에 원뿔 모양의 지붕이 달린 건조 창고가 사일로다. 얼핏 보면 로켓이나 미사일처럼 생겼지만 속은 텅 비어 있는 창고다. 다른 건물들이 그렇듯이 사일로 역시 실제의 크기보다는 훨씬 작다. 그 좁은 곳에 어린 왕자가 기어들어갈 이유는 없었다. 도대체 그 안에서 뭐 하고 있었던 거지? 물었지만 어린 왕자는 나를 향해 손을 흔들어 보이고는 아무 일이 없었다는 듯이 농가를 지나 반대편 집으로 향했다.

그 무렵 어린 왕자의 행동이 조금 이상해지기 시작했다. 어린 왕자는 비어 있는 건물을 두드려 문이 열리면 들어가 그 속에 앉아 있곤 했다. 사실 이건 예상치 못한 행동이었다. 좁고 폐쇄된 공간을 좋아하는 어린아이의 행동을 어린 왕자도 보이는 것일까? 행성 위에 지어진 거의 모든 집은 대개 구색을 갖추기 위해 지어진 모형에 불과하다. 어린 왕자가 근처를 지날 때 창가에서 손을 흔들어주는 간단한 기능의 인형을 만들어 넣어주기도 했지만 대개는 비어 있었다. 창고처럼 지어진 몇몇 건물은 실제 내가 쓰는 작은 부품 창고이기도 했다. 잃어버리기 쉬운 작은 부품들을 종류별로 분류해 그곳에 넣어두곤 했는데, 어린 왕자가 이곳에도 드나들고 있었다. 길을 걷거나 기차를 타거나 자전거를 타는 행동이 점점 줄었고, 대신 건물에 들어가 있거나 집에 머무는 경우가 더 많았다.

어린 왕자의 행동 프로그램을 바꿔야 할까? 그건 아니었다. 어린 왕자의 행위가 스스로의 학습에 의한 것이라면 더 이상 관여하는 건 옳은 일이 아니다. 어린 왕자에게는 이미 자신의 행동을 선택할 자유가 주어졌다. 존재의 자율성. 내가 그에게 주고 싶은 게 그것 아니었던가? 맞아! 어린 왕자의 성격이 조용하기 때문이겠지. 내가 그의 품성마저 바꿀 수는 없잖아? 점점 그 자신이 되어가는 어린 왕자를 그저 대견하게 바라볼 뿐이었다.

그뒤에도 행성에는 몇몇 움직이는 인형들이 더 생겨났다. 물론 모두 어린 왕자를 위해 만든 것들이다. 어린 왕자의 뒤를 쫓아다니도록 한 여우 한 마리, 숲에서 제멋대로 뛰어다니는 토끼, 그리고 기어가는 동작을 실험하기 위해 만든 보아뱀이었다. 가끔 이들과 마주친(정확히는 2~3일에 한 번씩 마주하도록 프로그램되어 있는 것이지만) 어린 왕자가 그들과 어울려 노는 모습이 보이기도 했다.

어린 왕자의 행성이 어느 정도 마무리되고 시스템이 안정화되자 어떻게 소문이 났는지는 몰라도 사람들이 한둘 찾아오기 시작했다. 사람들은 어린 왕자와 그의 행성을 보자마자 그 세계에 빠져들었다. 왜 아니겠는가? 아이들은 말할 것도 없고 어른들도 행성 위를 꼬물거리며 돌아다니는 어린 왕자에게서 눈을 떼지 못했다. 소문은 빨랐다. 사람들이 끊임없이 찾아와 작업실은 어느새 북새통이 되었다. 급기야 작업실 앞에 방문 사절이라는 팻말을 붙여놓아야 했고, 너무 야박하다 싶어 일주일에 두 시간 동안만 개방하기로 했다. 토요일 오후 3시가 되면 사람들은 앞을 다투어 작업실로 몰려들었다. 어느 때는 차례를 기다리는 줄이 마을 입구까지 이어진 적도 있었다. 지역신문과 방송에서도 찾아오자 어린 왕자는 일약 유명해졌다.

시장이 찾아와 박물관을 제안한 것이 그 무렵이었다. 시장을 보자마자 나는 그가 나에게 비자나무를 제공했던 시청 직원이었다는 것을 단번에 알아보았지만, 시장은 나를 기억하지 못했다. 시청 근처에 공지가 남아 있습니다. 거기에 멋진 박물관을 지어드리지요. 이렇게 훌륭한 작품을 이런 곳에 처박아두다니 말이 됩니까? 수락만 하시면 지금이라도 당장 시작하겠습니다. 어린 왕자는 우리 시의 명물이 될 겁니다. 어린 왕자의 도시, 멋지지 않습니까? 시장은 마치 자신이 어린 왕자를 만들기라도 한 것처럼 우쭐거렸다. 박물관이라! 생각을 안 해본 것은 아니다. 당장에라도 작업실을 수리하고 입구를 그럴듯하게 만들고 주차장만 만들어놓으면 돈을 내고 보겠다는 사람이 줄을 설 것이다. 수입이 늘고 자리를 잡으면 아내와 다시 합칠 수도 있을 것이다. 아내는 나를 용서하고 자랑스러워할 것이다. 이참에 아내를 박물관 관장으로 앉혀도 좋을 것이다. 등을 돌렸던 친구들도 달려와 손을 잡을 것이다. 내가 그럴 줄 알았어. 네가 성공할 줄 알았다니까. 보라구! 이게 내 친구가 만든 거라니까. 그렇게 설레발을 칠 것이다.

나는 결국 시장의 제안을 수락하고 말았다. 다른 방법이 없었다. 그즈음 나는 작업실까지 저당잡힌 상태였고 파산 일보 직전이었다. 시장과 박물관 계약을 맺고 집으로 돌아오면서 나는 어린 왕자의 행동 프로그램을 약간 수정하기로 마음먹었다. 집에만 틀어박혀 있는 어린 왕자를 보고 싶어하는 사람은 아무도 없을 것이기 때문이다. 수줍고 조용한 어린 왕자보다는 아무래도 씩씩하고 활발한 어린 왕자가 나을 것이다. 그게 아니더라도 사람들이 찾아오고 나서 내가 어린 왕자를 불렀을 때 그가 모습을 드러내기까지 시간이 점점 길어지고 있었다. 어린 왕자는 눈에 띄게 행동이 달라졌다. 도대체 어린 왕자가 그 좁은 건물 속에 들어가 무얼 하는지 알 수 없었다. 한번은 아무리 불러도 그가 나타나지 않아 행성을 샅샅이 뒤지며 찾아야 했다. 열 수 있는 건물을 하나씩 열고 안을 확인하기 시작하자 부품 창고에 들어가 있던 어린 왕자가 서둘러 빠져나오는 게 보였다. 시계에서 떼어낸 작은 나사며 태엽과 톱니바퀴 들을 모아둔 곳이었다. 도대체 무얼 하고 있었던 거니? 어린 왕자의 손에는 미처 놓고 나오지 못한 작은 톱니바퀴가 들려 있었다. 얘가 근데……

그다음 날이던가, 아침에 일어나 차를 마시며 어린 왕자의 행성을 무심코 바라보고 있던 나는 전망대에서 시선이 멈췄다. 건물 안에 뭔가 들어 있는 것처럼 보였기 때문이다. 가까이 가서 들여다본 나는 깜짝 놀라지 않을 수 없었다. 행성의 반대편 농가 옆에 있어야 할 사일로가 통째로 전망대 속에 들어가 있었다. 내가 언제 이걸 옮겨놓았지? 기억이 없다. 내가 한 짓이 아니다. 그럼? 어린 왕자? 설마! 어린 왕자가 사일로를 전망대로 가져왔을까? 그건 아니다. 아무리 학습 능력이 뛰어나다고 해도(어린 왕자의 사양이 그 정도는 아니다) 그걸 스스로 할 리는 없다. 그렇다면 누가? 아니 도대체 왜? 그때 어린 왕자가 집에서 나와 나를 향해 걸어나오며 어색하게 손을 흔들었다. 네가 그랬니? 정말 네가 이렇게 한 거야? 어린 왕자가 말이라도 할 수 있었으면 좋았을 것이다. 어린 왕자는 태연히 마을 광장의 시계탑으로 가 자전거를 타고 지평선 너머로 달려갔다.

하루종일 사일로의 미스터리에 사로잡혔다. 사일로를 도로 제자리에 가져다놓으려 했지만 전망대를 해체하지 않으면 불가능했다. 어려운 일은 아니지만 비밀이 풀릴 때까지는 그대로 두는 게 나을 듯싶었다. 정말 어린 왕자가 사일로를 가져다 전망대 속에 넣었을까? 어린 왕자의 작은 손으로 철판의 리벳을 하나씩 뜯고 해체해 지구를 반 바퀴 돌아 전망대까지 끌어오고 그 좁은 문으로 밀어넣고 다시 하나씩 조립했다고? 그게 정말 가능한 일일까? 어린 왕자의 학습능력이 거기까지 이르게 되었을까? 그런데 뭐하러 그런 짓을 하지?

유감스럽지만 어린 왕자는 살아 있는 생물이 아니다. 본능과 욕망과 의지가 행동을 불러오는 생명의 시스템이 아니라 그저 나무토막과 쇠붙이, 기계 부품과 전자 칩으로 만들어진 자동인형에 불과하다. 내가 아무리 어린 왕자를 내 자식처럼 대했다고 하더라도 어린 왕자가 감정과 느낌이 살아 있는 아이일 수는 없다. 그의 두뇌 역할을 하는 메인 시스템도 그저 수많은 칩으로 엮인 단순한 인공지능에 지나지 않는다. 인공지능이 아무리 뛰어나도 행위의 목적이 거세된 기계에 불과한 건 분명하지 않은가? 그런데 도대체 어떻게, 아니 왜?

그 일은 풀리지 않은 수수께끼로 남았지만 곧 잊어버렸다. 박물관을 위한 설계와 운영 방식 등을 협의하기 위해 시청을 드나드는 꽤 바쁜 나날이 이어졌다. 그날, 시청에서 회의를 끝내고 작업실로 돌아오는 차 안에서 나는 꿈이 실현되는 이 순간이 오기까지의 여정을 생각하며 회한에 젖어 있었다. 생각해보면 얼마나 고통스러운 나날이었던가? 그동안 쌓였던 불안감은 어느새 씻은 듯이 사라져버렸다. 이제 그런 날도 끝이었다. 박물관의 규모는 점점 커졌다. 어린 왕자 이전에 만들었던 자동인형들을 위한 전시 공간도 따로 마련하기로 합의한 것이다. 어린 왕자의 제작 과정과 원리에 대한 설명을 중심으로 과학 교육을 위한 박물관으로 발전시키자는 부시장의 새로운 제안도 나쁘지 않았다. 시장은 점점 커져가는 예산을 확보하기 위해 중앙부처에 달려갔고, 기업체들의 후원을 위한 방안도 마련하기로 했다.

큰길에서 작업실로 향하는 길로 막 들어섰을 때였다. 작업실 지붕 뒤쪽에서 마치 불꽃놀이의 시작을 알리는 듯한 섬광이 한 차례 번쩍였다. 곧이어 커다란 굉음이 들리면서 작업실 유리창이 차례로 하나씩 터지기 시작했고 곧바로 흰 연기가 폭발하듯이 밖으로 뿜어져나왔다. 그때 지붕을 뚫고 나온 작은 파편이 수직으로 솟아오르는 게 보였다. 파편의 꽁무니에는 가늘고 긴 흰색의 연기가 하늘을 가르며 끝도 없이 이어졌다. 얼마나 높이 솟아올랐는지 작은 점조차 보이지 않았다.

차에서 내려 작업실로 뛰어가면서도 도대체 무슨 일이 일어난 것인지 무엇이 폭발을 일으켰는지 가늠하려 했지만 떠오르는 건 없었다. 문을 열자 연기가 뭉텅이로 빠져나왔고 아래쪽으로 바깥의 공기가 빨려들었다. 연기가 걷히기 시작한 실내는 예상보다 멀쩡했다. 행성의 윗부분에 제법 큰 구멍이 뚫렸고 약간의 파편이 주변에 흩어진 정도였는데, 올려다보니 지붕의 작은 구멍 사이로 푸른 하늘이 손바닥만큼 보였다. 서둘러 어린 왕자를 찾았다. 어린 왕자! 어딨니? 괜찮은 거야?

폭발이 일어난 곳은 전망대였다. 전망대는 두 쪽이 난 채 바닥에 나동그라져 있었고, 그 안에 있던 사일로는 흔적도 보이지 않았다. 바로 그 아래 행성의 표면에는 한 뼘 정도의 구멍이 동그랗게 나 있었다. 폭발은 바로 전망대가 있던 그 자리에서 일어났다. 지붕 위로 날아간 파편은 틀림없이 사일로였을 것이다. 비교적 멀쩡한 행성의 외부와 달리 행성을 열고 내부를 살펴보니 안쪽은 엉망이었다. 성한 것이 하나도 없었다. 가장 중요한 메인 컴퓨터는 회복이 불가능할 정도로 손상되었고 지상으로 연결된 수많은 전선과 광케이블은 뜯겨져나간 상태였다. 폭발의 원인은 찾을 수 없었다. 누전이나 합선에 의한 화재의 가능성은 있어도 리듐 축전지 말고는 폭발을 일으킬 어떤 물질도 없었기 때문이다. 축전지가 손상되긴 했지만 폭발을 일으킨 흔적은 없었다.

나는 머릿속에 떠오른 하나의 가능성을 생각하다 곧 지워버렸다. 어린 왕자, 부품 창고, 사일로, 전망대. 머릿속에 그려진 풍경은 도무지 상상할 수 없는 것이다. 그럴 리는 없었다.

어린 왕자를 찾아야 했다. 그의 부서진 파편 하나라도.

그러나 그 어디에도 어린 왕자의 흔적은 보이지 않았다.

* * *

소음이 귀에 쌓여 아무것도 들리지 않았고 눈에는 뭐가 들러붙었는지 모든 게 흐릿하다. 어디선가 불꽃놀이를 하는

지 폭죽이 사방에서 터진다. 눈을 감으면 하늘로 솟아오른 불덩이들이 꽃씨가 되어 떨어진다. 취기가 가시며 몸이 떨리기 시작한다. 어디로든 들어가고 싶다. 비어 있는 집, 작은 구멍이라도, 어린 왕자처럼. 아! 어린 왕자. 사라진 나의 왕자. 공원의 벤치에 앉아 어린 왕자를 기다린다. 꺼병이 같은 아이들이 줄을 맞추어 지나간다. 햇살이 따듯하고 도시는 아이처럼 평화롭다. 어린 왕자가 나에게 다시 올 수 있을까? 다시 올 리가 없지. 어린 왕자는 그의 별로 가버렸는걸. 지하도의 셔터가 닫히면 네모난 나의 행성은 텅 빈 울림으로 가득하다. 무릎을 목까지 끌어당겨 두 손으로 안는다. 그대로 누우면 어린 왕자의 별이 환기구를 지나 망막에 맺힌다. 행성 B-612. 그곳은 얼마나 멀까? 아주 멀겠지. 지금쯤은 무사히 도착했을 거야. 그렇고말고. 거기서 장미와 다시 만났을까. 아침이 되면 맨 처음 지나가는 사람을 붙잡고 내 이야기를 들려줄 것이다. 그거 알아요? 어린 왕자 프로젝트가 성공적이었다는 거. 그보다 더 완전할 수는 없었지. 어린 왕자가 어떻게 그의 별로 돌아갔는지 알아요? 내가 아니면 어림도 없었지. 밤의 한기가 몸을 통과해 차가운 잠 속으로 빠져든다. 그래도 어린 왕자가 그렇게 떠날 줄은 몰랐어. 나에게 작별인사는 해야 하는 거 아니었나? 고맙다는 말 한마디쯤은 해야 하는 거 아니었나. 잠결에 원망이 슬픔이 되어 목까지 차오른다. 그러니 다시 올지도 몰라. 아니 틀림없이 다시 올 거야. 기다릴게, 어린 왕자.

오후의 햇살이 따가워지자 사람들의 걸음이 빨라지기 시작했다. 무수한 발걸음이 옮겨질 때마다 아스팔트 위로 마른 먼지가 뽀얗게 일었다. 숨을 쉴 때마다 바닥의 먼지들이 콧속으로 밀려들었다. 그때, 수많은 발 사이로 작은 발이 천천히 나를 향해 다가왔다. 한 발 한 발 신중하지만 어딘가 어설픈 걸음걸이. 어린 왕자의 발걸음이 틀림없었다. 작은 발이 눈앞에서 멈췄다. 고개를 들자 어린 왕자가 나를 향해 환하게 웃고 있었다. 갸름한 얼굴, 사방으로 뻗은 머리카락, 눈동자만 점으로 찍힌 작은 눈. 어린 왕자? 이제 온 거야? 작고 하얀 손가락이 나를 가리키며 다가왔다. 정말 왔구나! 반가워. 기다리고 있었어. 손을 뻗치자 누군가가 어린 왕자를 와락 낚아채 허공으로 들어올렸다. 안 돼, 지지야.

무릎 사이로 동전 몇 닢이 떨어지는 소리가 들렸다.

섬

바다는 고요했다. 어젯밤의 풍랑을 생각하면 다른 바다에 온 것 같았다. 구름의 어깨에 잠깐 걸터앉았던 조각달이 허공으로 뛰어올랐다. 경유 타는 매캐한 냄새가 뱃머리에 부딪친 파도와 뒤섞여 바다로 퍼지고 있었다. 갑판 아래 좌현 쪽으로 돌아서자 거친 신음을 토해내는 배의 엔진 소리가 귀청을 때렸다. 이물에서 뒤집혀 고물 쪽으로 빠르게 사라지는 하얀 포말을 따라가던 그의 시선이 먼바다로 향했을 때 노란 불빛이 그의 얼굴을 또렷이 드러냈다. 헝클어진 머리에 깊게 팬 뺨, 그 아래 희끗희끗한 수염, 창백하다못해 푸른빛이 도는 낯빛. 그의 눈은 빛을 잃지 않았지만 그것은 총명함이기보다 광기에 가까운 형형함이었다. 큰 키에 약간 구부정한 자세로 서 있던 그는 난간에 몸을 기댄 채 몸을 돌려 배를 향해 돌아섰다.

바다보다 더 짙은 하늘에 별들이 마당에 쏟아진 나락처럼 흩어졌다. 먼길을 돌아 더이상 가지 않아도 되는 길을 이 바다가 열어주고 있었다. 바다의 끝이 모든 것의 끝이더라도 그건 또다른 시작일 터였다. 유배 명령을 들었을 때 그는 몸을 한번 뒤집는 것처럼 쉽게 받아들였다. 마치 그런 조치를 기다리고 있었다는 듯이. 왜?라고 물을 필요는 없었다. 그런 수순은 언제나 예정되어 있기 마련이었다. 미련이 남지 않는 것은 아니었다. 버리는 데 익숙해진 10년이었지만 다 내려두고 떠나는 것에 익숙해질 수는 없는 일이었다.

처음 보는 기관원이 그 앞에 널을 가져다놓았다. 수조에서 물 한 바가지를 퍼 널 위에 힘차게 뿌리며 사내가 말했다. 어서 오르시지. 다시 배를 탈 시간이야. 이번엔 기대해도 좋아. 어디까지 갈 수 있나 보자구.

뱃머리가 향한 바다 쪽에서 섬의 윤곽이 희미한 모습을 드러내기 시작했다. 잔뜩 웅크린 짐승처럼 세상을 등진 섬은 더 먼바다를 향해 돌아앉아 있었다. 지난 보름을 그는 자책과 회의가 뒤범벅이 된 채로 선실에 처박혀 몸을 더럽혔다. 모든 게 끝이 되어버렸다는 회의는 어느새 새로운 시작일지도 모른다는 의심스러운 희망으로 변하기도 했다. 햇살이 반짝이는 5월의 아침, 궁에 당당히 입성하던 순간의 환희가 습기 가득한 지하실 방에 유폐되었던 시간의 절망과 뒤섞이는 악몽은 영원히 지속되는 것처럼 보였다. 파도가 일렁이며 수평선이 번갈아 좌우측 선창을 통해 나타났다. 그때마다 몇 번이고 속엣것을 게워내야 했다. 버려야 할 것들은 하나도 남김없이 토해버려야 한다는 것. 그에게 내려진 마지막 처형 절차일 것이다. 선실의 기둥을 끌어안으며, 그는 고통의 끝이 죽음일 거라는 사실을 받아들인 뒤에도 여전히 익숙해지지 않는 고통에 절망해야 했다.

그가 탄 페리는 남쪽을 향해 똑바로 달려온 것처럼 보였지만, 어느 사이엔가 슬며시 동쪽으로 방향을 틀기도 하고 또 어느 때에는 다시 북쪽으로 향하기도 했다. 풍랑이 일 때마다 선장은 바다가 시키는 대로 키를 제멋대로 돌려댄 것이 틀림없었다. 어쩌면 그를 배에 태운 선장의 윗사람의 윗사람. 그리고 그 윗사람의 윗사람으로부터 내려진 명령이었을 것이다. 섬의 위치를 절대 알 수 없도록 하라. 그가 아는 한 물에서 보름이 걸려야 닿을 수 있는 섬은 이 나라에 없었다. 어쩌면 저 짐승 같은 섬은 아무도 알 수 없도록 이웃 나라에서 조차한 섬일 수도 있으며, 아니면 바로 왕의 코앞에 있는 섬일지도 몰랐다. 그렇다. 교활한 왕은 그의 고통을 눈앞에서 지켜보고 있을 것이다. 섬은, 왕을 제외한 그 누구도, 어쩌면 배를 몰고 온 선장마저도 알 수 없는, 세상에 존재하지 않는 곳이어야 했다.

저길까요? 어느새 와 있었는지 뒤쪽에서 청년의 목소리가 들렸다. 곱슬머리에 가무잡잡한 얼굴을 한 청년은 체구는 작았지만 한눈에 보아도 단단한 어깨를 가지고 있었다. 그는 청년을 흘깃 바라보다 다시 얼굴을 바다 쪽으로 돌렸다. 청년이 그의 옆으로 다가와 난간을 두 손으로 잡고 가까이 보려는 듯 섬을 향해 몸을 앞으로 기울였다. 청년에게서 짙은 기름 냄새가 땀 냄새와 섞여 날아왔다. 저 섬인가요? 도대체 어디로 가는지 아무도 모른다는 게 말이 돼요? 청년이 다시 물었지만 대답을 기다리는 말투는 아니었다. 청년은 천사의 역할을 그럴듯하게 해내고 있었다. 청년은 달빛에 윤곽만 희미한 그의 얼굴을 바라보며 존경과 동정이 섞인 자신의 표정을 어떻게든 그에게 보이고 싶어했다.

그가 선실에서 나뒹굴고 있던 어젯밤, 청년은 그에게 마른 수건과 물을 가져왔다. 하루에 한 번 식판을 문 앞에 놓아두기만 했을 뿐 그가 선실 안으로 들어온 건 처음이었다. 풍랑이 심해졌어요. 청년은 수건을 그의 손에 쥐여주었다. 그가 자신이 토해낸 오물을 대강 닦아내면서 물었다. 얼마나 더 가야 한다는 말은 없었나? 글쎄요. 이런 항해는 또 처음이네요. 처음부터 목적지가 정해져 있지 않은 것 같던데요? 어쩌면 그냥 돌아갈지도 몰라요. 그럴 리는 없었다. 그냥 돌아가려면 뭐하러 여기까지 온다는 말인가.

청년이 돌아가며 빗장을 거는 소리가 들렸지만 문은 한 뼘만큼 열려 있었다. 열린 문틈을 바라보다 그는 쓴웃음을 지었다. 문은 한 번도 잠겨 있지 않았을지도 몰랐다. 사람들은 모두 자신들의 생각에 갇혀 있어. 누군가가 열어주기 전까지 열어보려고 하지 않지. 사람들이 누군가의 지배를 받고 싶어하는 이유는 바로 그 때문이야. 자신보다 더 큰 존재가 그 문을 열어줄 때까지는 꼼짝도 하지 않으려 할걸. 네가 왕이 되고 싶다면 다른 사람보다 더 큰 존재가 되어야 하는 거지, 이미 그럴지도 모르겠지만. 언젠가 이안에게 했던 말이 떠올랐다. 문을 열고 밖으로 나오기 전까지 그는 적어도 이 배 안에서는 자유로울 수 있다는 사실조차 알지 못했다.

하긴 그런 자유라면 그가 알아야 할 이유도 없었다. 이미 그는 생각의 감옥에 유폐되어 있었다. 오래전부터였을 것이다. 이안을 처음 만났을 때부터 그의 의지는 더이상 자신의 것이 아니었다. 자신의 전부가 이안이 지닌 권력의 자장 속으로 빨려들어가리라고 그는 생각하지 않았다. 어느 순간부터는 자신이 알 수 없는 세계에 들어와 있다는 생각조차 할 수 없었다. 어디론가로 곤두박질치는 자신의 의지와 함께 그의 세계가 거대한 자장 속에서 소용돌이 치고 있다는 걸 깨달았을 때는 모든 게 너무 늦어버린 뒤였다.

누구신지는 몰라도 이렇게 아무것도 입에 안 대면 도착하기도 전에 굶어 죽는단 말이오! 댁이 죽거나 말거나 관계없지만 우리가 곤란해지는 건 안 되지 않겠소? 제길. 당신이 죽어도 좋다는 명령은 없었단 말이오. 청년이 기관실로 돌아가고 나서 선장이 문을 열고 들어와 그를 내려다보면서 말을 던졌다. 청년이 보고를 한 모양이었다. 섬을 바라보던 그는 선장의 말을 떠올리며 중얼거렸다. 적어도 아직은 죽지 않아도 된다는 말이군.

배는 캄캄한 부두를 향해 천천히 미끄러져들어갔다. 좌측으로 절벽 끝에서 삐죽이 튀어나온 바위들이 신전 앞에 줄

지어 세워진 거대한 석상처럼 도열해 있었다. 바위의 열병식이 끝나는 곳에 입을 한껏 벌린 부두가 나타났다. 엔진을 끈 배는 은밀한 곳으로 거슬러 들어가듯 느릿한 속도로 부두를 향해 기어들었다. 배는 이끼와 해초들이 지저분하게 낀 콘크리트에 부딪히며 쿵 하는 둔탁한 소리와 함께 멎었다. 부두에는 아무것도 없었다. 포구와 연한 도로를 따라 낡은 슬레이트집들이 서너 채 있었지만 배가 들어오는 것을 알은체해서는 안 된다는 포고령이라도 받아놓은 듯 불을 켜 놓은 집도, 문을 열고 내다보는 사람도 없었다. 부두에 떠돌고 있던 비릿한 바다 냄새가 희끄무레한 연무에 섞여 콧속으로 밀려들어왔다. 포구 너머의 작은 해안에는 바위들이 울멍줄멍 웅크려 있었고, 바위에 붙어 있던 해초들이 달빛을 받아 번들거렸다. 바닷물이 출렁일 때마다 바위들이 조금씩 몸을 뒤척이며 낮은 신음 소리를 냈다.

그가 막 도착한 부두를 내려다보며 긴 숨을 들이켰다. 어느새 곁에 다가온 선장이 그의 오른쪽 어깨를 가볍게 쳤다. 키는 그보다 작았지만 덩치가 두 배는 되어 보이는 선장이 한 손으로 이마의 땀을 훔치며 그를 향해 서 있었다. 선장은 보름 동안 그에게 두어 번 얼굴을 보였을 뿐이었다. 처음 배에 올랐을 때 그를 선실로 안내한 사람도 선장이 아니었다.

선장은 항해하는 내내 조타실에만 틀어박혀 있었다. 그에게 익명의 존재로 남고 싶었던 것이 분명했다. 선장을 제외한 선원은 기관실의 청년과 늙은 갑판장 하나가 전부였고, 녹이 슬었지만 거대한 위용을 잃지 않은 페리선의 승객은 그가 유일했다.

하선하셔야지. 달빛에 선장의 벗어진 이마가 땀으로 번들거렸다. 선장의 입가에 옅은 미소가 흘렀지만 연민의 미소인지 아니면 비웃음인지 알 수 없었다. 여기까지 오느라 고생했소. 선장은 말을 아끼는 듯했다. 하긴 그에게 어떤 말도 위안이 되거나 용기를 줄 수는 없을 것이다. 그가 원하는 것도 아니었다. 그때 늙은 갑판장이 그의 더블백을 질질 끌고 나와 우현 끝에 있던 난간 한쪽을 열고 부두에 힘껏 던졌다. 더블백은 꼿꼿이 서 있는 듯하다 천천히 모로 쓰러졌다. 선장이 그를 향해 돌아서서 두 손을 좌우로 벌리고 어깨를 잠깐 움찔거렸다. 거칠고 둔탁한 뱃사람의 몸짓으로 그 어떤 상황이든 쉽게 정리하는 법을, 그는 평생 익혀왔을 것이다.

한걸음에 부두로 뛰어올랐을 때 배와 부두 사이의 시커먼 어둠 속에서 바닷물이 밀려올라왔다. 콘크리트 바닥이 진흙처럼 물컹거렸다. 그는 휘청거리며 중심을 잃었다. 간신히 두 다리의 균형을 잡고 돌아섰을 때 배는 저만큼 밀려나 있었고, 그가 손을 들어올려 마지막 인사를 건네려 했지만 갑판 위에는 이미 아무도 없었다. 그때 선미 갑판 위로 뛰어오르는 청년이 보였다. 청년은 그에게 손을 흔들어 보였다. 엔진이 잠깐 그르렁거리는 소리를 내자 배는 눈 깜짝할 사이에 부두에서 미끄러지듯이 멀어졌다.

그는 어둠 속으로 사라지는 배를 오랫동안 바라보았다. 시선을 거두고 돌아서자 눈앞에 그림자 하나가 바짝 다가와 있었다. 처음부터 그곳에 서 있었던 것처럼 그림자는 한쪽 다리를 삐딱하게 딛고 팔짱을 낀 채 그를 내려다보고 있었다. 그가 비탈진 선착장을 따라 다가가자 그림자는 그 순간을 기다렸다는 듯이 돌아섰다. 그러고는 절뚝거리면서 부두와 연한 언덕길을 올라가기 시작했다. 그는 그림자를 좇았다. 미적지근한 바람이 비릿한 냄새를 몰고 그의 뒤를 따랐다. 걸음을 옮기자 다시 멀미가 나기 시작했고, 둘러멘 더블백의 무게로 몸이 휘청거렸으며, 그때마다 걸음을 멈추어야 했다. 절뚝거리며 걷는 그림자 역시 빠른 걸음이 아니어서 그림자를 놓치지는 않았다.

돌담 위에 수북이 올라앉은 담쟁이덩굴 위로 달빛이 희미하게 부서졌다. 길게 이어진 담장의 끝을 돌았을 때 작은 창 사이로 노란 불빛이 새어나오는 낡은 슬래브 건물이 나타났다. 시골 면 소재지쯤의 우체국이나 파출소라면 적당할 듯싶은 건물 앞에서 그림자가 잠깐 멈칫거리더니 문을 열고 안으로 사라졌다. 그림자를 따라 안으로 들어가자 낯선 사내가 의자에 앉아 서류를 넘기며 그를 맞이했다. 천장에서 내려온 30촉의 백열등 아래, 사내의 검게 그을린 얼굴과 그 한복판에 일직선을 이룬 짙은 눈썹이 고집스러워 보였다. 사내가 걸친 회색의 옷은 제복처럼 보이기도 했지만, 깃과 소매가 너덜너덜해서 제복이 주는 어떤 위엄조차 보이지 못했다. 양쪽 어깨 위에 각각 두 개씩 놓인 흰색의 배꽃 장식이 사내가 공식적인 업무를 맡고 있다는 걸 알려주는 유일한 표식이었다.

사내는 고개를 들지도 않은 채 몇 장 되지 않는 서류를 연신 앞뒤로 넘겼다. 서류에는 사내가 인도받은 물품의 내역이 간단하게 정리되어 있었다. 수하물명이 적힌 몇 칸 아래 반출 기간은 빈 여백으로 남아 있을 것이다. 사내가 그곳에 시선을 멈춘 채 입을 열었다. 해배 일자는 없군. 하긴 여기까지 오게 된 인사라면 다 그렇지만. 환영한다고 말할 수는 없소. 아시다시피 이제 당신은 자유요. 물론 마음대로 할 수 있는 건 별로 없겠지만, 적어도 게섬에서 사는 한 마음대로 살 권리는 있겠지. 이것만 기억하시오. 여기도 폐하의 영토라는 사실. 벗어날 생각은 하지 않는 게 좋아. 그럴 수도 없겠지만. 질문은 사양하겠소. 지내다보면 그게 무엇이든 저절로 알게 될 테니까. 그럼 오늘밤은 여기에서 쉬고 날이 밝으면 어디로든 살 곳을 찾아 나가기 바라오. 혹시 빈집이 있다면 어느 곳이든 들어가 살아도 좋소. 먹을 것은 스스로 마련해야 할 거요, 쉽진 않겠지만. 그럼 편히 쉬시길. 후줄근한 차림의 사내는 단호한 도치법의 문장으로 그가 할 수 있는 최초이자 마지막 지시를 내렸다. 사내의 시큰둥한 말투에는 모처럼 명령을 내릴 수 있는 기회가 사라진 아쉬움이 묻어 있었다. 그가 말을 마치고 턱으로 가리킨 곳은 문 옆에 있던 긴 나무의자였다. 사내는 서류를 서랍 안에 팽개치듯 집어넣고는 몸을 일으켰다. 그러고 나서 그를 향해 무언가 더 말을 하려는 듯하다 이내 입을 닫아버리고는 한쪽 다리를 절며 반쯤 열려 있던 뒷문으로 나갔다. 그림자 사내였다.

아침을 맞았을 때 섬은 푸른색으로 덧칠이 되어 있었다. 밤새 친 것이 분명한 창틀의 거미줄에 이슬이 맺혔고 거미줄 사이로 보이는 부두에는 안개가 자욱했다. 어제, 사내가 나가고 난 후 그는 나무의자에 길게 누웠다. 창밖의 어두운 산그림자가 파도에 일렁이듯 흔들렸다. 멀미가 그치지 않았다. 이렇게 터무니없이 간단한 절차로 유배가 시작되리라고는 예상하지 못했다. 환영까지는 아니더라도 동정이 담긴 몇몇의 시선은 마주할 줄 알았다. 그는 노곤한 몸을 아래로 밀어내며 잠이 들었다. 섬에서의 하룻밤이 그렇게 사라졌다.

잠에서 깨었지만 여전히 꿈속이었다. 낡은 목조 덧창 사이로 안개가 연기처럼 꾸역꾸역 밀려들어왔고 동시에 어지러움이 밀려들었다. 그는 문을 열고 밖으로 나왔다. 아무도 없었다. 건물 뒤편으로 돌아가보았지만 어젯밤 그림자 사내가 나갔던 문 뒤에는 아무것도 없었다. 갑자기 허기가 밀려왔다. 먹을 것은 스스로 마련해야 할 거요, 쉽진 않겠지만. 사내에 던졌던 말이 귓가에 맴돌았다. 어젯밤 오르던 길을 더듬어 천천히 부두로 향했다. 달빛을 받아 희게 반짝였던 담쟁이를 찾았지만 그가 보았던 담장은 어디에도 없었다. 바다와 접한 벼랑 아래로 작은 길이 이어져 있을 뿐이었다.

부두는 어젯밤 보았던 풍경과 전혀 달랐다. 2개의 접안시설은 그대로였지만 어찌된 일인지 부두 앞에 있던 낡은 집들이 한 채도 보이지 않았다. 사람의 흔적조차 찾을 수 없었다. 낡은 밧줄과 실밥이 풀어져 해진 어구들만 개흙이 잔뜩 낀 채 나뒹굴고 있었다. 배에서 내린 곳이 맞는지 의심스러웠다. 어젯밤에 배를 댄 흔적조차 없었다. 그는 갔던 길을 되돌아 다시 건물로 돌아왔다. 건물은 어제 보았던 것보다 더 낡아 보였다. 낡은 철제 책상이 2개, 가죽이 해져 짚이 삐져나온 회전의자와 칠이 벗겨진 나무의자. 왼편 창문 옆에는 회색의 캐비닛이 문이 반쯤 열린 채 서 있었다. 문을 열어보았지만 안은 텅 비어 있었다. 지난밤 사내는 이곳을 관리하는 자임에 틀림없었고 이 낡은 건물이 이 섬의 관리사무소일 것이다. 그는 어젯밤 사내가 넣어둔 서류를 떠올렸다. 책상 서랍을 열자 안은 비어 있었다. 서둘러 다른 모든 서랍을 열어보았지만 나온 것은 볼펜 껍데기 하나가 전부였다.

책상 위에는 유령거미 한 마리가 긴 다리를 촉수 삼아 더듬으며 기어가고 있었다.

게섬. 그가 그 섬에 대해 알고 있는 것은 사내가 얼핏 말했던 이름이 전부였다. 그것조차 분명치 않았다. 게섬인지 개섬인지, 아니면 그 섬이라고 말한 것인지. 안개가 조금씩 걷히고 있었다. 그는 문득, 지금이 언제인지조차 모르고 있다는 사실을 깨달았다. 분명 배는 한여름의 폭염과 장대비를 뚫고 왔고 부두에 내려서도 후덥지근한 어둠을 따라온 것 같았는데, 섬 안의 냉랭한 기운은 가을인지 겨울인지 분명치 않았다. 이른봄인 듯도 싶었다. 어쩌면 이곳은 시간이 거꾸로 흐르는지도 모른다. 아니면 시간이 너무 빨리 지나가거나. 그는 터무니없는 망상을 떨쳐버리려 고개를 흔들었다. 더블백을 뒤져 옷을 갈아입었다. 안에는 허드레옷들뿐이었다. 입었던 옷에서 쉰내가 났지만 갈아입은 옷에서도 똑같은 냄새가 났다.

그는 숲길을 따라 산을 오르기 시작했다. 그림자 사내를 찾아야 했지만 그럴 수는 없을 것이다. 절뚝거리는 걸음걸이에 낡은 완장을 찬 그림자 사내는 다시는 눈앞에 나타나지 않을 것이다. 사내 역시 생각사냥꾼이었음이 틀림없다. 자신의 흔적을 남기지 않는, 잘 훈련된 습관이 아직 남아 있는…… 한때 왕의 충복임을 자처했던 은퇴한 퇴물 사냥꾼이거나 아니면 다른 많은 생각사냥꾼처럼 주어진 직능을 권리로 오해한 잘못으로 쫓겨난 자일지도 모른다. 한때 생각사냥꾼들은 보이지 않는 세상을 지배했다. 새로운 권력이 나타날 때마다 그들을 세상에서 추방하겠다고 공언했지만, 생각사냥꾼들이 이 세상에서 사라졌다고 믿는 사람은 아무도 없었다.

숲은 후박나무와 감탕나무, 붉가시나무로 빼곡했다. 두껍고 번들거리는 이파리들을 가진 난대림의 나무들은 푸른색을 쏟아내고 있었고, 그 위쪽으로 더 짙은 색의 구상나무와 비자나무 그리고 삼나무 숲이 이어졌다. 본토에서 남쪽으로 한참 내려온 것이 틀림없었다. 수북이 깔린 침엽의 낙엽 위로 개미들이 줄을 지어 더 깊은 숲으로 사라졌다. 어디선가 직박구리 두 마리가 시끄러운 소리를 지르며 날아올랐다. 이마에 걸리는 나뭇가지를 부러뜨리며 그는 어쩌면 이 모든 상황이 그럴듯하게 짜인 연극일지도 모른다고 생각했다. 가늠할 수 없는 시대 배경에 알 수 없는 시간, 도무지 현실과 일치하지 않는 무대세트와 무책임하게 사라진 등장인물. 비현실적인 분위기와 살에 닿는 불확실한 감각들. 그것들은 다 부조리극을 가장한 연출에 불과할 것이다. 하긴 살아 있는 것 자체가 부조리극일지도 몰랐다.

그는 처음으로 낯선 곳에 혼자 있다는 두려움을 느꼈다. 무인도라니. 이건 좀 심하지 않은가? 그는 자신의 어딘가에 누군가를 향한 원망이 아직 남아 있다는 사실이 씁쓸했다. 깊은 곳에 홀로 갇힘. 그것이 유배의 뜻이다. 정말 왕이 그걸 바라는 것일까? 지난 10년 동안 그의 모든 생각은 왕에게 갇혀 있었다. 왕의 곁에 머무는 동안 그는 자신의 생각 하나하나에 왕의 생각을 겹쳐보는 버릇이 생겼다. 왕은 어떻게 생각할까? 그는 생각의 끝에 항상 물을 담는 그릇처럼 자신의 생각을 담아줄 왕의 그릇을 가늠했다. 이제는 벗어날 수 있을까? 그는 왕을 버렸고 왕 또한 그를 버렸다. 진정한 권력이란 생각을 지배하는 것이라고 언젠가 그가 왕에게 말한 적이 있다. 그렇다면 아직 그는 왕의 지배에서 완전히 벗어나지 못한 셈이었다. 이안, 나의 왕.

나 좀 도와줄 수 있어? 아직 겨울이 물러서지 않은 강의실 창문으로 따듯한 햇살이 들어왔다. 해를 가린 그림자가 그에게 말을 걸어왔다. 그보다 조금 더 큰 키에 하얗고 곱상한 얼굴을 한 이안이 그를 향해 웃음을 짓고 있었다. 푸른빛이 도는 검정색 바지에 흰 셔츠가 잘 어울렸다. 이안이 그를 향해 손을 내밀었을 때, 그는 자신도 모르게 자리에서 일어나 그의 손을 잡았다.

복학하고 처음 만났던 친구가 이안이었다. 입학 동기는 아니었다. 그가 별위군으로 근무를 하던 시절 편입을 한 것 같았는데, 어쨌든 학번은 같았기 때문에 처음 만나서부터 말을 텄다. 사실 그가 이안보다 두 살이 많았지만 그는 그런 것에 개의치 않았다. 이안에 대해서는 여러 말이 돌고 있었다. 고위관료의 자제가 특례 입학한 것이라는 소문이었지만 아무도 이를 확인하려 들지 않았다. 이안은 모두와 가깝게 지내려 했지만 그 누구와도 친밀한 관계를 맺을 수는 없었다. 동기들과 구내식당에 우르르 몰려가거나 잔디밭에 둘러앉아 도시락을 먹는 일도 없었고, 학교 앞 술집에 죽치고 앉아 다른 친구의 수업이 끝나기를 기다리는 일 따위도 없었다. 이안과 보낸 시간은 졸업할 때까지 2년 남짓, 일주일에 한두 번 강의실에서 만난 게 전부였다. 수업이 끝나면 이안은 그늘 속에 들어간 그림자처럼 소리 없이 사라졌다.

처음 이안이 다가왔을 때 무얼 도와줬는지 그는 기억이 나지 않았다. 졸업 후 이안이 느닷없이 찾아와 그렇게 말했을 때 처음 만났을 때도 그가 똑같이 말했다는 사실을 기억해냈다. 이안은 웃는 얼굴로 그를 향해 손을 내밀며 10년 전과 똑같이 말했다. 나 좀 도와줄 수 있어?

숲은 좀처럼 앞으로 나아가기가 힘들었다. 그때마다 그는 잠깐 멈추어 서서 주위를 둘러보았다. 굵은 나무들 사이를 빼곡히 메우고 있는 잔가지들이 방향에 대한 판단을 끊임없이 방해했다. 언제나 전진을 막는 장애물은 거대한 무엇이 아니라 사소하고 무시해도 좋을 자잘한 것들이었다. 거물들을 제거하는 것은 쉬운 일이지. 한두 개의 추문만 들추어내면 그대로 사라지게 할 수 있어. 문제는 익명의 존재들. 제가 무슨 말을 하는지도 모르고 지껄여대는 그런 존재들이야. 그들은 그저 쳐내는 수밖에 없어. 과거의 기억들이 바짓가랑이에 얽혀드는 청미래덩굴처럼 그의 머리를 옭아맸다. 덩굴을 잡아채자 떨어져나간 가시들이 그의 손바닥에 점점이 박혔다. 박힌 가시들 사이로 핏방울이 동그랗게 맺혀 올라왔다. 기억이 지배하는 한 새로운 생각은 자리를 잡지 못할 것이다. 기억은 그에게 금지된 생각의 아이템이었다. 과거와 미래에 대한 생각은 잊어. 그건 실패한 자들의 사고방식일 뿐이지. 현재에 충실해도 언제나 시간은 모자라. 그럴지도 몰랐다. 적어도 지금은 그 말이 옳을 것이다.

덩굴과 가지들이 얽히고 옭아매는 바람에 몇 시간을 헤맸다. 그는 굴을 뚫듯이 숲을 헤집으며 간신히 넝쿨 지대를 벗어났다. 섬의 정상이라야 몇백 미터 정도에 불과할 것이다. 그는 가끔 뒤돌아보며 자신이 온 길이 온전한지를 살폈다. 그가 지나고 난 뒤의 숲은 아무런 흔적을 남기지 않았다.

섬에 발을 내디딘 순간부터 그는 이제까지 겪어보지 못했던 전혀 다른 종류의 불안을 느꼈다. 그 실체가 무엇인지,

막연한 고독감인지, 생존에 대한 두려움인지조차 가늠할 수 없었다. 섬에는 아무도 살고 있지 않을지도 모른다. 그가 섬에 들어와서 본 사람은 그림자 사내가 전부였으며 그마저 사라지고 없었다. 하지만 그가 말하지 않았던가. 혹시 빈집이 있다면 살아도 좋다고. 그런데 혹시, 라니! 집이 없을 수도 있다는 말인가? 마을이 없다면 사람도 없을 게 아닌가. 아니, 그의 불안은 이런 게 아니었다. 불안을 떨쳐내자마자 순식간에 다른 불안의 기억을 끌어모으는 그런 이상한 기운.

폐위된 선왕이 이안의 조부였던 선종의 등에 칼을 꽂고 왕위를 찬탈했을 때, 이안은 어머니의 뱃속에 든 채 배를 타고 이웃나라로 도망쳐야 했다. 그곳에서 이안의 존재는 철저히 감추어졌다. 이안이 몰래 귀국해 살고 있는 왕족의 일원이라는 사실을 안 것은 이안과 다시 만났던 그때였다. 그는 졸업 후 대기업에서 3년을 일하다 그만둔 뒤, 작은 컨설팅 회사를 차려 몇 개 회사의 인사 조직과 관련된 프로젝트를 대행해주는 일을 하고 있었다. 정치적 불안이 극심할수록 경제는 호황을 누렸다. 선왕은 경제적 호황을 앞세워 반대편 무리를 물리칠 수 있었지만, 그것으로 모든 갈등을 해소할 수는 없었다. 어쨌든 그의 사업은 선왕의 경제 드라이

브 정책에 힘입어 조금씩 자리를 잡고 있는 중이었다. 그러던 어느 날 이안이 불쑥 사무실에 나타나 10여 년 전과 똑같은 모습으로 얼굴 가득히 미소를 띤 채 도움을 청했을 때 그와의 인연이 다시 시작된 것이다.

이안은 반정을 꾀하고 있었다. 조부의 적통으로 자신의 자리를 되찾아야 할 의무가 있다고 말했다. 그러나 이안의 제안은 무엇이든 그가 감당하기에 너무 어렵고 복잡한 문제였다. 군부와 결탁한 왕의 횡포에 지방의 군소도시에서 시작된 데모가 반란의 기운으로 전국을 휩쓸기 시작할 때였다. 사람들은 이참에 왕정을 폐지하고 민주정권을 세워야 한다고 했으며, 또다른 편에서는 정통성 있는 군주를 다시 옹립해야 한다고 맞섰다. 분열된 사람들의 생각은 첨예하게 부딪쳤고 때가 되면 언제든 어느 쪽으로든 쏠려갈 태세였다. 책 한 줄 더 읽었노라고 말하는 자들은 누구나 민주정권의 수립을 주장했지만, 민주화를 추진하는 집단은 사분오열된 채 갈지자걸음을 거듭하는 중이었다. 총성 없는 전쟁이 시작되었지만 사람들은 어디를 향해 총부리를 겨누어야 하는지 알지 못했다. 대개의 젊은이들이 그러했듯이 그 역시 술자리에서 벌어지는 갑론을박에서 민주화 편에 서 있노라고 호기롭게 말하곤 했지만, 그것은 때가 되면 종이 쪼가리에 동그라미 하나 눌러 찍는 정도의 의지였을 뿐이었다.

산이 점점 가팔라지기 시작했다. 몇 걸음만 걸어도 숨이 턱까지 차올랐다. 그는 무릎이 거의 땅에 닿을 정도로 기어서 산을 올랐다. 숲을 빠져나오자 그곳은 다른 세상이었다. 관목들이 줄지어 서 있었고 그 사이로 풀들이 무더기로 자라고 있었다. 키가 작은 구절초들이 하얗게 밭을 만들어놓기도 했고 키보다 큰 붉은 수크령이 끝없이 펼쳐지기도 했다. 초원이 끝나는 곳부터 시작되는 너덜밭에 들어섰을 때 안개가 저만큼 물러난 산꼭대기가 보이기 시작했다. 뾰족한 바위가 칼날처럼 서 있는 정상. 낯설다. 작은 산이 보여줄 수 있는 그림이 아니다. 그가 어제 배에서 보았던 섬과 달랐다. 누워 있는 소의 등짝처럼 완만한 곡선. 자신이 올라온 거리를 가늠해보았지만 아무리 늘려 잡아도 고도는 천 미터가 넘지 않아 보였다. 하지만 나무 하나 보이지 않는 정상 부근은 적어도 2천 미터 이상의 산이 보여주는 모습을 닮았다. 도대체 여기는 어딘가?

이안이 찾아왔던 이유를 그는 알 수 없었다. 이안에게 도움을 줄 수 있으리라고도 생각지 않았다. 그는 이안에게 친구 이상이고 싶지 않았다. 이안이 지닌 품성과 이안이 겪은 고난과 가야 할 여정에 대해, 친구로서 부러움과 동시에 측은함을 느끼고 있었을 뿐이다. 이안 역시 마찬가지였을 것이다. 자신을 둘러싸고 돌아가는 복잡하고 피곤한 세계에서 벗어나 속을 터놓을 수 있는 친구를 원하고 있었는지도 몰랐다.

이안. 그의 왕은 합리적이고 이성적이었다. 나긋나긋한 말소리에 가끔 눈썹을 치켜들며 동의를 구하는 표정은 언제나 부드러웠다. 몸에는 왕족의 품위가 배어 있었으며, 때로 말을 멈추고 손으로 턱을 괸 채 상대를 지긋이 바라보면서 위엄을 표시하는 방법을 터득하고 있었다. 이안은 언제나 이야기의 상대가 전부인 듯한 느낌을 주었고 그런 태도에 호감을 갖지 않는 사람은 없었다.

다른 누구에게도 그랬겠지만 이안은 언제나 그의 말에 귀를 기울였다. 이안이 찾아왔을 때 그는 뜻밖의 행운을 놓치지 않으려 모든 재능을 이안에게 펼쳐 보이려 했다. 처음부터 그랬던 것은 아니었다. 대부분의 사내들처럼 권력의 근처에 있는 것만으로 그 자장의 효과를 발휘할 수 있을 것 같은 우쭐한 기분을 가졌을 뿐이었다. 이안이 반정에 성공하리라고는 기대조차 하지 않았다. 그러기에는 민주정권을 요구하는 목소리가 너무 높았다. 그는 자신이 왕정의 편에 서게 되리라고 상상할 수 없었다. 그는 막연히 동의해왔던 사회의 밑그림을 지우고 새로운 그림을 그려야 했다.

이안의 존재가 세상에 알려지기 시작하던 어느 날, 자신의 의견을 묻는 이안에게 그는 말했다.

이안! 나는 네가 왕이 되는 것에 관심이 없어. 그건 너와 네 뒤에 있는 왕족과 너를 따르는 추종자들의 관심사일 뿐이지. 네가 왕이 되고자 한다면 그건 그렇게 하면 되는 거지, 그게 너의 몫이라면. 하지만 자신을 지배하는 왕을 만들고 싶어하는 사람은 세상에 없어. 그게 왕이든 수상이든 대통령이든 다를 바 없지. 사람들은 단지 권력이 줄 수 있는 이익만을 따져 판단할 뿐이야. 사람들은 모두 각자 자신이 살아가는 세계를 가지고 있어. 누구든 그 세계의 왕이 되고 싶어하지. 네가 왕이 되려 한다면 모든 사람의 왕이 아니라 모두가 왕이 되는 그런 세계를 만들어줄 수 있어야 해. 사람들이 정말 원하는 것도 바로 그것이지. 그렇게 할 수 있다면 나 역시 너를 도울 거야. 내 도움이 필요할지는 모르겠지만.

이안이 왕이 될 수 있으리라곤 생각지 않았다. 다만 그렇게 말하는 순간, 순수한 의지가 절대적 신뢰를 쌓을 수 있다는 걸 믿었을 뿐이었다. 아니었을지도 모른다. 어쩌면 그는 이안의 반대편에 서 있음으로써 이안의 충성스러운 신하가 될 수 있음을 보여주려 했는지도 모른다. 그가 짐짓 관심 없는 듯한 말투로 지나가듯 던졌던 그 말을 이안이 진지하게 받아들일 줄은 그도 알 수 없었다. 그러나 이안이 정치의 전면에 나서고 민주화와 왕정이라는 선택의 기로에 섰을 때 사람들을 향해 그렇게 말했다.

나는 왕이 되는 데 관심이 없습니다. 있다면 나를 둘러싼 사람들의 관심을 물리칠 수 없다는 것뿐이겠지요. 나는 모두의 왕이 아니라 모든 사람이 왕이 되는 그런 세상을 꿈꾸고 있습니다. 그런 세상이 가능할까요? 불가능할지도 모릅니다. 단지 내가 여러분에게 할 수 있는 약속은 그런 세상에 대한 꿈을 버리지 않을 것이라는 것뿐입니다.

그는 자신의 말을 이안의 입을 통해 다시 듣게 되리라고 생각지 못했다.

더 놀라운 것은 이안이 매우 빠른 시간에 많은 사람에게 신뢰를 얻었다는 것이다. 이안은 존재를 드러내자마자 세상의 중심에 섰다. 군주제를 철폐하자는 목소리는 이안의 솔직하고 겸허한 말에 묻혀버렸고, 불행하게도 아니 다행스럽게도 민주정부를 추진하던 정치인들 중에 이안보다 더 젊고 잘생긴 인물을 찾을 수는 없었다. 이안이 내세운 입헌군주제는 그 어느 쪽으로 갈 수 없었던 많은 사람에게 매력적인 선택의 자리를 마련했다. 이안은 반정에 성공했다. 그는 반정을 물리치고 왕위의 정통성을 되찾은 것뿐이라고 말했지만……

사방을 둘러싼 안개 사이로 푸른 바다의 한 귀퉁이가 보였다. 정상 바로 아래 동쪽을 향해 있는 제법 너른 구릉에 도달했을 때, 그는 처음으로 사람의 손길이 닿은 흔적을 발견했다. 얇게 쪼개진 바위를 가지런히 쌓아 제단처럼 만들어놓은 곳에는 나뭇가지와 짐승의 털이 붙어 있는 뼛조각이 사방에 흩어져 있었다. 언제인지는 알 수 없지만 제를 올리는 곳이었던 모양이다. 그는 제단 위에 모로 쓰러져 누웠다. 그의 얼굴 위로 고원의 찬바람이 스쳐지나갔다. 눈에서 눈물이 고여 흘렀다. 슬픔의 눈물은 아니었다.

한기가 밀려오자 그는 누운 채로 눈을 떴다. 그러고는 일어나 앉으며 섬을 한 바퀴 둘러보았다. 남쪽으로 거대한 분지처럼 파인 계곡이 구름을 잔뜩 품은 채 이어졌다. 그곳은 부두의 반대편이다. 고개나 터널이 있지 않고는 고립을 피할 수 없는 곳이다. 하지만 마을이 있다면 그곳 어딘가에 자리잡고 있을 것이다. 안개가 어느 정도 걷히자 그는 비로소

이 섬의 이름이 왜 게섬인지 알게 되었다. 부두 근처 양쪽에 늘어선 바위들이 마치 게의 커다란 집게발처럼 보였다. 그 한가운데 자리잡은 부두는 말하자면 게의 입에 해당될 터였다. 섬의 중심에서 좌우로 펼쳐진 산 너머는 리아스식 해안이 펼쳐져 있어 그곳은 게의 나머지 다리쯤이 될 것이다. 남쪽의 구름으로 가려진 거대한 계곡과 그 뒤쪽은 불확실했다. 섬의 규모는 여전히 오리무중이었다. 수평선과 지평선이 맞닿는 곳은 여전히 안개에 싸여 끝을 가늠할 수조차 없었다. 한나절이면 한 바퀴를 둘러볼 수 있는 작은 섬인 듯도 싶었고, 도무지 크기를 가늠할 수 없는 거대한 섬처럼 보이기도 했다.

바다는 한껏 푸른빛을 드러냈다. 안개는 바다 끝으로 밀려나 하늘의 경계를 무너뜨렸다. 골짜기에서 밀려온 바람이 절벽 끝으로 그를 밀어올렸고 과거의 기억이 더 빠르게 그를 스치고 바다로 달려갔다.

왕의 주변에 있는 이들이 다 그랬듯이 그 역시 자신의 재능을 펼쳐 보였다. 이안을 위해서만은 아니었다. 다른 이들처럼 그 또한 왕을 통해 그가 꿈꾸었던 세계가 현실이 될 수 있다고 믿었다. 사회 계급의 관리 시스템, 경제 활성화를 위한 계획 소비와 생산 체계, 하원과 상원을 뽑는 선거와 지방 선거의 전략, 국정을 홍보하는 포스터에 이르기까지 왕이 관여하는 모든 일의 뒤에는 그가 있었다. 그는 사람들의 생각을 뒤집어 정확히 그 마음속으로 파고드는 핵심을 가시화시키는 데 탁월한 능력을 발휘했다. 그건 이안을 만나기 전까지 그 자신도 알지 못했던 재능이었다. 왕의 표현을 빌리면 무한한 상상력이 잠재된 천재적인 재능이 그에게 있었던 것이다. 그러나 거기까지였다. 그의 제안들은 언제나 현실의 벽에 가로막혔다. 사람들은 그의 의견을 존중했고 경탄해 마지않았지만 마지막 선택의 순간에 그를 외면했다. 그는 가끔 왕 앞에서 관료들의 무능과 무책임을 비난하곤 했다. 그러나 마지막 걸림돌이 왕이었다는 사실을 그는 알지 못했다.

이안은 누가 보아도 이상적인 인물이었다. 자신이 꿈꾸는 세계에 대한 확신만큼 단단한 현실의 끈을 결코 놓쳐본 적이 없었다. 왕은 태생부터 정치적인 인물일 수밖에 없었다. 이안은 집정하자마자 입헌군주제를 낡은 문서 조각으로 만들어버렸다. 군림하되 통치하지 않는 왕은 다른 사람에게는 몰라도 그 자신에게는 필요 없었다. 이안이 내세운 수상은 그의 충실한 신하에 지나지 않았지만, 그 어느 누구도 이의를 제기하지 않았다. 왕에 대한 굳건한 신뢰는 국민들의 자부심이었다.

그는 왕과 달랐다. 그의 세계는 이안만큼 견고하지 못했다. 자신의 뛰어난 직관과 자유로운 상상의 원천이 어디인지 알지 못했던 것처럼, 그는 확신에 찬 자신의 세계도 가져본 적이 없었으며 현실에 대한 인식 역시 제멋대로였다. 적어도 이안이 보기에는 그랬다.

어느 날 모처럼 주변을 물리친 저녁 자리에서 이안이 그의 잔에 술을 따르며 말했다. 너는 어떤 세계를 꿈꾸고 있지? 가끔 네가 뭘 원하는지 알 수가 없어. 원하는 건 무엇이든 너에게 줄 수 있는데 말이지.

그는 왕이 원하는 대답을 줄 수 없었다. 왕의 줄 수 있는 세계에서 그가 원하는 것은 없었다. 사실 그는 제도와 정책을 만드는 데 관심이 없었다. 그가 꿈꾸는 세계는 국가와 사회의 제도가 만든 유토피아가 아니었다. 그런 건 존재할 수 없었다. 그는 언젠가 그가 왕에게 말했던, 그리고 이안이 사람들에게 전했던 말을 떠올리며 말했다.

모두가 꿈꾸는 세계를 권력과 제도가 억압하지 않는 사회를 만드는 것이……

이안은 그가 말을 끝내기도 전에 크게 웃었다. 그런 세계는 존재할 수 없어. 야망을 잃은 자들은 원칙을 말하지. 현실에 실패하면 이상을 꿈꾸는 것처럼. 네 말대로 모든 사람이 다른 세계를 만들어간다면 그 세계는 무엇으로 하나가 되어야 하지?

그가 말했다. 하나가 되어야 한다는 생각을 버리는 것이 유일한 답일 겁니다. 왕은 미소를 잃지 않았지만 눈빛은 차가웠다. 부분이자 전체일 수 있는 방법을 찾는 것. 그게 답이 아닐까?

왕이 그렇게 말했을 때 그가 좀더 단호하게 말했다. 하지만 그건 권력으로 완성될 수는 없는 거지요.

이안은 그를 만난 이후 처음으로 그를 향해 한숨을 지어보였다. 너는 나를 왕으로 받아들인 적이 없었어. 아니 그 누구의 권력도 인정한 적이 없지.

그건 사실이었다. 그는 이안의 친구가 될 수는 있었지만 왕의 신하가 될 수는 없었다. 그러나 그때까지도 그는 자신이 왕의 반대편에 서 있게 되리라고는 생각지 않았다. 어느 날, 생각을 지배하는 것이 진정한 권력이라고 한 그의 말이 생각사냥꾼의 부활로 나타났을 때, 그는 처음으로 왕에게 반기를 들었다. 그는 자신의 생각을 책으로 냈고, 그의 책은 한때 왕정을 꿈꾸었으나 자신의 선택에 회의를 보내고 있던 사람들에게 새로운 가능성을 꿈꾸게 했다. 왕은 더이상 그를 곁에 둘 수 없었다. 그의 발랄한 생각은 집정에 방해만 될 뿐이었다. 왕은 현실의 세계에서 그를 추방함으로써 권력을 완성해야 한다는 주변의 권고를 받아들였다.

생각사냥꾼들에게 붙잡혀 차가운 지하실에서 보름을 보낸 뒤 왕이 그를 찾았다. 그는 마지막이라는 것을 알았고 예감은 틀리지 않았다. 왕이 말했다. 네가 돌아올 수 있다고 생각하지 않아. 네가 말했듯이 너는 너의 세계가 있지. 나는 나의 세계가 있고. 불행히 그 세계가 서로 겹칠 수 없었던 것뿐이지. 이제 널 놓아줄 거야. 너의 세계가 여기에 없다면 어딘가에는 있겠지. 그곳을 찾아야 할 거야.

그는 수평선이 드러나기 시작한 바다를 바라보며 이안이 했던 말을 곰곰이 생각했다. 나의 세계를 찾을 수 있을 거라고? 이 섬이 나의 세계란 말이지. 아직도 왕의 말을 신뢰하고 있는 자신이 어리석어 보였지만 마지막 순간까지 서로에 대한 신뢰의 끈은 버리지 않았다고 믿고 싶었다.

그가 바다에서 눈을 거두어 뒤돌아섰을 때 안개가 완전히 걷힌 남쪽 계곡이 한눈에 들어왔다. 검고 푸른 산들에 둘러싸인 저 아래 점점이 떠 있는 낮은 구름들 사이로 마을이 보였다. 붉은색 지붕과 흰색의 담장을 두른 집들이 계곡의 중턱까지 흩어져 있었고, 마을 한가운데 사방으로 나 있는 길을 따라 제법 높은 건물이 들어차 있었다. 뜻밖의 세상이었다. 구름이 완전히 사라지자 길에는 전차가 느릿느릿 지나다니고 그 옆으로 우마차들이 한가롭게 기어다니는 게 보였다. 사람들은 개미보다 작았지만 말소리와 웃음소리가 들리는 듯했다. 신기루일까? 그는 눈을 감았다 다시 떴다. 건물과 길 사이에 연이어 있는 화단에는 붉고 노란 꽃들이 무더기로 피어 있었다. 도심의 외각에서 이어진 들판에는 잘 정돈된 밭들이 구불구불한 길을 따라 초록의 스펙트럼을 펼치고 있었다. 그는 도시를 내려다보며 큰 숨을 들이켰다. 섬에 온 뒤 그를 내리누르던 불안감은 어느새 사라졌고, 안개 속처럼 불투명했던 감각들은 깨끗이 증발해버렸다. 도시가 저기 있다. 붉은 지붕 아래 테라스에 핀 제라늄의 향기가 나는 듯했고 헛간에 쌓아둔 건초 냄새, 전차가 지나갈 때 나는 기름내, 어느 부엌에서 여인이 불을 피우며 밥을 짓는 냄새가 날 것 같았다. 그는 비로소 왕이 자신을 버리지 않았음을 알았다. 몇 년 동안 그가 쫓겨다니며 키웠던 불신과 원망과 절망의 순간들이 푸른빛에 녹아 깨끗이 사라졌다. 섬은 어쩌면 왕이 그를 위해 은밀하게 만들어놓은 유토피아일지도 몰랐다. 아니 그럴 것이었다. 이안, 나의 왕.

기관원이 수조에서 물 한 바가지를 퍼 널 위에 널브러진 그의 몸에 쏟으며 말했다. 거의 다 온 것 같네요.

그는 서둘러 아래를 향해 내려가기 시작했다. 바위투성이 길을 걸으면서도 마을에서 눈을 떼지 못했고 들뜬 가슴과 온갖 생각이 가득찬 머리를 주체하지 못했다. 너덜밭으로 내려왔을 때 점박이 줄무늬의 도마뱀 한 마리가 그의 발치를 쏜살같이 지나쳐 바위 구멍으로 숨어들었다. 그는 잠깐 잊었던 허기를 느꼈다. 눈을 들었을 때 도시는 숲에 가려 더이상 보이지 않았다.

관목 지대를 지나 난대림에 이르도록 숲은 길을 열어주지 않았다. 그 어느 곳으로도 뚫고 지나갈 틈을 찾을 수 없었다. 나무들이 너무 빽빽했고 가시덤불이 뒤덮여 있었으며 그렇지 않은 곳은 낭떠러지로 이어졌다. 처음 자신이 빠져나왔던 숲의 통로를 찾으려 했지만 어딘지 알 수가 없었다. 그는 숲을 돌아나와 우회할 수 있는 길을 찾기 시작했지만 한나절이 지나도록 제자리걸음을 하고 있었다. 마을을 코앞에 두고 가는 길을 못 찾다니. 이게 말이 되나? 그는 숲을 포기하고 산등성이를 돌아 절벽 끝에 섰다. 그대로 뛰어내리면 융단이 깔린 듯 푹신하게 받아줄 것처럼 나무들이 산 아래로 아래로 펼쳐져 있었다.

그는 손끝에 힘을 주고 조심스레 절벽을 타고 내려가기 시작했다. 돌출된 바위의 평평한 곳을 골라 발을 단단히 딛고 그를 향해 뻗어나온 커다란 나뭇가지를 잡으려는 순간, 머리 위에서 염소 우는 소리가 들렸다. 그가 올려다보았을 때 그림자 사내의 모습이 보이는 듯싶었고 그뒤로 선장과 청년의 얼굴이 스치듯 나타났다 사라졌다. 곧이어 커다란 바위 하나가 그를 향해 구르기 시작했고 그는 손쓸 수조차 없이 바위와 함께 그대로 절벽 아래로 곤두박질쳤다.

절벽 위에서 이안이 그를 내려다보고 있었다.

서울 사람들이 죄다

미쳐버렸다는 소문이……

1

서울 사람들이 죄다 미쳐버렸다는 소문이 756번 도로를 타고 정상리 안방골까지 퍼진 것은 달포 전쯤이었다. 무수히 많은 마을 중에서도 하필 이 동네에 그런 소문이 기어들어간 것이 일을 불러오리라고 믿은 사람은 아무도 없었다.

유사 이전부터 이 마을이 있었는지는 아무도 알 수 없었지만, 유사 이래로 마을 뒷산에 숨어 있는 작은 호수처럼 이 동네에 아무런 일도 일어난 적이 없었다는 건 마을 사람이라면 다 알고 있는 사실이었다. 전쟁의 화마가 모든 마을을 헤집어 불살라버릴 때도 이 마을은 물속에 잠겨 있었던 듯

말짱했으며, 죽음의 병마가 안 가는 곳 없이 몰려다닐 때도 이 마을만큼은 앞산의 나무들처럼 생기를 잃지 않았다. 가까이 내전이 일어났을 때도 그랬다. 북쪽에서 쓸어내리고 남쪽에서 쓸어올리며 수많은 사람이 가을 곡식의 낟알처럼 쓸려갔을 때도 이 마을 사람들은 단 한 차례의 피 냄새도 맡지 못했으며, 하다못해 전쟁의 소문을 듣고 누가 옳으니 그르니 서로 갈려 싸우면서도 마음의 상처 하나 입지 않았다. 마을이 늘 죽은 듯 평온하기만 했던 것은 아니었다. 시시때때로 동네에서 싸움박질이 일어났고, 그때마다 밥상을 둘러엎으며 쫓아나가 구경 나가지 않을 수 없는 일이 생기기도 했으며, 때로는 마을 회관에서 회갑잔치가 벌어져 먼 동네에서 불러온 가수를 가까이 보려다 나동그라져 다리가 부러지는 술주정뱅이가 없었던 것도 아니며, 바람난 처녀가 성황당에서 밤새 윗마을 총각을 기다리다 그만 밤을 꼴딱 새우고 동틀 무렵 지 어미에게 머리채를 잡힌 채 끌려가는 불상사가 있기는 했다. 마을에서 일어나는 일이란 세상사 어디에서나 벌어질 법한 일들뿐이었으며, 겉으로 보기엔 그리고 실제로도 이 마을은 평온하다못해 평범하기 그지없는 그런 동네였다.

누구나 그 앞을 지나가면 전형적인 시골이란 말을 떠올

릴 법한 동네는 이름 그대로 안방처럼 편안하고 밥그릇처럼 옴폭한 계곡에 자리잡았다. 높지도 낮지도 않은 산들이 사방으로 연이어 둘러져 있고 넓지도 좁지도 않은 개천이 마을 입구를 가로질러 흘렀다. 마을로 가려면 누구나 동네에서 하나뿐인 다리를 건너야 했다. 왜정 때, 일본인이었다고도 하고 조선인이었다고도 하는 군내 경찰서장이 우연히 마을 앞을 지나다가 개울을 건너던 그 동네의 처녀가 그만 발을 헛디뎌 물에 빠지는 걸 보게 되었는데, 물을 흠뻑 뒤집어쓰고 생쥐 꼴이 된 처녀를 가엽게 여겨서라기도 하고 아니면 홀딱 반해서라기도 하고, 아무튼 그 일로 면장을 닦달하고 마을 사람들을 내몰아 다리를 만들게 했는데, 모래와 자갈과 시멘트를 일일이 삽으로 뒤섞어 거푸집에 쏟아부어 지은 지 수십 년이 되도록 아직 멀쩡하게 서 있는 바로 그 다리였다. 마을 사람들은 그 다리를 세운 공로로, 아니면 처녀를 어여삐 여긴 답례로 다리 근처에 서장의 공덕비를 세웠지만, 해방이 되자마자 그 공덕비는 누군가에 의해 개울로 처박혀 지금은 흔적도 찾을 수 없었다. 다리 말고 그 마을로 들어가는 길이 있긴 했다. 뒷산을 넘어 아흔아홉 고개라고 불리는 수리재가 있지만 근자에 그곳을 넘어가는 사람은 없었다.

마을 사람들은 열에 아홉은 농사짓는 걸 업으로 삼고 있었다. 비록 농사지을 땅은 개천 옆에 붙어 있는 몇십 마지기의 논과 산아래 비탈밭뿐이었지만 적어도 몇십 년 동안 밥 굶어 죽었다는 사람은 없었으며, 그렇다고 돈푼이나 벌어보았다는 사람도 없었다. 농사꾼들이 대개 그렇듯 그들은 8할이 타고난 일꾼이었고 2할이 도박꾼이자 한량의 품성을 가지고 있었다. 그들은 하나같이 몇 명의 조상에게서 살을 얻었기 때문에 어찌 보면 비슷해 보였다. 검은 눈썹과 적당한 크기의 눈, 오뚝한 콧날에 불거진 광대뼈, 약간 고집스럽게 보이는 입은 아비와 아들이, 사촌과 당숙이, 할아비와 손자가 골고루 나누어 가졌다. 그중 가장 많은 성씨인 김씨들에게는 유난히 백발이 많았다. 김씨들은 마흔을 넘기지 않아 머리가 세기 시작했고 나이 50줄에 들어 동네 바깥에 나가면 할아버지 소릴 들었다. 다 그런 것은 아니었지만 그들은 대개 점잖은 축에 속했으며 사리에 밝은 편이었다. 김씨의 선조, 10대쯤 거슬러오르면 닿게 되는 할아버지가 원래 양반이었으나 어찌하다 연이 있던 자의 역모에 연루된 관계로 이곳으로 유배를 오게 된 그 사실을 드러내 떠벌리지는 않았지만 그 후손들은 비록 무지렁이에 까막눈일지라도 양반의 후손이란 자부심으로 버티며 산 것을 자랑으로 삼았다. 동네에 타성바지가 없었던 것은 아니다. 그들은 대개 좋은 세월을 만나서 더이상 누구를 마님이나 도련님이라고 부르지 않아도 되는 처지를 다행으로 여기는 사람들과 그들의 후손들이었다.

이런 마을에서 서울 사람들이 어쨌다는 이야기는 별반 신통한 소문거리가 되지 못했다. 무슨 일이든 다 그렇듯이 처음엔 그저 마을을 지나가는 엘피 가스 트럭을 향해 동네 개들이 한꺼번에 짖어대는 정도의 관심만 불러왔을 뿐이었다.

2

처음 그런 해괴한 소식을 입에 달고 온 이는 수리산 자락 아래서 열댓 마리 젖소를 키우는, 촌동네인 그 동네에서도 가장 촌스럽다고 타박을 받기 일쑤였던 희근이였다. 시골 사람 누구도 그렇게 자주 그리고 함부로 입에 올리는 법이 없는 촌스럽다는 말이 희근에게만큼은 예외였다. 그가 그런 대우를 받아야 할 이유는 없었다. 그의 행동거지가 유달리 촌스러웠던 것도 아니며, 그의 말이 그렇게 어눌했던 것도 아니다. 단지 뻐드렁니가 유일하게 그 말을 합리화시킬 수 있는 근거가 되었으니, 사람의 생김을 보고 함부로 어떻다는 말을 그렇게 쉽게 할 수 있었던 것은 따지고 보면 시골 사람들의 그리고 희근이의 미덕이었다.

그가 달포 전쯤, 그러니까 새해의 벽두에 서울 변두리에 붙어 있는 외곽 도시의 무슨 웨딩홀로 그의 누이동생의 시당숙의 다섯째 딸의 결혼식에 간 적이 있었다. 거기, 떠들썩하고 왁자지껄한 식장 밖에서, 겨우 알은체할 만한 사람을 찾느라 눈에 힘빨을 주고 두리번거리다가 서울 사람들이 죄다 미쳐버렸대나 어쨌대나 하는 바로 그 이야기를 얻어들었던 것이다.

남의 말이라면 지나가던 아이에게 종주먹을 들이대서라도 캐어듣는 버릇이 있는 그에게는 참으로 달착지근한 이야깃거리가 아닐 수 없었다. 그는 냉큼 식당으로 달려가 육개장 두 그릇을 우겨가며 달래 먹고는 그길로 소똥 냄새 잔뜩 밴 1톤 봉고 트럭을 몰고 부리나케 되돌아왔던 것인데, 그날 이후 그의 말을 전해 듣지 않는 사람은 당뇨병으로 거동도 못하고 저승길 행차를 차일피일 미루고 있는 새들벌의 아흔 살 잡순 고씨 영감밖에는 없었을 것이다.

그가 적어도 앞으로 석 달 열흘은 입에 달고 살 소문의 정체는 이러했다. 서울의 그 어디라나, 누구는 강남 일대의 판자촌이라고 했고 누구는 여의도 쓰레기 처리장 근처 어디라고도 하여 정확한 진원지는 알 수 없으되, 아무튼 서울 어딘가에서부터 괴질이 돌기 시작했는데, 그게 점점 퍼져 급기야는 서울 사람 대부분이 그 괴질에 걸려 죄다 이상하게, 어떤 사람은 정신이 나가고, 어떤 사람은 돌아버리고, 어떤 사람은 넋이 나가고, 어떤 사람은 혼이 빠지고, 말 그대로 죄다 미쳐버리게 되었다는 것이다.

희근이 말이라면 입을 떼기도 전에 통박을 줄 채비부터 차리던 동네 이장이 그의 터무니없는 말에 눈을 치켜뜨고 그의 쓰잘데기 없는 입놀림을 멈춰보려고 했지만, 그렇다고 희근이의 장광설을 쓸어 담을 재주는 그에게도 없었다. 이장의 콧방귀가 아니더라도 그 동네에서 가장 촌스럽다고 소문이 난 희근이의 말에 코웃음을 치지 않는 동네 사람들은 없었으니, 마음씨 착한 슈퍼댁만 희근이의 말에 어쩌다가 장단을 맞춰주었을 뿐인데, 그녀 역시 그런 터무니없는 이야기를 곧이곧대로 귀에 담아둘 만큼 어리석지는 않았다.

달포가 지나 엊그제 동네 척사 대회에서도 희근이가 서울 사람이 어쨌다는 이야기를 들고 나오자 이제는 더이상 들어주기도 지겹고 대꾸하기도 귀찮았던 사람들이 작당을 하여 아예 희근이를 윷판에서 빼버리고는 멀찍이 드럼통에 장작이나 쑤셔박는 자리로 내몰았던 것인데, 마침 그 동네에 이

사 온 지 얼마 되지 않아 이리저리 기웃거리며 쭈뼛쭈뼛 얼굴만 들이밀고 있던 박선생이 한갓지게 곁불을 쬐러 드럼통으로 달라붙었던 것이 화근이었다.

희근이가 박선생을 어떻게 구워삶았는지 모르겠지만 박선생은 그후로 희근이의 말을 믿어주는 유일한 사람이 되었다.

3

박선생으로 말하자면 서울과 지방의 여러 대학에서 강사라나 겸임교수라나 그런 걸 하다가 정식 교수가 되기는 영 글러먹은 사람으로 일찌감치 낙점되어, 낙담에 낙담을 거듭하다가 지레 포기하고 에잇 더러워서 시골에 가서 농사나 짓겠다고 작심한 끝에 어찌어찌 이 마을로 흘러들어온 외지 사람이었다. 시골 사람들이 대학이라고는 어쩌다 동네에서 공부 잘한다고 소문이 자자한 아들을 두어 지방 국립대의 입학식 때 말고는 가본 적이 없는 그런 대학에서 한때나마 선생 노릇을 했다는 사실 하나만으로 이장은 친히 그를 방문해 척사 대회에 나와주십사고 간청을 드렸던 것이다.

대회라면 소싯적에 반공 궐기대회밖에 나가본 적 없는 박선생은 척사 대회가 우루과이라운드나 에프티에이에 의한 농산물 개방 결사 반대를 위한 농민 궐기대회쯤으로 알았다. 하긴 가진 건 없어도 머리에 든 것만으로도 한세상 살기에 남부러울 것이 없는 박선생이 난생처음 척사 대회란 말을 듣자마자 그의 박식한 두뇌가 위정척사부터 떠올린 건 이상한 일이 아니었다.

전날, 지난가을 마당 끝에 심어놓은 산당화 밑에 겨우내 내다버려 수북이 쌓여 있던 개똥이 얼어 이리저리 굴러다니는 꼴을 참을 수 없었던 박선생은 모처럼 햇살이 데굴데굴 굴러들어온 날 삽을 들고 나섰던 것인데, 마침 뒷짐을 지고 대문으로 들어서던 이장을 맞이하게 되었다. 마당 한가운데 서서 박선생은 참으로 곤혹스러운 제안을 이장으로부터 받게 되었다. 척사 대회에 나와달라는 것이었다. 이장의 간곡한 요청을 받고, 박선생은 이제 급기야 농사꾼의 입장에서 무언가를 해야 할 결정을 내릴 일생일대의 중요한 순간이 온 것에 대해 숙연해졌으며, 생애 처음으로 일상의 삶이 이론의 실천으로 전화되는 기쁨에 가슴이 뜨듯해지기 시작했고, 한편으로 자신의 평온한 삶이 사회적 요구에 의해 불안해질 수 있다는 막연한 두려움에 저절로 몸이 움츠러들었다.

그의 난감하고 비장한 얼굴색을 감지한 이장이 '그저 별다른 일은 아니고 와서 막걸리나 한잔 드시고 에, 또, 더불어 동네 사람들과 이참에 얼굴도 익히고 그러면 좋지 않겠습니까?'라고 하자 '그래야지요. 기꺼이 동참하겠습니다'라고 말해버렸던 것이다.

다음날, 시골에 내려온 지 대여섯 달이 지났건만 아직도 일요일이면 늦잠을 자는 버릇이 고스란히 남아 있는 아내를 비장한 음색으로 깨워놓고 '때가 어느 땐데 잠만 퍼질러 자고 있느냐' '밥을 내놓아야 뭘 해도 할 것이 아니냐'고 채근하여 이른 밥을 달래 먹은 그는 사회적 정세와 세태의 흐름을 파악하고, 여론을 감지하여 행동의 수위를 조절하기 위해, 우편으로 배달되어 온 신문을 펼쳐 들었다.

과연 사태는 심상치 않았다. 유럽의 어떤 나라와의 통상협상에 반대한 농민 대표가 분신을 해 온몸이 숯검정이 되었고, 정부는 그럼에도 토마토와 휴대전화를 바꾸자는 협상을 강행하겠다고 선언했으며, 분개한 농민들이 속속 서울로 입성하고 있는 중이었다. 어쩌면 그 역시 붉은 깃발을 들고 여의도의 차가운 강바람을 맞아야 할지 모르며, 어쩌다 선봉에 서서 진압봉으로 두들겨 맞아 터진 머리통에서 흘러내린 붉은 피가 붉은 머리띠를 적시게 될지 모르며, 그러다가 투명한 플라스틱 방패에 찍혀 허리가 결딴나고 농민 동지들의 부축을 받으며 병원으로 실려가 테레비에 나오는 사태가 날지도 몰랐다.

그는 자꾸 먹먹해지는 가슴을 쓸어내리고, 앞으로 벌어질지도 모르는 여러 사태를 숙고하면서 마음의 평정을 찾기 위해 잠시 눈을 감고 깊은 명상에 들어갔다. 그가 마음의 고요를 찾아 헤매고 있을 때, 갑자기 요란한 음악 소리가 동네 어귀 마을회관 앞 느티나무에 매달린 스피커에서 세상을 향해 울려퍼졌다. 드디어 출정의 나팔 소리, 아니 스피커 소리가 울린 것이다. 애써 다듬었던 평정은 눈 녹듯이 사라져버렸고 핏속에서 거품이 끓어오르며 심장이 쿵쾅거리는 소리가 들렸다. 양복을 꺼내 입은 박선생은 넥타이를 매려다 벗어버리고 두꺼운 방한 점퍼로 갈아입었으며, 신어본 지 몇 달은 되었을 구두를 꺼내다 도로 집어넣고는 흙 묻은 운동화를 탈탈 털어 신고 집을 나섰다.

대문을 나서자 한쪽 어딘가에 금이 간 게 분명한 스피커에서 나온 노랫소리가 고막이 떨어져나갈 것같이 악을 쓰고 있었다. 그런데 하필 음악이 왜 이런가? 요란한 것까지는 좋은데 〈립스틱 짙게 바르고〉와 〈봉선화 연정〉이 뭔가 말이다. 말에는 때와 장소가 있고 행동에는 들 때와 날 때가 있으니, 사람이 배운다는 것은 적재적소에서 말과 행동이 일치하고 사태와 경우에 대비해 걸맞은 처신을 한다는 것인데, 노랫소리 하나도 때와 경우를 맞추지 못하는 것은 여기 사람들이 본디 배움이 짧아서 그런 것일 거라고, 그는 난감해했다. 장차 이들과 함께 그가 감당해야 할 무수한 일에 대해 적이 걱정이 되지 않을 수 없었다.

빽빽해진 가슴을 앞으로 내밀며 마을회관에 도착했을 때 어찌된 일인지 아무도 나와 있지 않았다. 회관 앞 공터에 가마니로 짠 덕석이 말린 채 놓여 있었고, 한쪽에는 시뻘겋게 녹슨 드럼통이 구멍이 숭숭 뚫린 채 덩그마니 놓여 있을 뿐이었다.

반시간 넘어 이리 기웃 저리 기웃 하고 나서야 동네 사람들이 막걸리 항아리에 밥풀 올라오듯이 하나둘 나타나기 시작했는데, 그들은 사태의 심각성을 아는지 모르는지 노랫소리에 맞춰 흥얼거리며 갈지자걸음으로 어슬렁거리며 회관 앞으로 나오는 것이었다.

4

박선생이 척사 대회의 유래와 의미를 이론적으로 완전히 파악한 것은 막걸리가 돌고 윷가락이 내동댕이쳐질 가마니가 깔리고 녹슨 드럼통에 장작이 들어가 불이 지펴지고 블록 네 장을 쌓아놓은 아궁이에 가마솥이 걸리고 솥단지에 붉은 돼지고기가 뭉텅이로 들어가는 모습을 보고 난 뒤로도 한참을 지난 후였다. 그러고는 동네 이장의 사주를 받아 헤헤거리며 사람들에게 돈 2만 원씩을 받아내고 있던 이장의 옆집에 사는 김씨에게 회비 2만 원에 1만 원을 더해 3만 원을 쾌척하고 난 뒤의 일이었다.

척사 대회가 대보름을 전후로 열리는 마을의 윷놀이〔擲柶〕로 마을의 사악한 귀신을 내쫓는 말 그대로의 척사斥邪의 의미를 지닌 축제였음을 깨달은 박선생은 공연히 비분하고 강개했던 자신을 마음속으로 겸연쩍어하며 슬금슬금 드럼통에 달라붙어 멀쩡히 타고 있는 장작만 들쑤시게 되었다. 개뿔! 웬 거창 맞을 척사! 박선생은 생각할수록 척사를 위정척사에 버금가는 농민 대회쯤으로 오해했던 자신의 무지에 얼굴이 달아올랐지만 그때마다 맹렬히 타오르는 장작불을 탓하기만 했다. 그러다가 윷판에서 내몰린 희근이를 만나게 되었던 것인데, 그는 박선생을 보자마자 예의 그 소문 타령을 시작했다.

"그 말 들었습니까?"

희근이는 박선생을 오가다 몇 번 마주쳐 눈인사는 나누었을지언정 정식으로 대면한 적도 없었으면서 마치 오래전부터 알아온 것 같은 친근감을 보였다. 희근이의 품성이었다.

"뭘 말입니까?"

"아 거시기 뭐냐 서울 사람들이 몽땅 미쳐버렸다네요. 내가 틀림없이 분명히 들은 얘긴데 지금 서울서는 사람들이 죄다 미쳐버려가지고 난리가 났다는구만요. 서울을 빠져나가려는 사람으로 고속도로마다 북새통이고 이민 가는 사람들로다가 공항까지 마비되었다네요."

박선생은 드럼통에서 잘 타고 있는 아까시나무를 그냥 한 번 건드려보다가 자신에게 말을 건네주는 마을 청년에 대한 고마움에 공손히 말을 받았지만, 그 말인즉 터무니없는지라 건성으로 받는 수밖에는 달리 방법이 없었다. 오늘 아침에 들추어본 신문의 어느 귀퉁이에도 그런 내용은 본 적이 없었다. 박선생은 그 몇 마디로 단박에 희근이의 품성과 학식과 도덕성과 삶의 태도 모두를 파악하게 되었으니 역시 지식의 힘은 놀라웠다. 짐짓 매운 연기를 피하려는 듯 박선생의 턱이 하늘을 향했다. 빨간 불똥이 솟아오르다 검고 하얀 재가 되어 하늘하늘 바람에 흩어지고 있었다.

"왜 미쳤다는데요?"

박선생이 마지못해 눈을 게슴츠레 뜨며 물었다.

"아이구, 내가 그걸 어찌 알겠습니까? 괴질이 돌았다고 하던데……"

말을 시작해놓고 모르겠다니! 박선생은 괜스레 부아가 나기 시작했는데 그건 낯선 사람들과 억지로 어울려야 하는 어색함을 참아내지 못할 때 나오는 그의 심리적 불안 탓이었다.

"괴질이라…… 괴질이 돌아 미쳤다구요? 그게 무슨 말이죠?"

자신도 모르게 튀어나온 시큰둥한 말투가 본의가 아니라 버석거리던 나무가 타오르며 일어나는 불똥을 피하려 뱉은 말이라는 듯이 박선생이 몸을 옆으로 젖히며 말을 받았다.

"미친 게 미친 거지, 그게 또 뭘 말한다는 겁니까?"

박선생은 희근이를 바라보았다. 깊이 팬 주름조차 가릴 만큼 검게 그을린 얼굴에 심각할 대로 심각해진 표정이 너무나 진지하여 대강 한두 마디 건성으로 대답했다간 예의가 아닌 것 같기도 하고, 또 심각해져서 더욱 길어 보이는 얼굴을 실망시킬 수도 없고 하여 자세를 바로잡았다. 그리고 이 참에 단 한마디라도 똑똑히 전해주어 무지하고 몽매한 사람들에게 한 점의 지식과 교양이라도 넣어주고 싶었던 게 솔직한 심정이었다. 아니 그보다는 척사 대회에 대한 자신의 무지를 만회해보겠다는 심사였을지도 모르겠다.

"미친 건 정신병에 걸렸다는 얘긴데, 정신병에 걸렸다고 다 미쳤다고 말할 수는 없겠고…… 정신병 중에서도 정신착란과 같은, 좀 심각한 증세를 보일 때 미쳤다고 할 수 있는 거겠지요."

박선생은 사뭇 진지하고 점잖게 그리고 이론적으로 대꾸했다.

"미친 게 정신병이란 건 나도 알지요."

"그럼요. 정신병에는 많은 게 있지 않습니까? 편집증이랄지, 우울증이랄지, 의처증이랄지, 신경쇠약이랄지 그런 게 다 정신병이지요. 하지만 미쳤다는 것은 어감상 아니 의미상 정신병 중에서도 심한 증세 그러니까 보통 사람하고 현격히 다른 증세를 보이는, 이를테면 심한 피해망상이나 과대망상과 같은 정신착란 증세를 보일 때를 말하는 거겠지요. 미쳤다면 정신착란을 말하는 건데, 에 정신착란증이 뭐냐 하면 그러니까 이건 말 그대로 정신이 완전히 나갔다는 것을 말하는데, 말하자면 현실을 이해하고 판단하는 능력이 상실되었다는 걸 말하는 거지요."

박선생의 해박한 입이 열리자 과연 희근이는 놀라는 눈치다. 그 논리정연한 미친 증세에 대한 설명이 그랬다기보다 그의 말에 이렇게 친절하고 길게 대꾸해준 사람이 이제껏 없었기 때문이다. 희근이는 말이야 알아들을 수 있건 없건 적어도 박선생하고는 말이 통한다, 그렇게 생각했다.

"현실을, 그러니까 거 뭐냐 이해하고 판단하는 능력이 상실되었다구요? 그 말인즉슨 세상이 어떻게 돌아가는지 모른다는 건가요? 그럼 도무지 배운 게 없어서 도대체 세상이 어떻게 돌아가는지도 모르는 까막눈도 미친 겁니까?"

아무튼 몇 걸음 지레 앞서가는 버릇은 여느 시골 사람과 다름이 없다, 고 박선생은 생각했다.

"그건 아니고 세상이, 그러니까 쉽게 말하면 지가 뭘 하는지, 자기가 해야 할 것과 하지 말아야 할 것을 도무지 판단하지 못하는 즉, 현실 검증력이 손상된 상태를 말하는 것인데……"

그러다 박선생은 말을 멈추었다. 그렇게 말해버리면 자신이 무슨 말을 하는지 알지 못하면서 주워섬기는 희근이야말로 정말 미친놈이 되어버리고 말 것이기 때문이었다. 다행히 걱정할 필요는 없었다. 희근이가 제 식대로 말을 받아넘기는 놀라운 재주를 가지고 있는 걸 박선생은 금방 알아챘다.

"그러니까 대추나무가 미친 것과 똑같단 말씀이지요. 머리는 산발을 해가지고 열리라는 대추도 안 열리고 지가 뭘 해야 하는 나문지도 모르는 미친 대추나무 말입니다."

"대추나무도 미친답니까?"

대추나무도 미친다는 말에 박선생의 호기심이 동했다.

"사람만 미치는 줄 아십니까?"

"왜 미치는데요?"

"난들 알겠습니까? 내가 그걸 알면 농촌진흥청에 가서 박사 하지요. 아무튼 대추나무란 게 성질머리가 못돼가지고 몇 해 잘 열린다 싶으면 갑자기 미쳐버린단 말이지요. 그래서 대추나무 가랑이에다 돌도 박아넣고 밑동을 낫으루다 벗겨내기도 하고 그러는데, 동네에서 하나가 미치면 죄다 미쳐버린다니까. 대추나무가 미치는 게 영양 과잉 때문이라고도 하고 바이러스 때문이라고도 하고 아직까지 박사들도 잘 모르는 것 같기는 허두만…… 그런데 사람은 왜 미친답니까? 선생은, 아니 성함이……? 이거 여지껏 인사도 못했네요. 저는 정희근인데……"

갑자기 이야기를 하다 말고 인사를 해야 하는 상황은 또 뭔가? 시커매진 목장갑을 벗으며 내민 희근이의 손을 잡으며 박선생은 황급히 머리를 주억거렸다.

"박선생님이시죠? 교수님이라고 하던데……"

"그건 아니고…… 그저…… 가끔 학교에…… 그런데 뭐라 그랬죠?"

"뭐라 그랬더라. 아! 대추나무가, 아니 사람들이 왜 미치는지……"

대추나무가 바이러스 때문에 미친다는 게 뭔 말인지 알 수는 없었지만 사람들이 왜 미치는지는 모를 일도 아니다. 박선생은 버릇처럼 자신이 아는 지식의 방향으로 대화를 몰아갔다.

"그러니까 보통 심각한 외적인 자극, 알다시피 가까운 사람이 죽었다거나 큰 사고를 당했다거나 하는 거 말입니다. 보통 심각한 외적인 자극에 의해서 심리적인 충격을 받게 되면 바로 자신의 존재에 대한 극단적인 위협으로 받아들여지게 되고 그러면 자아가 소멸될 것 같은 위기감에서 자신의 내적인 문제를 외적인 환경에서 원인을 찾게 되는데, 거기서 현실을 판단하는 능력인 현실 검증력이 손상되기 시작하고 그러면 외부 현실에 대해 그야말로 객관적인 대응을 하지 못하고 과대하거나 혹은 과소한 행동을 보이게 되는 것인데 그게 과대망상증이나 피해망상증으로 나타나는 것이지요."

"도무지 뭔 말씀이신지?"

박선생은 드럼통에서 한 걸음 물러나며 희근이를 흘깃 쳐다보았다. 하지만 그가 자신의 말에 주눅이 든 것 같지 않은

데 약간 실망했다.

"쉽게 말하자면 쥐가 호랑이처럼 보여 으르렁대거나 가만히 서 있는 바위가 날아와 머리를 후려칠 것 같은 착란 증세를 보이면 완전히 미쳤다고 할 수 있다는 거란 말이지요. 왜 6·25 직후에 자식을 잃고 돌아다니는 미친 여자들이 많았다고 그러잖아요. 그런 게 다 외적 충격에 의한……"

"그런가요? 맞아요. 그래야 미쳤다고 할 수 있겠지요."

희근이가 재빨리 말을 이었다.

"아시는지 모르겠네. 저기 은행나무집 김씨 형님, 아니 그 양반 말고 머리 하얀 김씨 형님 있잖아요. 그때, 난리 때요. 그 형님의 큰형이 서울 갔다가 폭격 맞아가지고 죽어버렸는데 그 어미 그러니까 그 형님 엄마가 그랬었다네요. 미쳐서 베개를 들쳐업고 사방으로 쏘다니다가 어디론가 사라졌다고. 그리고 그 형님은 혼자 남아서 어미도 잃어버리고 여기저기 떠돌면서 구걸하며 살다가 이 마을로 들어왔는데, 그래서 장가도 못 가고 늙어서 지금은……"

이번엔 박선생이 희근이의 말허리를 잘랐다.

"자식 잃은 어미가 다 정신착란에 걸리는 것은 아니지요. 사람에 따라 다르다고 할 수 있는데, 어떤 사람에게는 대수롭지 않은 일이 다른 사람에게는 엄청난 충격을 주는, 그래서 미칠 수밖에 없는 상황이 되곤 하지요. 이를테면 길가다가 개구리가 차에 치어 배가 터져 죽은 걸 똑같이 보았더라도 누구는 쉽게 잊어버리지만 누구는 평생 내장탕을 먹지 못하는 증세로 나타날 수도 있는 거지요."

그건 정말 그랬다. 박선생은 내장탕뿐 아니라 고기의 원형이 보이는 모든 음식을 혐오했다.

"그런데 서울 사람들이 어떻게 미쳤다고들 합디까?"

박선생의 말이 한 걸음 다가서자 희근이의 눈빛이 다시 반짝이기 시작했는데, 그로부터 박선생은 두어 시간을 꼼짝없이 서서 희근이의 터무니없는 장광설을 들어야 하는 처지에 몰리게 되었다.

5

윷판이 몇 바퀴 돌고 났는지 동네 사람들은 서로에게 막걸리 사발을 돌리기 시작했다. 술이 술을 부른다고 얼큰하게 취기가 돌자 아까부터 박선생을 힐끔힐끔 보고 있던 이장 옆집에 사는 김씨가 박선생을 표적으로 삼았다. 김씨가 박선생에게 다가와 사기 사발을 건네고 플라스틱 병에 들어 있던 막걸리를 콸콸 따르며 권하자 아까부터 목이 말랐던 박선생이 냉큼 받아 쭉 들이켰다.

"희근이! 잡설은 그만두고 자네도 이리와 술이나 먹게."

사실 김씨가 희근이와 박선생의 예의 미친 담론을 끝장내고 싶었던 건 아무래도 촌스러운 희근이가 교수님과 어울리는 게 영 께름했기 때문이다.

"한잔 더 하시지요?"

김씨는 예의를 차리며 황송하게 자신의 술잔을 받아 달게 들이켠 박선생에게 사발이 넘치게 한잔 더 들이밀었다. 이후로 저 서울서 온 선생이란 작자가 그저 날샌님은 아닌가 보네 그렇게 생각했던 동네 사람들이 돌아가며 찰랑찰랑 술이 가득 든 사발을 들고 다가오기도 하고 푹 익다못해 흐물흐물해진 돼지고기의 살점을 새우젓에 찍어 손바닥에 받쳐 들고 입에 넣어줄듯이 달려드는데, 박선생은 처음엔 사양하던 한두 잔이 서너 잔이 되고 서너 잔이 셀 수 없을 지경까지 이르러 결국은 곤죽이 되고야 말았다.

2월의 짧은 해가 곤달걀의 노른자같이 불그레한 빛으로 서산에 걸리고 나서야 박선생은 집으로 돌아왔다. 현관문을 열어젖히자 확 밀려오는 취기에 몸을 가누지 못한 박선생은 쏟아지는 잠을 이기지 못해 그대로 서재로 쓰고 있는 건넌방에 벌렁 누워 코를 골며 잠을 자기 시작했다. 그렇게 세상이 뒤집어져도 내 알 바 아니라는 듯이 곯아떨어져 자다가 목구멍에 마른 가래가 칵 들러붙어 깨어보니 새벽 1시가 막 지나가고 있는 무렵이었다.

비틀거리며 주방으로 나온 박선생은 냉장고를 열어 보리차를 병째 쉬지 않고 벌컥벌컥 반 넘어 마신 후에야 정신이 좀 드는 듯했다. 아내는 자는지 기척도 없었고 부엌의 식탁에는 그가 깨어나길 기다리고 있던 반찬들이 랩에 싸인 채 놓여 있었다.

머리가 깨질 듯 아팠다. 한겨울 미루나무에 매달린 까치집을 하고 있던 머리칼을 쥐어뜯느라 손가락을 머리카락 속으로 집어넣어보니 하루종일 불 옆에 붙어 있었던 탓인지 머리털이 빗자루처럼 빽빽했고 손에선 재가 시커멓게 묻어나왔다. 오밤중에 머리를 감을 수도 없고 세수나 해야겠다고 화장실로 들어가 찬물을 얼굴에 끼얹던 박선생은 아차 싶었다. 빌어먹을 척사 대횐지 농민 대횐지 때문에 오늘, 아니 어제까지 보내주기로 했던 번역 원고를 까맣게 잊어버리고 있었던 것이다.

박선생이 서재로 들어와 컴퓨터를 켜고 한글 파일을 열어 지끈거리는 머리를 손가락으로 누르며 원고를 불러왔다. 요나 안슨의 「작업 노트」. 그가 지난번 번역했던 책이 그런대로 팔려 재판을 찍으면서 새로 작가의 작업 노트를 싣기로 했던 거였다. 마지막으로 원고를 한번 더 읽어보는 것으로 교열을 끝내고 이메일에서 제목을 쓰고 파일을 불러오고 전송 버튼을 누르기까지는 두 시간이 채 지나지 않았다.

간단히 일을 끝냈지만 다시 잠이 올 것 같지도 않았고 그렇다고 책을 읽기에는 머리가 너무 아팠다. 멀뚱히 모니터를 바라보다가 쿡 하고 웃음이 쏟아졌는데 그건 오늘, 아니 전날 그가 겪은 당혹스러움과 희근이와의 그 진지하고 얼토당토않은 대화가 문득 생각났기 때문이다. 서울 사람들이 죄다 미쳐버렸다니. 사실일지도 모르지. 어디 제정신인 사람들이 있을라구. 모두 제정신이었다면 내가 여기 이렇게 시골구석에 처박혀 있을 턱이 없지.

박선생이 시골 들어와 살게 된 것도 따지고 보면 미친 세상 탓이었다. 박사 과정을 마치고 나서도 그는 도무지 제대로 된 자리 하나를 잡을 수 없었다. 머리가 빠지도록 논문을 쓰고 발이 닳도록 학회를 쫓아다녔지만 그에게 남는 건 늘 근근이 풀칠할 수 있는 강사 자리 몇 개였다. 동기들이 줄줄이 지방대학이라도 한자리를 차지하고 앉았을 때 그에게 돌아온 건 학술 프로젝트의 연구원 끝자리뿐이었다. 도대체 내가 뭘 잘못했단 말인가? 그는 한 번도 지연이나 학연에 연연해본 적이 없었지만 결국 그것 아니면 그가 꿰찰 자리는 어디에도 없다는 걸 진즉에 깨달아야 했다.

박선생은 아직 켜져 있는 모니터를 멍하니 쳐다보며 한숨을 내쉬었다. 어느새 메인 홈페이지로 옮겨간 모니터는 쉴새없이 깜박거리며 광고를 내보내고 있었다. 그의 손가락이 화면 여기저기를 망연히 누르고 있었고 그러다 그만 메인 화면에 19+라고 적혀 있는 그 빨간 글씨로 된 영역을 침범했던 게 잘못이었다.

띵 하는 소리와 함께 작은 창이 화면 가운데 떠올랐다. 살인미소천사께서 1:1미팅을 신청하셨습니다. 응하시겠습니까? 오밤중에 웬 살인미소천사? 예/아니오. 아니오. 아니올시다. 그런데 분명 아니오 버튼을 눌렀음에도 화면은 화들짝 놀라는 척하면서 휘깍 뒤집어졌고 곧이어 살색으로 칠해진 조그만 아이콘들이 가득한 새로운 창이 떠올랐다. 제기랄 또 시작이다. 조그만 아이콘들에는 벗은 여자들이 해괴한 몸짓을 하며 꿈틀거리고 있었고 뜨악해진 박선생이 재빨리 esc 버튼을 눌렀지만 화면은 껌뻑거리기만 할 뿐 요지부동이었다.

다른 때 같으면 벌써 주저 없이 리셋 버튼을 작동시켰을 것이다. 그런데 그날 새벽, 박선생은 그래 끝까지 한번 가보자고 이상한 치기가 발동했던 것인데, 그것은 아마 박선생의 도덕심에 막걸리 국물이 흘러들어간 탓이라고 말해야 할 것이다.

6

박선생은 짐짓 당혹스럽고 얼굴이 상기된 채로 요동치는 여인을 건드려보기 시작했는데 한번 손을 대기 시작하자 그 뒤로부터 그의 손가락에서 불이 날 지경이었다. 어디서는 다리를 하늘 높이 들어올리고 사타구니를 한껏 벌린 여인이 나타나기도 했고, 어디서는 엉덩이를 뒤로 돌려 화면을 가득 메운 그림이 나타나기도 했고, 어디서는 어마어마하게 크고 굵어 도저히 인간의 것이라고 믿을 수 없는 살덩이를 가슴에 문지르는 여인이 나타나기도 했고, 어디서는 쉬지 않고 아랫도리를 붙인 채 흔들어대는 남녀의 그림이 나타나기도 했다.

박선생으로 말하자면 적어도 그런 그림들을 보고 깜짝 놀랄 만큼 숙맥은 아니었는데 그렇다고 한밤중에 깨어 컴퓨터를 들여다보다가 아내에게 들켰을 때 당혹스럽지 않을 만큼 뻔뻔스러운 위인 역시 아니었다. 화면에서 흘러나오는 신음

소리가 밖으로 새어나갈까 볼륨을 줄였지만 소리가 없어지자 화면의 그림들이 참을 수 없을 만큼 낯설게 보였기 때문에 그는 살금살금 방문을 닫고 들어와 다시 볼륨을 살짝 올리고는 마우스를 클릭하기 시작했다. 그러고는 한도 끝도 없이 이어지는 그 신비한 동물의 세계 속으로 진입했다.

다른 때는 누가 뒤에서 눈을 동그랗게 뜨고 쳐다보고 있을 것 같은 그 이상한 불유쾌한 느낌 때문에 어쩌다 잘못 걸려든 유혹에도 빠지지 않았다. 가끔 그의 결연한 평소의 의지와 관계없이 주책없는 손가락이 민망한 그림을 건드려보기도 하였으나 그럴 때마다 그의 컴퓨터는 주인의 의지를 재빨리 알아채는 충실한 하인처럼 비리릭 하는 소리를 내며 꺼져버렸고 그럴 때마다 그는 치명적인 자괴감으로부터 자신을 건져올릴 수 있었다. 하지만 그날은 어찌된 일이었는지 월남전에서 용맹을 떨쳤다는 맹호부대 용사처럼 곳곳에 널린 지뢰를 피해가고 은밀하게 매설된 부비트랩을 단 1개도 건들지 않으면서 그의 손가락은 교묘하고도 절묘하게 결코 아름답다고는 말할 수 없는 민망하고 망측한 그림들이 가득한 세상을 열어가고 있었다.

하나의 창을 열면 수백, 수천 가지의 새로운 창이 열렸고 그 창들에는 새로운 창으로 향하는 길이 놓여 있었으며 다시 돌아올 필요도 없이 창은 또 새로운 수천 개의 길을 열어 주었다. 알록달록한 살색의 그림들로 도배가 되어 있는 각양각색의 대문을 열 때마다 이제껏 잠들어 있는 것처럼 보였던 모든 집의 방문 안쪽에 불이 화들짝 켜지고 거기서 꿈틀거리는 벌레처럼 각자의 그 짓에 충실한 수많은 군상을 볼 수 있었다. 서둘러 문을 닫으면 마치 낯선 도시의 역전 뒷골목에 잘못 들어선 것처럼 또다시 수많은 손이 나와 잡아끌었고 사방을 힐끔거리며 미끄러져들어간 곳에서는 여지없이 벗은 여인들이 직업정신에 충실한 신음 소리를 내며 자신의 신성한 일에 몰두하고 있었다.

그는 어느 순간 낯선 도시 한복판에서 길을 잃어버렸다. 지금 어디쯤 왔는지 얼마나 깊이 들어갔는지 어느 방향으로 가고 있는지 알 수 없었다. 현실 속에 존재하지 않지만 분명히 그 세계의 어딘가에 존재하는 살색의 도시는 도저히 시작과 끝을 알 수 없는 미로처럼 얽힌 불가해한 욕망의 세계였다. 대로와 간선도로를 이어주는 수많은 골목으로 이루어진 도시였지만 골목이 대로가 되기도 하고 대로가 골목이 되기도 하는 무계획적인 계획도시는 한번 진입하면 원자폭탄이라도 투하하여 그 도시 전체를 날려버리지 않고는 도저히 빠져나올 수 없는 미로였다.

한참을 이 골목 저 골목 기웃거리다가 이제 그만 창을 닫아야 한다는 머릿속의 강박과 창 하나라도 더 열고 싶은 손가락의 욕망이 뒤섞이기 시작할 무렵 갑자기 화면이 이제까지와는 조금 다른 골목에 있는 이상한 집안을 비춰주기 시작했다. 박선생이 아무리 어느 골목을 지나쳤는지 몰랐다고 잡아떼도 결국은 도달할 수밖에 없는 소프트, 하드, 엽기, 변태, 익조틱, 오럴, 애널 등등 온갖 해괴한 코스들을 지난 뒤 불쑥 떠오른 화면은, 놀랍게도 붉은 ××× 표가 열두 개는 더 장식되어 있고 해골과 붉은 십자가 문양이 그려진 깃발이 날리는 곳이었다.

그곳은 이제까지 그가 지나쳐왔던 대문의 장식들과 달리 조금 으스스한 분위기를 풍겼는데 검은색 바탕에 작고 붉은 영문 글씨로 '이곳을 다시 방문할 수는 없으며 지금이 처음이자 마지막이 될 것입니다. 들어가시겠습니까?'라는 경고와 함께 푸른색 글씨로 더 조그맣게 쓰인 yes/no라는 글씨가 보였다.

그는 관례대로 그 경고를 간단히 무시했다. 그 세계에서 통용되는 협박이란 대개 외눈으로 무시해도 거덜날 것이 아무것도 없는 농담 짓거리에 불과하다는 것을 이미 알고 있었을 뿐 아니라, 이제껏 해괴한 코스를 수없이 지나면서 저절로 부풀었다 풀렸다를 반복해온 자신의 몸 한 귀퉁이가 이제 말을 듣지 않기 시작한 즈음에 더 잃을 것도 없다고 생각했기 때문이다. 그리하여 당연히, yes. 딩동.

경쾌한 전자음 소리와 함께 열린 그 사이트는 처음엔 뭔가 비밀스러운 집단이 벌이는 의식처럼 잔뜩 어깨에 힘을 준 화면을 보여줬지만 실제로 그 안은 언제 그랬냐는 듯이 차분하고 단조로웠다. 검은 바탕에 붉은색의 영문이 잔뜩 쓰여 있었고 그 어디에도 다른 창으로 연결되는 아이콘이나 링크를 위한 표식이 보이지 않았다. 이제 그만, 뻐근해진 아랫도리를 문지르다 잠이나 자야겠다고 생각한 박선생이 막 닫기 버튼을 누르려다가 그 내용 중에서 한 줄을 읽고 말았는데 거기에 쓰여 있던 문장 하나가 호기심을 발동시키지 않을 수 없었다.

그는 화면을 빠르게 읽어내려가기 시작했다. 제대로 해석을 했는지 모르겠지만 대강 이런 내용이었다.

이곳까지 왔다면 당신은 어쩌면 치명적인 바이러스에 노출된 감염자일지도 모른다. 그렇다고 두려워할 필요는 없다. 〈바이러스 감염에 의한 정신질환 현상에 대응하는 세계시민연대〉에 동참한다면 당신의 바이러스가 치유될 수 있는 가능성은 열려 있을 것이다.

세계는 지금 바이러스 감염 지역과 비감염 지역으로 구분되어 보이지 않는 전쟁중이다. 전쟁은 전면전의 양상을 띠고 있음에도 감염 국가들과 비감염 국가들 양 진영에서조차 자신들의 전선이 어디에서 형성되고 있는지 알지 못한다.

이 바이러스는 인류 발생 초기부터 있었던 것으로 파악되고 있다. 그동안 아무도 그 존재를 발견하지 못했던 것은 이 바이러스에 의한 감염 현상을 정신질환이나 신경증의 한 증세로 받아들였기 때문이다. 심리학과 정신분석학에서조차 바이러스에 의한 감염임을 이해하지 못하고 있다.

바이러스 감염에 의한 정신질환 현상에 대응하는 세계 시민연대는……

거기에는 바이러스의 유형과 감염자 진단 방법, 그리고 대응 방법이 항목별로 나열되어 있었다. 아니 바이러스에 의한 정신질환이 있었다는 말인가? 디스토마에 의한 간질 발작이라면 몰라도 바이러스에 의한 발작은 들은 적도 없었다. 바이러스라면 전염이 된다는 말이고 그렇다면 정신병이 전염병처럼 돌고 있다는 말 아닌가? 그렇다면 혹시 서울에서 돌고 있다는 그 괴질의 정체가?

그는 화면에 얼굴을 묻고 서둘러 깨알같이 박힌 붉은 글씨를 마저 읽어나가기 시작했다.

발원지를 알 수 없는 괴질에 대해 이제까지 연구한 바에 따르면 신종 바이러스는 신경계에 달라붙어 감염되는데 초기 증상이 감기와 같은 것은 이 바이러스의 형태나 구조가 독감 바이러스인 인플루엔자 균과 매우 흡사하여 체내의 백혈구 반응이 동일하게 나타나기 때문이다. ……이 바이러스는 앤스론 바이러스Anthron-Virus로 지금까지 대략 126개의 변종이 발견되었는데…… 이제까지 연구한 바에 따르면 어떤 종류의 변종 바이러스에 감염되었는가에 따라 괴질의 증상이 달라지며…… 발견한 사람 혹은 변이 형태에 따라 앤스론-마이친michin, 앤스론-노무nomu, 앤스론-사키saki 앤스론 C8, 앤스론 C9 계열로 구분된다. 바이러스의 초기 증상은……

그때 그의 방문이 비죽이 열리고 "언제 들어왔어요?"라고 말하며 아내가 눈을 가늘게 뜬 채 잠이 덜 깬 부수수한 얼굴을 들이밀었다. 박선생은 화들짝 놀라 자신도 모르게 서둘러 컴퓨터 리셋 버튼을 누르고 말았는데, 실상 그가 갑작스러운 아내의 등장에 그렇게 당황할 필요는 없는 것이었다. 박선생은 방금 보고 있던 내용은 까맣게 잊어버린 채 밤새 그가 보았던 화면들을 떠올리고는 아내의 얼굴을 보기가 공연히 민망하여 창밖으로 얼굴을 돌리고야 말았는데, 성에가 잔뜩 낀 유리창이 어느새 푸른색으로 물들며 날이 밝아오고 있었다.

7

척사 대회가 끝나고 보름이 지난 그달 말일에 그 마을 정상리 이장이 아침부터 마이크로 우왈왈 우왈왈 떠들자, 그날 밤 이장 집에 스물댓 명의 동네 사람이 모였다. 반상회였다. 서울에서 열리는 반상회는 아줌마들의 저녁 식사일는지 몰라도 시골의 반상회는 아줌마와 아저씨, 노인과 청년(청년이라야 나이 40줄이 넘은 축들이지만) 그리고 애들까지 모이는 회합이었던 것인데 그날은 마을회관의 보일러가 시원치 않다고 판단한 이장의 배려로 그의 집에서 열렸다.

동네 사람과 안면이 제대로 트이자 박선생은 그날 반상회에 나가지 않을 수 없었고, 집을 나서면서 어쩌면 그의 전원생활이 심각하게 뒤틀리기 시작했을지도 모른다는 생각이 들었다. 어쩌다 시골로 흘러들었을지언정 그는 태어나 도회를 벗어나 살아본 적이 없었다. 저 푸른 초원 위에 그림 같은 집은 아닐망정 적어도 농가 주택을 사들여 가꾼 그의 집은 전원의 풍취가 저절로 우러나왔다. 잔디를 깔 변변한 마당은 없었으나 석양 무렵 커피를 홀짝이며 바라보는 마을은 늘 아름다웠고, 그는 고즈넉한 풍경을 바라보면서 시골에 내려오기를 정말 잘했다고 되뇌고 또 되뇌면서 바람에 실려오는 흙냄새에 만족했다.

전원이란 시골 사람들에게는 존재하지 않는다. 물어보라, 거기 사는 사람들이 전원에서 살고 있는가를. 전원생활이란 적어도 도회 물을 먹어본 사람들이 꿈꿀 수 있는 삶이다. 전원은 오직 바라보는 사람들에게 아름다울 수 있는 공간이다. 흙투개비가 되어 땅을 파거나 뙤약볕에 몇 시간씩 비지땀을 흘려야 하는 그런 사람들에게 전원은 없다. 거기는 그저 촌구석일 따름이다. 그것이 박선생이 시골에 들어오고 나서 두어 달 만에 깨달은 진리였다. 또다른 진리도 있었다. 도시 사람들이 입에 침을 고이며 부러워하는 순박한 인정이란 시시콜콜 간섭하기 좋아하는 시골 사람들의 품성이며, 풍성한 인심이란 도무지 한시도 이웃을 가만히 내버려두지 않는 미풍양속을 말한다는 것을.

"어디 가게요?"

빨랫감을 챙기던 아내가 주섬주섬 옷을 챙겨 입고 있던 그에게 물었다.

"반상회."

"반상회요? 거길 가게요?"

"응."

"웬일이에요? 반상횔 다 가고. 동네 사람들하고 엮이지 않기로 했잖아요?"

그랬다. 그가 시골로 내려오기 전에 전원에 집을 마련한 친구가 그랬다. 우아하게 살려면 시골 사람들과 되도록 어울리지 않는 것이 좋을 거라고. 적당히 거리를 두되 그렇다고 너무 멀어져서는 안 된다고. 친구의 말은 틀리지 않았다. 그날 척사 대회 이후로 박선생이 집밖을 나설 때마다 동네 사람들은 먼발치에서 그의 그림자만 보여도 소리를 질러 알은체를 했다. 그 역시 비로소 처음 이사 왔을 때 가졌던 타지살이에 대한 두려움을 완전히 떨쳐버렸을 뿐 아니라 동네의 일원으로 대접받는 것 같아 기분이 좋았다. 그러나 허구한 날, 사흘이 멀다 하고 술추렴을 하자거나 천렵을 가자거나 고스톱을 한판 하자고 불러내는 통에 그의 생활은 갑자기 엉망이 되었다. 그가 아무리 점잔을 빼도 소용없었으며, 한껏 위엄 있는 목소리로 거절할 핑계를 만들기가 무섭게 동네 사람들은 눙치는 단 몇 마디로 그를 무력하게 만들었다. 동네 사람들이 말을 트기 무섭게 '형님, 동생'을 들먹이며 반쯤은 존대, 반쯤은 하대를 섞어 몰아붙이는 기가 막힌 화술의 달인들이란 걸 박선생은 미처 알지 못했다. 급기야 그는 꼼짝없이 그 동네의 자랑스러운 일원이 되었으며 거기 사는 한 벗어날 길은 없었다. 그의 전원생활은, 적어도 그가 정한 기준에 따르면, 이제 끝장이었다.

이제껏 한 번도 반상회에 나간 적이 없었을 뿐 아니라 누구도 그를 불러냈던 적도 없었지만, 이장이 이번에도 손수 전화를 걸어 나와주십사 하는 데야 나가지 않을 방도가 없었다. 적어도 이장은 자신이 그렇게 막돼먹은 인간이 아니라는 걸 내세우려는 듯이 꼬박꼬박 그에게 예의와 범절을 두루 갖춰 대했던 것인데 처음엔 닳고 닳은 시골 이장의 어쭙잖은 감투를 위세로 삼는 처세술이 마뜩치 않았으나 이즈음에는 그의 존대가 동네 사람들의 반말인지 온말인지도 모모를 두루뭉술한 어법보다 차라리 나았다.

8

이장 집은 작년에 새로 지은 농가 주택으로 반지하 위에 번듯하게 올린 서른댓 평의 슬래브 집이었다. 새집의 위세를 보여주느라 보일러를 한껏 올려놓았는지 거실에 들어서자마자 더운 열기에 숨이 막힐 지경이었다. 눈앞이 뿌옇게 흐려져 안경을 벗어들고 닦으며 박선생이 꾸벅 인사를 하고 들어서자 네 평 남짓한 거실에 빼곡히 들어앉은 사람들이 왁자지껄 인사를 하며 자리를 내주었다.

그날 반상회의 안건은 하우스 비닐 공동구매에 대한 건과 여름 효도관광을 위한 마을 기금 각출에 관한 건이었다. 이장의 안건에 대한 근엄한 소개로 회의가 시작되었다.

"지난번 말했듯이 작년 태풍으루다가 무너진 하우스는 얼추 손을 대강 본 것 같고, 아 슈퍼댁 거만 아직 남았으니 그건 낼모레 거시기하기로 하고……"

"면에서 비니루 값을 지원 안 하는갑뇨?"

"예산이 모자란대나 어쩐대나……"

"그럼 공동구매하기로 해야겠는데, 얼추 계산해보니까 한 여든 마끼는 있어야 할 것 같은데 각자 필요한 분만큼 신청하는 게 좋을 듯합니다만."

박선생은 그때부터 멀뚱하게 구석에 박혀 앉아 말하는 입을 좇아다니며 그 얼굴을 뜯어보거나 가끔 고개를 내리박고 손톱만 뜯고 앉아 있는 것밖에는 다른 할일이 없었다. 모름지기 신참은 다소곳해야 사랑받는 법이다. 박선생은 농사를 짓지 않았다. 땅이 없는 건 아니다. 집을 사면서 마당에 딸린 텃밭이 서른여 평이 되니 그것으로 입에 들어갈 푸성귀는 충분했다. 비닐하우스거나 효도관광이거나 도무지 그와는 관련이 없는 안건이었다.

꾸역꾸역 시간이 가기를 기다리는 것 말고는 아무 대안도 대책도 없는 상황인 그때, 이장의 손자였는지 아니면 어미를 따라온 누구의 아들이었는지 모를 아이가 박선생의 처지와 다를 바 없이 도무지 심심해서 견딜 수 없었던지 장식장 사이에 멀뚱히 앉아 있는 텔레비전을 향해 손에 들고 있던 리모컨 버튼을 눌렀다.

갑자기 왕왕거리는 소리가 나자 텔레비전 앞에 앉아 있던 박선생도 깜짝 놀랐고, 모두들 이야기를 멈춘 채 얼굴을 돌리고는 눈살을 찌푸렸다. 누군가가 '아 끄지 못혀'라고 소리를 질렀지만 아이는 볼륨을 재빨리 줄이고는 눈치를 살피며 모른 척하고 있었다. 화면에서는 코미디 프로가 한창이었다. '저놈으 짓거리가 뭐가 좋다고 저 지랄들인지……' 하고 누군가가 말했지만 더이상 아이에 대한 제재는 없었다.

그러면서 회의는 계속되었고, 도무지 간단한 안건에 갑론을박만 계속하는 회의에 끼어들 여지도 없었고 관심을 가질 수도 없던 박선생은 흘끔흘끔 아이의 시선을 따라 텔레비전을 훔쳐보기 시작했다.

외계인들이 나타나 춤을 춘다면 그럴 수도 있겠군, 싶은 몸짓과 외계인과 외국인들 사이에서나 통할 것 같은 낯선 말들이 와그르르 쏟아졌다. 지구인들로 변장한 외계인이 틀림없는 사람들이 무슨 말인가를 하고 나면 지구인이 틀림없는 관중석에서 와르르 웃음소리가 났고, 그럴 때마다 이미 외계의 언어에 통달한 듯 아이는 입을 틀어막은 채 킥킥댔다.

박선생의 집에도 텔레비전이 있긴 했다. 하지만 코드는 언제나 빠져 있었다. 아내의 주장이었다. 어차피 시골 내려와 사는 게 세상과 연을 어느 정도 끊겠다는 작정이라면 텔레비전은 안 보는 게 맞다는 것이다. 박선생은 시골에 내려온 걸 굳이 세상과의 단절로 받아들이는 아내의 태도에 동의할 수 없었고 그가 대학에 자리를 잡지 못한 이유를 세상 탓으로 돌리려는 아내의 위로가 씁쓸한 여운을 주지 않는 것은 아니었으나 아내의 텔레비전 철수 의견에 동의하지 않을 이유는 없었다.

텔레비전을 향해 자신도 모르게 조금씩 엉덩이를 돌려 앉왔던 박선생은 비록 작은 소리였고 동네 사람들의 말에 뒤섞여 간혹 알아들을 수 없던 순간도 있었지만 거기서 나오는 소리를 제대로 들을 수 없었던 건 아니었다. 그런데 박선생은 자신이 가지고 있던 지식과 언어능력을 총동원해도 도무지 화면 안에서 벌어지는 일들을 하나도 이해할 수 없었다. 무슨 말을 하는지 그 내용도 알아들을 수 없었고, 기껏 어렴풋이 무슨 내용인지 알아들을 수 있다고 해도 그게 무슨 의미인지 이해할 수 없었으며, 의미를 겨우 눈치로 때려 맞춘다 해도 왜 우스운 것인지 도무지 알 수 없었고, 가까스로 그게 우습긴 우스운 것이라는 걸 알아챘다고 하더라도 어느 순간에 웃어야 하는지를 도통 가늠하지 못했다. 이전에 그는 이런 비슷한 프로그램을 보고 즐긴 적도 없지 않았으나 오랫동안 텔레비전을 멀리해서 그랬는지 도무지 뭐가 뭔지 감도 잡을 수 없었다. 그런데 아이는 놀랍게도 화면 속의 관객의 반응과 정확히 일치하는 놀라운 이해력과 감응력을 갖추고 있었다. 그건 박선생으로서도 불가해한 일이었다.

그렇더라도 곁눈으로 텔레비전을 흘끔흘끔 보다가 이젠 회의고 나발이고 어느새 한바탕 난리를 피우고 있는 화면 속으로 빠져든 그가 돌이킬 수 없는 실수를 저지르고 말았으니 그건 죄다 지리멸렬한 안건의 지루한 회의 탓이었다.

고 그는 나중에 회고했다. 도무지 아무리 보아도 이해할 수 없어 짜증이 벌컥 난 그가 급기야 그만 "미친 것들!" 하고 탄식인지 푸념인지 한마디를 내뱉고 말았는데, 그게 그야말로 절묘하게 누군가가 막 말을 끝내고 막간에 잠시 침묵이 흘렀을 즈음에 터져나온 것이 일을 불러왔다.

일제히 그를 향해 달려오는 시선을 한꺼번에 맞닥뜨린 박선생은 당황하지 않을 수 없었다.

"어! 그런 게 아니라 테레비가……"

박선생은 무심코 그런 말을 담으려 했지만 그 말 역시 경우에 맞지 않는다는 것을 즉시 깨달아야 했다. 그로서는 자신의 말이 동네 사람들을 향한 것이 아니라는 변명으로 꺼낸 말이었지만, 그렇게 받아준다 해도 기껏 반상회라고 불러다 앉혀놨더니 동네 일에는 관심이 없고 텔레비전만 보고 있었던 것으로 판명이 날 순간이었으며, 이는 동네 사람을 미친놈들이라고 말한 것과 다를 바 없이 그들을 싸그리 무시한 게 되어버릴 참이었다.

박선생의 얼굴이 벌겋게 달아오르기 시작했고 갑자기 사위가 아득해졌다. 사람들의 인상이 일그러지며 씰룩거리기 시작하는 그 순간, 차라리 눈을 감고 귀를 닫고 그야말로 아득한 나락으로 떨어지고 싶은 찰나, 박선생을 구원해줄 목소리 아니 구원의 빛이 등장했으니 다름아닌 청년회 회장이었던 희근이였다. 희근이가 부러 그랬는지 아니면 도무지 지금의 사태를 파악하지 못한 둔감한 성정 때문이었는지 불쑥 말을 꺼냈다.

"대충 안건도 이야기할 만큼 했고 정할 것은 다 정해버린 것 같은데…… 안 그렇습니까, 이장님? 그래서 말씀드리는 것입니다만, 저번에 여기 계신 박선생하고 저하고 최근의 그 사태에 대해서, 뭐냐 심도 깊은 토론을 한 결과 일이 점점 심상치 않게 돌아가고 있다는 게 판명되었는데, 그게 그러니까 우리만 모르고 있다는 게 말이 안 되는 이야기라…… 시방 하우스 비니루나 관광이 문제가 아니라 사실을 제대로 파악해야 하는 시점인데…… 이 점에 관해서라면 박선생이 고견을 가지고 있는 것으로 알고 있는바…… 이참에 한말씀을 듣는 것도 좋을 것 같습니다만."

그렇게 말할 때까지도 박선생은 희근이가 무슨 자다가 콩볶아 먹는 소리를 하고 있는지 알지 못했다. 하지만 희근이가 나락으로 떨어지는 그의 뒷덜미를 낚아채 다시 절벽 위에 올려놓았다는 것만은 분명히 알 수 있었다.

동네 사람들은 갑자기 끼어든 희근이의 말로 잠시 주춤거리다가 희근이를 향하여 이마에 화살 자국을 내며 통박을 주려 했지만 희근이가 방금 날린 화살 역시 여전히 박선생에게 향하고 있는지라 박선생의 말을 들어보는 도리밖에는 없었다. 박선생은 희근이를 잠시 멀뚱히 바라만 보면서 도대체 그 심각한 사태라는 것이 무얼 의미하는 것인지를 알 수 없었으나, 바로 그 서울 사람들이 죄다 미쳐버렸대나 어쨌대나 하는 그런 생뚱한 이야기를 자신이 해야 하는 처지에 몰려 있다는 것을 어렴풋이 이해할 수 있었다.

박선생은 땀을 삐질삐질 흘리기 시작했는데 그건 분명 이장 집 보일러가 활활 달아 있던 탓만은 아니었다. 모두들 그를 바라보고 있었고 앞자리에 앉아서 그나마 동네 사람들의 마땅찮은 시선으로부터 그를 가려주었던 엄씨와 희근이와 슈퍼댁이 사람들로 하여금 그를 더 잘 볼 수 있게 하려고 엉덩이를 옆으로 밀며 그를 향해 돌아앉았으므로 그는 꼼짝없이 무슨 말인가를 해야 할 처지에 몰리고 말았다.

9

엉거주춤 일어나 앉기는 했으되 일어설 수도 도로 앉을 수도 없는 자세로 그는 어정쩡하게 이야기를 시작했고 그 이야기는 자신도 어떻게 될지 도무지 감을 잡을 수 없었다.

아무튼 그가 시작한 이야기는 비록 횡설수설이었지만 자신도 놀랄 만큼 엄청난 것이었는데 이야기의 가운데에 이를 데까지도 그는 자신이 무슨 말을 하고 있는지조차 알 수 없었다.

"아시다시피, 지금 서울에서는 무슨 괴질이 돌아 전부 미쳐버렸다는 소문이 돌고 있다는 것은 여러분이 다 알고 있는 사실인바. 그런데…… 저 역시 그런 소문의 진상을 잘 안다고 말할 수 있는 근거를 가지고 있다고는 할 수 있지는 않지만…… 제가 몇 가지 조사한 바에 따르면 그게 완전히 근거가 없는 소문이 아닐지도 모른다는 걸 확인할 수 있었는데…… 음…… 괴질의 정체가 밝혀지기 시작했다는 것입니다. 괴질은 바이러스에 의한 감염으로 알려졌으며 그 시작은 어디인지 알 수 없지만 현재 서울뿐 아니라 전국적으로 빠르게 확산되고 있는 것은 틀림없는 사실이라고 말하지 않을 수 없기는 한데…… 이 괴질의 증상은 도무지 정상적인 생활을 불가능하게 할 정도로 심각한 정신적 이상을 가져오게 되는데 말 그대로 미쳤다고 말할 수밖에 없는 지경에 이른다는 것입니다."

갑자기 방안이 벌집을 건드려놓은 것처럼 소란스러워지기 시작했다.

"그럼 그 말이 사실이란 말인가?"

"뭐라는 거요? 시방 전염병이 돌고 있다는 말이오?"

"그게 접때 아니 몇 해 전에 있었던 메르스 같은 거를 말하는 거 아닌가?"

"메르스 말고 신종플루라나 뭐라나 그런 것 말고 또다른 괴질이 돌고 있다는 거여?"

박선생은 어째서 그런 말을 그렇게 쉽게 뱉어놓을 수 있는지 자신도 알지 못했다. 이야기의 골자는 별다를 바 없이 그날 척사 대회 때 희근이에게 주워들은 이야기를 고스란히 전하고 있을 뿐이었다. 박선생은 잠시 전에 그가 처했던 곤혹스러움을 벗어나기 위해 뭔가 이에 상응하는 심각한 말이 필요했을 뿐인데 그게 그런 식으로 전개될 줄은 정말이지 스스로도 생각지 못했다.

이제 와서 어찌할 것인가? 뱉은 말을 침 삼키듯이 도로 꿀꺽할 수는 없는 일 아닌가?

이제껏 희근이 말에 곁눈도 주지 않던 마을 사람들은 박선생의 엄숙하고 정연한 선언에 그만 아연하지 않을 수 없었다. 그가 누군가? 대학이라는 데서 선생까지 한 양반이 아니던가? 더군다나 얼마 전까지 서울 토박이로 살아온 서울 사람 아니던가? 박선생의 말에는 어느새 모든 사람을 주눅들게 할 정도의 힘이 실려 있었고, 그는 그 사실을 아는지 모르는지 자신의 말이 먹힌다는 사실을 재빨리 인지하고 목에 지그시 힘을 주기 시작했는데, 에라 모르겠다, 말은 시작된 것이고 그러면서 그의 한쪽 뇌는 그가 한 말들을 다시 주워 담을 논리를 찾아내기에 바빴고 다른 쪽 뇌는 어떻든 말을 뒤섞고 꼬이게 만들어 이 모든 사태의 결말을 있는 듯 없는 듯하게 만들려고 애쓰고 있었지만 그가 쏟아내는 말들은 점입가경이었다.

"괴질을 일으키는 바이러스는 앤스론 바이러스로 알려졌습니다. 이 바이러스는 수많은 변종, 대략 120개가 넘는 변종이 있다고 합니다. 처음 감염될 때는 그저 감기나 가벼운 학질과 같은 증세만 보이게 된답니다. 면역이 되지 않는다는 점에서도 그렇고 여러모로 독감과 비슷한 증세를 보인다는 것이 이제까지의 연구 결과입니다. 괴질은 한 번의 감염에서 정신병이 발작하는 것은 아니고 처음 바이러스가 잠복한 상태에서 재차 감염이 될 때, 기존의 몸속에 있던 바이러스와 새로 들어온 바이러스가 결합을 해서 또다른 신종 바이러스가 몸안에서 생성되게 되는데 이것이 바로 정신병을 일으키는 원인으로 알려졌습니다. 그리고 이 전염성 정신질환은 지금으로부터 수백만 년 전 처음 인류가 발생할 때부터 있었던 것인데 수백만 년의 잠복기를 거친 다음 최근, 그러니까 백여 년 전부터 다시 등장한 것이라고 합니다. 지금 서울에서 퍼지고 있는 괴질 역시 현대적인 질병 중의 하나로 서구에서 발생한 것과 동일한 양상을 띠고 있는 것은 분명해 보입니다."

박선생은 머리가 깨질 듯이 아팠던 그 새벽에 컴퓨터 화면에서 보았던 내용이 여기에 들어맞는 내용인지 아닌지는 알 수 없었지만 어찌된 일인지 그 이야기가 고스란히 떠올랐고 그것은 희근이조차 알 수 없었던 새로운 전문적이고 학술적인 내용이었기 때문에 모두들 이제 바야흐로 급기야 심각한 사태가 실질적으로 그리고 이론적으로 사실이라는 걸 깨달을 수 있었다.

사람들은 도무지 생소한 이야기에 어리둥절했지만 그동안 희근이의 장광설을 무시했던 자신들의 어리석음에 대해 탄식하며 박선생의 이야기를 한마디라도 더 들으려 그에게 바짝 다가앉았다. 그게 사스나 메르스 같은 거랍니까에서부터 신종플루나 에이아이와 정말 다른 거랍니까, 대책이 뭐랍니까에 이르기까지 갑자기 무수히 많은 질문과 말이 쏟아졌다.

"그 앤쓰론인지 안쓰런인지 바이러쓴지는 어디서 온 거

랍니까?"

"발원지는 명확하지 않습니다. 짐작건대 대기오염과 밀접한 관계가 있다는 점으로 보아 문명이 고도로 발달한 유럽이나 미국이 아닐까 추측을 합니다만, 우리나라라면 서울이 진원지일 확률이 큽니다. 아마 그럴 겁니다."

"치료약은 있답니까?"

"아직은 없는 걸로 알고 있는데…… 그건 저도 잘 모르겠지만 아무튼 앤스론 바이러스는 인플루엔자 바이러스 있잖습니까? 그런 것과 비슷하게 전염되고 있는데 독감을 일으키는 것과 흡사하다는 것만 밝혀졌습니다. 그러니 감기약으로 치료가 될 것 같기도 하고 아닐 것 같기도 하고……"

박선생은 자신이 주절대고 있는 말들이 뭔가 이상하고 혀가 꼬이듯이 알 수 없는 소문의 사슬에 묶인 듯 뒤틀리고 있다는 사실에 약간 당황했지만 자기도 모르게 거침없이 쏟아지는 이야기를 어쩌지 못했다.

어느새 그는 세상의 모든 사람이 미쳐가고 있다는 소문을 기정사실화해버렸고 이에 대한 본말을 세세히 알고 있는 전문가가 되어 있었으며, 이제 그 대책을 마련해야 하는 처지에까지 이르게 될지 모를 일이었다. 이런 간단치 않은 사정이었음에도 불구하고 그의 한쪽 머리에서는 앤스론의 th발음이 〔ð〕가 아니라 〔Θ〕로 하는 게 맞을 거라는 음성학적 판단을 내리고 있었다.

"그런데 이제까지 왜 정부에서나 테레비 같은 데서 아무도 그런 말을 안 했는가? 그게 그렇게 심각한 것이라면 벌써 뭔가 대책이 나왔어야 하지 않아?"

"아, 죄다 미쳐버렸다는데 대책이고 뭐고 그런 걸 만들 염이나 하겠소? 그리고 미친놈덜이 자신덜이 미쳤다고야 그러겄소?"

"그들도 다 미쳐버린 건가? 정말로? 그라면 이제부터 뭘 어찌해야 하는가?"

"저 저거를 보라고. 지들끼리 시시덕거리며 뭔지 모를 소릴 주절대며, 노는 건지 방송을 하는 건지. 저게 미치지 않으면 도저히 할 수 없는 짓 아닌가? 저걸 맹기는 놈덜이나 저걸 시킨다고 하는 놈덜이나 그걸 꾸역꾸역 보는 놈덜도 말이야. 텔레비전이라고 켜보면 죄다 도야지같이 처먹는 거 아니면 지들끼리 놀러다니는 거뿐이니 다들 미치지 않고서야…… 박선생 안 그렇습니까?"

사태의 심각성에는 아랑곳하지 않고 아직도 천연덕스럽게 왈왈거리고 있는 텔레비전을 보고 조금 전 박선생에게 감히 건방진 시선을 던졌던 자신들을 용서해달라는 듯이 사람들은 말했고, 사태가 어찌되었든 박선생은 일단 처음 몰렸던 궁지에서 완전히 빠져나온 건 틀림없었다.

"그럼 이제 어떻게 하면 좋겠나? 뭔가, 대책을 마련해야 되지 않겠어?"

"그저 앉아서 당할 수만은 없지. 미치길 기다리고 있을 수만은 없을 거 아닌가? 대책을 마련해야지."

박선생이 더이상 어떤 말을 하지 않았음에도 동네 사람들은 서로를 바라보며 서로의 말을 부풀리며 서로의 이야기에 잔뜩 겁을 먹기 시작했다.

박선생은 어쩌다 던진 말 한마디가 일파만파로 번지는 모습을 보고 마음속으로는 뜨악했지만 사태는 그조차 수습할 수 없는 지경에 이르게 되었다. 그럼에도 이제는 그저 사람들의 말을 뒤쫓아다니며 심각한 표정으로 맞장구를 치거나 근심 어린 시선으로 들어주는 것 말고는 그가 할 수 있는 일은 없었다.

어쨌거나 그날 간신히 빠져나와 집으로 돌아온 박선생은 아무리 가방끈 짧은 촌동네 사람들이라도 내일이면 자신의 말이 그냥 해본 소리에 불과하다는 걸 알아차릴 것이고, 그렇다면 세상일이라는 것이 어느 것 하나 제대로 전해질 수도 그렇지 않을 수도 있지 않겠냐고 동네 사람들이 눙치듯이 그렇게 대강 눙치기로 결심하고 잠이 들었다. 내일은 내일의 태양이 떠오를 것이니.

10

그게 아니었다.

다음날 마을회관에서 아이들을 빼고 전부 모인 가운데 열린 대책회의에서는 동네 사람들이 그동안 살면서 겪고 보고 들었던 세상의 온갖 해괴한 일들이 낱낱이 거론되었다.

마을 사람들은 갑자기 그동안 자신들이 몽매하고 무지한 암흑 세상 속에서 살아왔다는 것을 한탄하기도 하고, 도저히 자신들이 이해할 수 없었고 받아들일 수 없었던 세상일들의 본말을 그제야 알게 된 것에 대해 분개했으며, 자신들의 무지를 겸손으로 받아들여 눈을 감고 살아왔던 지난날들을 후회했다. 그들이 며칠을 두고 머리를 쥐어짜고 가슴을 치며 세상에서 벌어졌던, 있을 수 있는 모든 이야기를 하고 들은 결과, 현재 알려진 바대로 극히 일부의 서울 사람들뿐 아니라 괴질의 증세가 점점 끝도 없이 퍼져나가고 있다는 결론에 도달하기에 이른 것이다.

사흘 동안 모두들 걱정과 두려움 속에서 전전긍긍하고 있을 때 유일하게 의기양양하여 자신도 모르게 몸이 움찔거릴 만큼 신이 나 있던 사람은 다름아닌 희근이었다. 그는 그동안 자신의 말이라면 동네 개들이 짖는 소리만큼의 관심도 주지 않던 사람들이 자신의 주위에 몰려들어 시시콜콜 이야기를 들려달라고 조르는 바람에 식전 댓바람이 불 때부터 깜깜 오밤중에 이르기까지 도무지 입에 침이 고일 사이 없이 떠들어댔던 통에 삭신이 쑤실 지경이었다.

“그거 알아요? 괴질의 진원지가 바로 여의도의 쓰레기 하치장이라대요. 그래서 이상한 괴질이 정치인들에게 가장 많이 나타나는 거랍디다. 어느 날인가, 그 동네 아, 여의도요. 거기서 혐오시설에 반대하는 주민들의 성화에 못 이겨 쓰레기 하치장으로 시찰 나갔던 국회의원 하나가 오염된 쓰레기를 밟고 서 있다가 그만 괴질에 걸리고 말았다는 거예요. 그가 국회의사당에 들어가서 여의도에 웬 쓰레기 하치장이냐 이건 국회의원에 대한 모독이다, 뭐 이런 식으로 의사 발언을 하는 도중 너무 많은 침을 튀겨 주위에 있던 의원들에게 몽땅 감염을 시켰고, 급기야는 그곳에 있던 국회의원들이 비정상적인 상태가 되어버렸다는 거예요. 의원들의 증세는 평소 혼자 있을 때보다 국회의사당에 나오면 더 심해진다는데 회의 도중에 신경마비가 와 발작을 일으키곤 한다네요.

원래 그렇잖아요. 텔레비전에서 봤다시피 정상적인 국회의원들이라면 의자에 앉아 졸고 있거나 휴대전화 들여다보며 문자질 하거나 옆 사람과 수다를 떨고 있어야 하는 거잖아요. 그런데 괴질에 걸린 이후로는 아무도 이해할 수 없는 헛소리를 혼자서 지껄이다가 점점 증세가 심해지면 입에 게거품을 물고 허공을 향해 삿대질하거나 소리치거나 아무나 붙잡고 치고받고 싸우곤 한다네요. 그러다가 온 의원에게 발작 증세가 일어나면 그야말로 국회의사당 전체뿐 아니라 여의도 일대가 아수라장이 된다는 거예요. 그런 거 가끔 봤잖아요, 텔레비전에서. 이들이 주기적으로 싸움박질을 반복하는 게 바로 이 증상이 집단적으로 심하게 나타나는 때라는 거예요."에서

"그런 거 알아요? 괴질에 걸린 사람들의 증세는 체질과 몸무게에 따라 다양하게 나타난다는 거예요. 사상체질인가 뭔가 그런 거와 비슷한 건가? 아무튼 어떤 사람들은, 대개 마른 체구의 사람들인데, 그런 사람들은 어려운 말로다가 지체망상증이라는 거에 걸리기 쉬워서 갑자기 걸인 행세를 하며 시장에 가서 장사하는 사람들에게 돈을 구걸하고 다니고, 또 뚱뚱한 사람들은 위세망상증에 걸리기 쉬워서 깡패 행세를 한다는군요. 그들은 아무데나 전화해서 만 원을 주

지 않으면 이 건물을 폭파하겠다고 협박을 하기도 한다네요. 지위가 높은 사람들이 괴질에 걸리면 대개는 수치망상 증세를 보이는데, 아! 그게 뭐냐구요? 들어보면 알아요. 이런 사람들이 기업체의 사장을 만나면 신문에 날 일이 벌어지거든요. 접때, 그러니까 저 옆 동네 지역구에서 다섯 번이나 의원을 해먹은 양반이, 똑같이 숫자를 세지 못하는 증세를 보였던 재벌을 만나 그야말로 쬐금 얻었을 뿐인데, 그 재벌이 만 원을 백 번 세고 다시 백 번 세어 그걸 백만 원이라고 주었는데 그 역시 그게 백억 원이라는 절대 알지 못했다고 말했잖아요? 그 말이 사실인 게 그걸 중간에서 받았던 관료는 돈을 싣기 위해 트럭을 동원해야 했는데 그는 나중에 발작이 좀 다스려지자 백만 원을 옮기는 것이 그렇게 힘든 것인 줄 알았다면 만 원만 달랠걸 그랬다고 후회하기도 했다는 그 차떼기 사건이 신문에 실리기도 했잖아요"에 이르기까지.

희근이가 어디서 다시 듣고 왔는지는 몰라도 그날 회관에서 마지막으로 해준 이야기는 경악스러움 그 자체였다.

"그거 알아요? 요즘에 파는 다이어트 비누가 뭔지 아느냔 말이에요. 왜 있잖아요. 신문 광고지에 나오는 그 머라더라 다이어트 비누라는 거 말이에요. 그게 뭐냐면 강남에서 요새 유행한다는 셀프 소프와 비슷한 거긴 한데…… 하도 먹어서 뚱뚱해진 사람들이 살 뺄라고 온갖 짓을 다 하는 건 다 알고 있잖아요. 그것도 제정신은 아닌 거 같긴 하두만. 아무튼 살을 빼다가 빼다가 그마저 안 되는 사람들이 그거 뭐냐 지방흡입술 그런 거 한다잖아요. 그 지방흡입술이 어떻게 하는 거냐 하면 몸에다가 대롱을 쑤셔박은 다음에 기계로, 그러니까 양수기로 물 퍼내는 원리로다가 기름 덩어리를 뽑아내는 것인데 한 번에 몇 킬로씩 뽑아낸다잖아요. 그런데 서초동에 있는 성형외과 의사가 특허를 내어 발명한 건데, 아니 발명해서 특허를 낸 것인데, 그 빼낸 기름으루다가 비누를 만들어서 지방흡입술을 한 사람들에게 되팔았답니다. 그런데 그게 엄청 인기를 끌어서 그 의사가 떼부자가 되었다네요. 자기 몸에서 빼낸 기름으로 비누를 만들어 자기가 쓰면 부작용이 전혀 없을 뿐 아니라 미용 효과가 탁월하다는 거예요. 그래서 산다 하는 아줌마들 중에서 요즘에 자기 비누를 가지고 있지 않은 사람들은 하나도 없다네요. 그러다보니 아줌마들이 비누를 만들기 위해 몸에 지방을 불리려고 마구 먹어대고 성형수술 하러 가서는 그 지방을 뽑아내 비누를 만들고 미용 효과를 높이고 그런다네요. 이게 바로 셀프 소푼가 뭔가 하는 것인데 이 셀프 소푸, 다이어트 비누와는 다른 거긴 하지만 왜 텔레비전에도 그런 광고 하는 거 있잖아요. '마음껏 먹고 마음껏 아름다워지십시오. 웰빙 다이어트 비누가 있으니까요' 어쩌구 하는 그런 거 말예요. 이게 순 가짜라는군요. 시중에 나돌고 있는 웰빙 다이어트 비누는 돼지비계에서 뽑아낸 거래요. 거기다가 미용 효과가 탁월하다는 무슨 마이친 균을 넣었다는 것인데, 아! 맞아요. 그게 안스런 바이러스의 변종이라고 박선생이 그랬던 거 맞죠? 내가 분명히 들은 건데 처음 그 성형외과 의사가 대롱을 쑤셔박을 때 많은 사람을 뉘어놓고 여기저기 돌아다니며 시술을 하다가 모두 그 괴질인가 뭔가에 감염되었다는 것인데 그러다가 그걸로 비누를 만들다가 그 비누의 탁월한 효과를 알아낸 것이라더군요. 그 비누를 쓰기 시작하면 점점 비대해져서 나중에는 자기 비누를 만들고 싶어 미친다는 거죠. 그래서 성형외과를 가지 않을 수 없게 되고 거기서 셀프 소푸를 만들어주고 그런다는군요. 이해가 가요? 무슨 말인지 모르겠다구요? 그러니까 다이어트 비누랑 셀프 소푸는 원래 다른 것인데…… 아무튼 아, 생각해봐요. 이게 다 미치지 않고는 도저히 할 수 있는 일이 아니잖아요. 그 말이 맞아요. 그 괴질 바이러스가 너무 많이 퍼져서 사람들이 지금 제정신이 아니라구요."

그 말을 다시 전해 들었던 박선생은 기겁을 했지만 그 자리에서 같이 들었던 동네 아줌마들은 몸서리를 치면서 집으로 돌아갔고, 불어나는 체중을 감당하기 어려워 웰빙 다이어트 비누를 사려고 마음먹었던 슈퍼댁은 그만 가슴을 쓸어내리지 않을 수 없었다.

11

박선생의 그 '미친 것들'이라는 한마디가 세상에 튀어나온 뒤부터 연이어 사흘 동안 열린 회의의 끝자리에서 박선생은 대책위원회 위원장을 수락하지 않을 수 없었다. 앞자리에 무슨 말을 붙일지 몰라 아직 그저 대책위원회라고 이름 지어진 위원회 아닌 위원회의 위원장인 박선생과 대책위의 간사를 자발적으로 수락한 희근이가 사태의 전말을 치밀하고 명확하게 파악하게 위해 서울로 은밀히 조사를 가기로 결정한 것은 오늘 아침이었다. 다리를 건너 마을 입구 버스 정류장까지 쫓아 나온 이장이 박선생에게 이세를 거두어 적립한 마을 기금 오십만 원을 건네며 말했다.

"어쩌다 사태가 이 지경이 되었는지 모르겠소만 아무튼 자초지종을 소상히 파악해서 돌아오셔야겠습니다. 그동안 우리끼리 대책을 논의해보겄지만 별 삐죽한 수가 있을 리는 없고. 이제부터라도 마을을 출입하는 사람들을 통제해야 할 것 같기는 한데. 어찌되었든 몸조심들 하고 다녀오시오."

그러면서 점퍼 주머니를 뒤져 비닐봉지에 꽁꽁 싼 마스크 2개를 꺼냈다.

"이걸 꼭 쓰고 다녀요. 감기 같은 건지 어떤 건지는 몰라도 전염병이라면 그게 입으루다 전해질 것이고. 이건 방진 마스큰데 이게 제일 효능이 탁월합디다. 그저 약국에서 사는 마스크는 별 소용이 없어요. 몇 해 전에 싸쓴가가 왔을 때도 그렇고 메르쓴가가 들어왔을 때도 그거 검사하는 사람들 보니까 전부 이 마스크 쓰고 있데……"

희근이와 박선생이 마스크 하나씩을 손에 들자 마침 군내 버스가 달려왔고 버스에 오르자 이장이 걱정스러운 낯빛을 한 채 그들을 향해 손을 흔들었다.

읍내에서 갈아탄 직행버스 안에서 희근이는 자꾸 말을 걸었으나 박선생은 도무지 그와 말을 섞고 싶지 않았다. 몇 마디 건성으로 받아주다가 짐짓 잠자는 척하며 희근이의 입을 서둘러 닫아놓고 곰곰이 생각에 잠기기 시작했다. 일이 우습게 되느라고 그야말로 이 지경까지 몰리게 되었지만 참으로 난감한 일이 아닐 수 없었다. 서울 사람들을 죄다 미친놈으로 만들어놓은 것은 그게 아니면 그뿐이었지만 이제 동네 사람들에게 서울 사람들이 어떻다는 이야기를 틀림없이 전해주어야 할 텐데 언제까지 그들을 바보로 만들 수는 없는 일이었다. 그렇다고 서울 사람들을 정말 죄다 미친놈으로 만들어버릴 수도 없고……

"어디 가게요?"

오늘 아침, 모처럼 외출복을 꺼내 입자 아침 햇살이 따뜻한 거실에 앉아 지난해 말려놓은 고사리를 고르던 아내가 물었다.

"응. 잠깐 서울에 다녀올게."

"무슨 일인데?"

"그냥. 바람도 쐴 겸, 겸사겸사."

"요즘 마을 일에 부쩍 관심을 두고 웬일이에요? 무슨 감투라도 쓴 거예요?"

서울 사람들이 미쳤는지 아닌지 보러 가, 그렇게 말할 수는 없지 않은가? 동네 사람들과는 처음부터 통 왕래가 없던 아내에게 으흠, 서울 사람들이 죄다 미쳐버렸는데 그건 괴질 바이러스가 돌고 있기 때문이라 괴질이 마을에 들이닥치는 걸 저지하기 위한 대책위원회 위원장을 맡았어. 이렇게 소상히 알려줄 수도 없는 일 아닌가? 당신 미쳤어요? 하는 아내의 즉각적인 반응쯤은 충분히 예상할 수 있었다.

제기랄, 도무지 일이 어떻게 꼬이기 시작한 것인지 그 자신도 알 수 없었지만 분명한 사실은 서울을 한번 휑 둘러보고 돌아가서 아무 일도 없노라고, 서울 사람들이 미쳤다는 이야기는 다 헛소문에 불과한 것이라고, 그런 이야기가 돌긴 했지만 그런 말도 안 되는 바이러슨지 뭔지는 애초부터 없었노라고, 그러니 이제 안심하고 생업에 종사하시라고, 그렇게 적당히 둘러댄다고 해결될 것 같지 않았다.

거짓말이 거짓말을 부른다고 애초부터 희근이의 뜬금없는 이야기를 귀담아들었던 게 잘못이었으며 그걸 또 고스란히 받아들여 더욱 부풀려놓도록 만든 상황이 문제였다. 박 선생은 꼬여버린 일들이 희근이 탓이기도 하고 할일도 없고 할말도 없는 사람을 반상회 나오도록 꼬드긴 이장 탓이기도 하고 그 척사 대회인지에서 막걸리로 동네 사람들과 친해져 버린 자신의 어리석음 때문이기도 한 것 같아 머리가 어지러웠다.

그때 그 이장 집이 그렇게 덥지만 않았더라도 아니 그 망할 놈의 텔레비전에서 그때 그런 프로만 하지 않았던들 이런 말도 안 되는 말을 주워섬기지 않았을 터였다. 그러다가 그날 새벽 생전 처음 이상한 짓거리를 하던 끝에 보았던 그

'바이러스 감염에 의한 정신질환 현상에 대응하기 위한 세계시민연대'에서 올린 글을 떠올렸는데 그걸 보지 않았다면 그 역시 그렇게 심각한 사태를 만들어낼 재주는 없었던 것이라는 생각이 들자 다시 그날 결정적으로 동네 사람들과 어울리게 된 척사 대회를 저주하게 되었다. 척사는 무슨 개뿔 같은 척사.

버스는 씽씽 서울을 향해 달리고 있었고 구름 사이로 희끗희끗 비치는 늦겨울의 아침 햇살에 차창 밖의 을씨년스러운 풍경이 잘게 부서지고 있었으며 그는 멀미가 나기 시작했다.

12

거리에는 사람들이 버글버글했다. 사람들은 서로 어깨를 부딪치며 힐끔거리고 밀치고 움츠러들면서도 각자의 목적지를 눈앞에 둔 듯이 서둘러 제 갈 길을 가고 있었다. 그런데 사람들의 걸음걸이가 좀 이상했다. 각자 어디론가 종종걸음을 치며 바쁘게 움직이고 있긴 한 것 같은데 다들 제자리걸음이다. 자세히 보니 그들의 발이 모두 땅에 붙어 있지 않았다. 열심히 걷기는 하는데 그들의 발은 땅을 딛고 앞으로 나가는 것이 아니라 허공을 딛고 허우적대고 있었다. 지상에서 대략 한 뼘 아니면 그보다 낮은 높이로 떠 있었다. 공중에 떠서 부유하는 사람들이 가득한 거리에는 차도 쪽에 몰려 있던 행상들 역시 그만큼의 높이로 공중에 떠 있었다. 아무리 눈을 씻고 다시 바라보고 머리를 숙여 자세히 들여다보아도 거리의 모든 사람들이 지상에서 떠 있는 것은 분명했다. 그렇다고 그들이 그저 제자리걸음만 하고 있는 것은 아니었다. 사람들의 모습이 끊임없이 바뀌는 것을 보면 분명 그들은 어디론가 열심히 걸어가고 있고 또다른 사람들이 밀려들어오고 있음에 틀림없었다.

수많은 사람이 밀려오고 밀려가는 인파가 가득한 인도의 한복판에 한 사람이 솟아올랐다. 아니 솟아올랐다기보다 다른 사람들보다 훨씬 더 큰 사람이었을지도 모른다. 그는 다른 사람의 머리가 가슴께 아니 허리에 닿을 정도로 컸으며 두 팔을 벌리고 있었기 때문에 얼핏 성직자처럼 보이기도 했다. 머리는 말끔하게 빗어 넘겼고 깨끗하고 세련된 검은 양복에 푸른색의 넥타이를 맸다. 하지만 그의 양복은 곧 흰색의 옷으로 변했다. 아니 어쩌면 처음부터 흰색의 옷을 걸치고 있었던 것인지도 몰랐다. 그가 팔을 벌리자 그의 얼굴이 전혀 그렇게 생기지는 않았지만 마치 예수의 모습과 닮아 있었다. 그는 다른 사람보다 높이 떠올라 있었지만 그곳에 있었는지 아니면 환영만 존재하는 것인지 알 수 없었다. 왜냐하면 그의 몸을 통과해서 사람들의 모습이 보였기 때문이다. 때로는 그의 실루엣만 보이기도 했고 전체가 뚜렷이 보이기도 했고 반투명하게 보이기도 했다. 그의 옷은 그러니까 뒤에 비친 사람들의 옷 모습에 따라 수시로 달라보였다고 말해야 할 것 같다.

예수를 닮은 사내는 그렇게 높이 떠올라서 지나가는 사람들을 바라보고 있었다. 그러다 갑자기 그가 그 앞을 지나가던 양복 차림 사내의 뒤통수를 냅다 갈겨버리면서 소리를 질렀다. 그게 무슨 소리인지 단어인지 음절인지 문장인지 알 수는 없었지만 마치 무슨 주문과도 같은 기합 소리였다. 뒤통수를 맞은 사람은 비틀거리더니 앞에 가는 머리가 훌렁 벗어진 아저씨에게 사정없이 부딪혔고, 또 그 사람은 넥타이를 맨 젊은 회사원에게 처박혔고, 그는 또 마주오던 아가씨를 밀치며 나동그라졌고, 그 아가씨는 옆에 가던 아줌마의 머리를 들이박았고, 그 아줌마는 길가에 서 있던 노인의 등을 후려쳤고…… 거리는 삽시간에 안개 낀 날 새벽 연쇄 추돌이 일어난 고속도로처럼 아수라장이 되어버렸다. 그런데 서로 부딪친 사람들은 모두가 맨 처음 앞에 지나가던 사람의 뒤통수를 냅다 갈겼던 그 미지의 인물과 똑같은 주문인지 기합인지 그런 소리를 내지르며 나동그라지는 것이었다. 사람들 위에 떠올랐던 반투명한 사람은 언제 사라졌는지 보이지를 않았고 거리에는 끊임없이 소리를 질러대며 이러저리 쓰러지고 치고받는 사람들로 가득했고 그 사이로 마른 먼지가 뽀얗게 일어나고 있었다.

"다 왔는가본데요."

희근이가 어깨를 흔들어 깨우자 박선생은 눈을 번쩍 떴다. 버스는 막 터미널 안쪽으로 기어들어가고 있었다.

13

박선생과 희근이가 756번 국도를 타고 다시 마을에 돌아온 것은 사흘 뒤였다.

버스 정류장에서 내려 마을로 들어서는 다리를 건너려는데 마을의 풍경, 아니 정확히 말하자면 마을 초입의 풍경이 달라져 있었다. 다리 위에는 논골 초입의 산자락에서 베어 온 것이 틀림없는 낙엽송이 난간과 난간을 가로질러 걸쳐 있었다. 그 뒤에는 마을회관 앞에서 실어 온 드럼통에서 장작이 활활 타고 있었으며 마스크를 쓴 서너 명이 드럼통 둘레를 지키고 서 있었다. 바리케이드가 설치된 것이었다. 정상교라는 글씨가 음각으로 박혀 있는 마을 앞 콘크리트 다리는 말하자면 군사 요충지였다. 다리를 막아버리면 다른 곳으로 적들이 들어올 곳은 없었다. 다리 밑을 흐르는 냇물은 한번 빠지면 적어도 허리 아래까지는 동태가 되기를 각오해야 했으며 다리 양옆 쪽으로 이어진 둑은 보기보다 가파른데다가 곧바로 바위 절벽으로 이어져 그곳을 타고 넘어올 수는 없었다. 누군가가 야음을 틈타 아랫마을 뒷산을 돌아 능선을 타고 넘어오는 수밖에 없는데 적어도 추운 겨울 한나절 걸리는 길을 넘어올 자도 없었다. 그야말로 철통 방어 진지를 구축한 셈이었다. 다리 위의 병사 중 한 사람은 머리를 거의 밀다시피 한 것으로 보아 이장임에 틀림없었고 또 한 사람은 동네 초입에 사는 엄씨였으며 다른 두 사람은 슈퍼댁과 이장 마누라였다.

그동안 동네는 그야말로 초비상이었다. 이장은 매일같이 회의를 소집했고 마을의 어른들을 찾아다니며 전후 사정을 설명하고 대책을 논의했지만 그의 말대로 뾰족한 수는 없었다. 다만 전염병이 돌고 있다는 말을 들은 노인들은 거느린 식솔들에게 아무도 바깥출입을 하지 말라고 단단히 일러두었고 읍내에 있는 농협이나 슈퍼에도 가지 말라고 신신당부를 했으며 집 근처뿐 아니라 마을 밖까지 어슬렁거리며 돌아다니던 개들에게 목줄을 채워 대문 안에 가두었다. 영문도 모른 채 졸지에 발이 묶인 동네 개들이 밤마다 칭얼대는 소리가 들렸지만 누구도 아랑곳하지 않았다.

어쩌다 잘난 자식들을 두어 외지로, 특히 서울로 내보낸 집들은 안절부절못했다. 그들은 밤낮으로 자식놈들에게 전화를 걸어 서둘러 내려오라고, 모든 걸 다 버려두고 당장 내려오라고 협박도 하고 통사정도 하고 울고불고 난리를 쳤지만 그중 어느 자식도 고향으로 달려온 자는 없었다. 다만 부천인가 부평에서 자동차 공장에 취직해 있던 효자로 소문이 난 슈퍼댁 아들만이 혼자 있는 어머니가 급기야 실성을 했든지 치매에 걸렸든지 한 것이 틀림없다고 생각한 나머지 그날로 내려와 어미의 말을 듣고는 지 어미에게 조근조근 이치를 따져가며 설득하기도 하고 일장 훈계를 하며 호통을 치기도 하고 어미가 가여워 눈물을 흘리기도 하다가 급기야는 식솔을 거느리고 내려오든지 정신병원을 알아보아야겠다는 말을 혼자 중얼거리며 그날 새벽으로 다시 올라가버렸다.

"어떻게, 별일이 없는 거지요? 그렇지요?"

박선생을 보자마자 다리 아래께까지 달려나와 말을 건 사람은 슈퍼댁이었다. 그녀는 전날 새벽같이 올라가버린 아들 걱정에 눈가에 눈물이 그렁그렁한 채로 물었다.

"서울은 어떻습디까? 정말 다들 제정신이 아닙디까?"

이장이 다리를 막고 있던 바리케이드를 열어주며 심각하게 말을 걸었지만 박선생은 막상 동네 사람들을 대하자 무슨 말을 어떻게 시작해야 할지 다시 난감해졌다. 그가 애써 생각해왔던 말들도 까맣게 잊어버릴 참이었다.

서울에서는 아무런 일도 일어나지 않았다. 적어도 박선생이 둘러본 사흘간의 서울은 언제나 그렇듯이 복잡하고 정신없었지만 늘 그랬다. 늘 그런 서울에서 만나는 사람마다 붙잡고 서울 사람들이 미쳐버렸다며, 하고 묻는 미친 짓을 하고 돌아다닐 수는 없는 일이었다.

사람들을 만나기는 했다. 대학에 자리잡은 친구들을 만나서 술을 마시고, 오랜만에 동창들을 불러내 회포를 풀고, 그가 원고를 보냈던 잡지사에 들러 그즈음 돌아가는 세상일을 듣기도 했지만 그 어디에도 이상 징후는 없었다. 술자리에서 얼핏 서울 사람들이 제정신이 아니라며? 그렇게 말을 했던 것 같기도 하고, 어디 제정신으로 살 수 있나? 하는 대답을 듣긴 했지만 그게 그런 말이 아니란 걸 말하는 것조차 우스운 일이었다. 하긴 희근이가 그 자리에 있었다면 아마 곧이곧대로 받아들여 거봐 내가 뭐라 그랬어, 죄다 미쳐버렸다니까 할지도 모를 일이었다.

이상 무. 그의 결론이자 정찰, 아니 답사의 보고는 단 세 마디로 끝날 그런 것이다. 그는 서울로 가는 버스에 올라타면서부터 이미 그렇게 될 줄 알았고, 그 결론을 변경시킬 근거를 어디에서도 발견할 수 없었으며, 그건 당연하고 또 당연한 결론이었다. 더이상 생각하고 판단하고 고려할 가치도 없는 자명한 것이었다. 그런데 사흘 만에 돌아온 마을은 한바탕 전쟁이라도 치를 듯이 잔뜩 긴장되어 있었으며 사람들은 다리 입구에 바리케이드까지 치고 통행을 막고 있는 중이다. 기가 막혔다. 그런 상황에서 아무 일도 일어나지 않았다고, 모두가 거짓말이었다고, 헛소문에 불과하다고 말하자니 마을 사람들만 우스운 꼴이 될 판이었으며 그런 말을 하게 될 자신도 우스워 미칠 지경이었지만 그럴수록 박선생의 낯빛은 거름더미처럼 어두워지기만 했다.

14

희근이는 어땠는가?

희근이의 사정은 좀 달랐다. 터미널을 나와서, 자기는 국립도서관에서 가서 관련 자료를 찾아보겠다고, 학술적이고 이론적인 근거를 찾아보겠노라고, 당신은 거리든 시장이든 세상의 일을 두루 보고 오는 것이 좋을 것 같으며 정세를 살피기에는 둘이 따로 돌아다니는 것이 효율적이라고 선언한 박선생과 헤어진 후, 희근이는 도무지 어디로 가야 할지를 알지 못해 그저 이 거리 저 거리를 쏘다니기만 했다. 하지만 어찌나 많은 사람이 밀치고 덤비는지, 사람들이 미쳐버렸는지 제정신이 아닌지 가만히 들여다볼 틈도 없이 저녁이 되자 녹초가 되어버렸다. 저녁을 대강 때운 그는 고르고 골라 뒷골목에 붙어 있는 허름한 모텔방에서 일찌감치 잠을 자게 되었다. 잠이 올 리 없었다. 겉으로는 아닌 척했지만 근 10년 만에 올라와본 서울의 놀랍고도 희한한 거리의 풍경을 새삼 반추하고 있었던 순간, 밖에서 방문을 두드리는 소리가 났다. 일어나 무슨 일인가 하여 방문을 빼꼼히 열어보았던 것인데 문밖에 웬 낯선 여자가 서 있다가 아무 말도 없이 그를 밀치며 들어오는 것이었다.

여자는 들어오자마자 옷을 훌훌 벗기 시작하더니 마침내 걸치고 있던 손바닥보다 작은 빤쓰 한 장마저 훌러덩 벗은 뒤에 그의 침대에 벌렁 드러눕는 게 아닌가? 아닌 밤중에 홍두깨, 아니 뭐라고 해야 할지 모르겠지만 아무튼 아닌 밤중에 여인이 느닷없이 쳐들어와 가랑이를 쫙 벌리고 대자로 누워 있는 기이한 현실 앞에 희근이는 눈앞이 아득해지고 겁이 더럭 나기 시작했으며 도무지 어찌할 바를 볼라 가랑이만 붙잡고 구석에 서 있었는데, 여자는 빨리 해, 시간 없어라고 말하며 그를 재촉하기 시작했다.

희근이가 아무리 나이 40이 넘도록 장가를 못 간 처지이고 여자를 안아본 게 3년 전인지 4년 전인지 알 수 없는 까마득한 옛일이었다고는 하나 졸지에 당하는 일에 당혹스럽지 않을 수는 없었다. 그는 어어, 아닌데, 아닌데, 하는 말만 되풀이하고 있었고 여자는 눈을 동그랗게 뜨고 그를 바라보다가 여기가 아닌가 그러더니 옷을 주섬주섬 다시 입고 나서는 멀뚱이 서 있는 그를 벽에 밀치며 씨발놈아 진작 말하지 어쩌구 그러면서 횡하니 나가버렸다. 어처구니없는 일이 아닐 수 없었다. 그리고 그렇게 끝내버렸으면 좋았을 것을, 뒤늦게 정신을 차린 희근이가 졸지에 당한 상황에 당황했던 자신이 억울했던지 뒤쫓아 나가 여자의 머리통을 냅다 쥐어박은 것이 잘못이었다. 여자는 돌아보며 몇 마디의 욕을 더 집어던지고 가버렸는데 방으로 돌아온 그는 도무지 세상이 미쳐도 한참을 미친 게 틀림없다는 생각이 들지 않을 수 없었다. 내일이라도 박선생에게 전화를 걸어 그만 내려가자고 해야겠다는 결심을 하던 찰나, 요란하게 방문을 두드리는 소리가 다시 나기 시작했다. 아직 분이 풀리지 않았던 희근이는 이번엔 대비를 하느라 옷을 주섬주섬 챙겨 입으려는데 문이 벌컥 열리며 건장한 사내 둘이 들이닥쳤다. 그러곤 다짜고짜로 그의 면상을 향해 지구본만한 주먹이 날아들어왔고 어쿠 하고 쓰러진 그의 몸에 구둣발이 사정없이 꽂히기 시작했다. 그는 그대로 기절하고 말았는데 모텔방 주인이 흔들어 깨워 일어나보니 그다음 날 점심 무렵이었다.

졸지에 영문도 모른 채 수모를 당한 그가 뻐근한 몸을 이끌고 예전에 한번 와본 적이 있던 남대문 시장통으로 들어가 감자탕을 먹으며 박선생에게 전화를 했지만 그의 휴대전화는 꺼져 있었다. 그는 통증이 가시지 않은 이로 돼지의 등뼈에 붙은 살점을 갉다가 탁자 위에 놓여 있던 빨건 국물이 점점이 묻든 주간지를 집어들었던 것인데, 거기서 희근이는 엊저녁 맞은 광대뼈의 통증을 싹 잊을 정도의 기사를 보게 되었다.

15

희근이가 보았던 그 『뉴스트러블러』라는 잡지는 '진실은 무엇인가'라는 제목으로 낸 특집호였는데 주제별로 섹션이 나뉘어져 있었다. 거기에 모든 것이 담겨 있지는 않았지만 행간의 진실을 파악하여 전후의 사정을 설명하면 대략 이런 것이었다.

굴지의 광고 회사에서, 어마어마한 자금을 들여(정부 기관에서 자금 지원을 받았다는 설이 유력하다) 비밀리에 세상의 소문들을 수집했다. 소문을 직접 수집한 곳은 광고 회사가 의뢰한 무슨 리서치 회사였는데(말하자면 하청에 재하청을 준 셈이었다) 그들이 1년여에 걸쳐 전국에 떠도는 소문을 모아 보고하는 과정에서 그만 정보가 유출되고 말았다. 희한하고 흥미로운 자료가 넘쳐나는 보고서를 복사하던 한 직원이 그달 말일에 있을 동창회에 가서 수다를 떨 기막힌 소재들을 발견하고 몇 장을 슬쩍 뽑아 챙겨넣었던 것인데, 그가 동창회를 기다릴 새도 없이 인터넷에서 떠도는 가십보다 몇 배는 더 흥미진진한 사실들이 형의 책상 위에 놓여 있는 걸 발견한 고등학교 다니던 남동생이 몽땅 인터넷에 올려놓으며 세상에 순식간에 알려지기 시작했다. 보고서의 내용이 일파만파로 번지면서 진상을 확인하기 위해 언론사에 전화가 폭주하고 인터넷이 다운되는 등 북새통이 벌어졌고 급기야는 국회조사단이 꾸려지는 사회문제로 발전한 것이었다.

소문의 내용은 여러 가지였다. 나라 안팎을 떠도는 온갖 음모론의 실체가 실려 있었으며, 정치인의 뇌물수수와 비리 혹은 청탁에 관련된 것에서부터 운동선수와 연예인의 사생활에 이르기까지 온갖 것이 망라되어 있었다. 그리고 아니나 다를까 그 기사 중에는 괴질 바이러스에 대한 것도 끼어 있었다. 하지만 사람들은 전부 정치인이나 연예인에 대한 소문에 쏠려 있었다. 물론 대부분의 소문은 누가 보아도 비열하고 터무니없는 것이었지만 거기에는 모든 소문의 당사자 이름이 또박또박 적혀 있었고 심지어는 날짜까지 박혀 있는데 믿지 않을 수는 없는 일이었다.

각각의 사건들은 처음엔 단순히 유명인의 사생활쯤으로 세간의 이목을 끌었지만 차츰 이 모든 사건과 연관된 사람들이 예외 없이 지난 대선 때 10만 표 차이로 낙선한 야당의 대통령 후보와 연관된 인물이었다는 것이 밝혀졌는데, 그중 재수 없게도 언젠가 시국 사건을 담당하면서 당시 통치했던 대통령의 입맛에 따라 판결을 내렸던 전력이 있었지만 아직 임기가 끝나지 않아 그대로 후임 대통령 아래서도 직책을 유지하고 있었던 검찰 총장이 가장 최근의 이슈였다. 그는 처음엔 자리를 유지하면서 좋아라 했다가 곧이어 자신의 사생아가 등장하고 유전자 검사를 하느니 마느니 하는 해프닝 끝에 옷을 벗게 되는 결말을 맞는 듯했지만 이게 다 지난 대선 때 지금은 대통령이 된 여당의 선거 조직과 국가정보원과 군대의 기무사령부에서 조직적으로 조작한 유언비어였다는 사실이 밝혀지면서 국기 문란이니 선거 부정이니 하는 논란으로 이어지고 있던 참이었다. 매일처럼 청계천에서는 진상규명을 요구하는 촛불집회가 열렸고 소문들의 실체를 밝히기 위한 국회청문회가 열렸는데 줄줄이 소환된 사람들이 백 명을 넘었고 그들 대부분은 인기 있는 정치인들이거나 연예인들이었기 때문에 국회 주변에는 그들을 보기 위해 사람들이 구름같이 몰려들었고 서울의 경찰들이 이를 통제하기 위해 몽땅 소집되었다. 정치에 환멸을 느끼고 있던 사람들은 이참에 환멸의 끝을 보리라 하고 모처럼 벌어지는 흥미진진한 청문회에 관심이 몰렸는데 급기야 텔레비전에서는 이를 중계하기 위한 편성표가 졸속으로 만들어지고 주요 시간대에 이 뉴스를 다루는 섹션이 신설되었으며 신문들, 특히 게임이라면 축구든 야구든 농구든 익스트림이든 웰빙이든 스타크래프트든 어떤 게임이든지 소화해내기로 작정한 스포츠 신문들은 연일 청문회의 내용을 중계하는 것으로 지면을 채워나갔다.

다른 한편으로 괴질에 대한 소문들이 돌고 있었지만 이런 떠들썩한 세태에 밀려 괴질에 대한 기사는 곧바로 사람들의 시야에서 사라졌다. 하지만 폭주하는 기사들 속에 괴질 관련 기사가 아주 없는 건 아니었다.

처음 괴질이 일기 시작했던 게 서울은 아니라는 말도 있었다. 아프리카의 원숭이가 흘린 피가 인간에게 흘러들어 전염되었다는 그 무슨 결핍증과 같이 아마 외국에서 흘러들어온 것이라는 설이 유력한데, 아무튼 서울 사람들이 점점 미치기 시작했고 그 증세는 사람마다 천차만별이어서 하나의 증세라고 뭉뚱그려 말하기에 곤란한 부분도 없지 않았다, 고 분명히 전해진다. 처음 이 증세를 보이는 사람은 열이 오르고 눈이 벌게지면서 오한이 나기 시작하는데 그렇게 사흘을 앓고 나면 언제 그랬냐는 듯이 깨끗하게 그런 증세가 사라지지만 그뒤부터 이상한 행동을 보이기 시작한다. 어느 날 느닷없이 이상한 행동을 보이며 광우병에 걸린 소처럼 우리를 이리저리 처박다가 고꾸라지기라도 한다면 이웃이나 주위 사람들도 누가 괴질에 걸렸는지 단번에 알아챌 수 있었을 것이지만, 괴질 이후의 증세는 눈에 그렇게 도드라지게 보이는 것은 아니어서 같은 솥의 밥을 먹고 사는 사람도 눈치채기 어려웠지만, 그때쯤이면 대개 모든 가족이 한꺼번에 그 괴질의 초기 증세를 겪고 난 이후이다. 괴질을 앓고 난 후에 치매에 걸려 벽에 똥칠하는 노인처럼 눈에 확 뜨이는 것은 아닐지라도 분명 이제까지와 다른 행동을 보이기 시작하는 것은 분명한 일이었다.

대부분의 사람들에게서 나타나는 공통적인 증세는 안절부절, 전전긍긍, 불안심리가 찾아오는 것으로 공연히 차를 몰고 이리저리 쏘다니기도 하고 엘리베이터를 타고 하릴없이 오르락내리락 하기도 하며, 사람들이 모이는 곳이면 떼로 몰려가 좌충우돌, 뒤죽박죽으로 뒤엉켜야 직성이 풀리며, 여럿이 모여 고래고래 소리를 지르기도 하고, 무차별적으로 먹어대기도 하고, 도무지 아무것도 먹으려 들지 않기도 하고, 무지막지하게 물건을 사들이기도 하며, 집에 있는 물건을 무차별적으로 내다 버리기도 하고, 숫자에 대한 개념을 상실하여 천과 만을 억과 조를 헷갈리기도 하며, 사람들과 만나서 도무지 무슨 말인지 알아듣지도 못하면서 몇 시간을 떠들어대기도 하고, 아무데나 들이받고 만나는 사람마다 싸움부터 거는 강박증에 걸리는 것이다. 하지만 어떤 뚜렷하고 일관된 증세로 설명할 수 없는 게 모두가 다른 양상으로 나타났기 때문이다.

미친 증세에 관해서는 이미 수만 가지의 이야기들이 SNS에 떠돌았는데 괴질이 SNS를 통해 전파되는 게 아닌가 하는 생각이 들 정도였다. 정작 사람들은 그 이야기들을 말하고 들으면서도 아무도 그것이 바이러스 감염으로 인한 괴질 증후군이라는 사실을 알아채지 못했다. 괴질은 분명 신경계를 자극하여 급속도로 전파되었고 또 신경증이 많은 사람들이 감염되기 쉬운 것이었다. 이런 이야기들이 사실인지 아닌지는 알 수 없었지만 이런 끝도 없이 떠도는 이야기들이 진실인지 아닌지를 판별할 수 있는 사람의 숫자가 점점 줄어들고 있다는 것만은 틀림없는 사실이었다.

괴질이 널리 퍼졌다고 해도 사회적으로는 아무런 문제가 되지 않았다. 누군가가 괴질에 걸렸다고 해도 괴질의 양상이 모두 달랐기 때문에 자신의 증상은 인식하지 못했지만 다른 사람의 이상한 행동과 증상에 대해 몰랐던 것은 아니었다. 그래서 괴질에 걸린 사람들끼리 서로가 서로를 비난하고 미친놈 취급하는 게 다반사였는데 그게 괴질이 나타난 사회의 매우 독특한 현상 중의 하나라는 것 역시 틀림없는 사실이었다.

희근이는 아연하지 않을 수 없었다. 자신이 주워 알고 있던 내용이 말 그대로 사실이라는 걸 이제 더이상 의심할 수는 없었다. 그리고 그동안 텔레비전에서 찔끔찔끔 내보내던 뉴스가 도대체 무슨 말인지 통 알아듣지 못했는데 활자로 또박또박 박힌 기사를 일독하고 나니 아무리 그렇게 긴 활자를 들여다본 게 소싯적 농고를 다니던 이래 몇 번째인가 알 수 없지만 아무튼 무슨 일이 벌어졌는지를 한눈에 파악할 수 있었다. 그리고 희근이가 보았던 그 날짜의 잡지에는 사람들의 눈을 확 잡아끄는 내용 끝에 어쩔 수 없이 딸려 나온 괴질에 관한 짤막한 기사가 있었는데 그 리서치 회사의 조사 보고서에 실려 있던 소문의 실체를 청문회에서 조사한 결과 터무니없는 것으로 판명이 되었고 그 소문이 미칠 사회적 파장을 고려해 앞으로 바이러스에 의한 정신병을 말하는 자는 10년 이하의 징역이나 5천만 원 이하의 벌금에 처한다는 결정이 내려졌다는 것이다.

그 기사를 보자 희근은 등골이 오싹해졌다. 그가 이제껏 떠벌렸던 말들이 범죄 행위가 된다는 말이었다. 말 한마디 잘못했다간 10년이면 강산도 변할 그 오랜 기간을 감방에 처넣어져야 하며, 5천만 원이면 그건 그래도 가지고 있는 소를 다 팔면 될 정도이니 그렇게 크게 걱정할 일은 아니었지만 하여간 조심은 할 일이었다. 그러나 비록 어젯밤 졸지에 수모를 당해 머리통이 아직 얼얼한 상태였지만 희근이에게도 판단력이라는 건 있었다. 분명 괴질에 대한 소문이 사실이 아니라면서 그것을 말하는 자에게 굳이 어마어마한 징역과 벌금형을 내리는 이유가 석연치 않았던 것이다. 뭔가가 있는 게 틀림없었다. 그 뭔가가 뭔지는 모르겠지만 분명한 것은 세상이 제정신이라면 모든 게 도무지 있을 수 없는 사태였다. 게다가 어젯밤 느닷없이 벌어진 일도 그랬고 지들이 소문을 만들어놓고 지들이 소문을 막으려는 정치인들의 발상도 이상했다. 그렇다. 모두 미친 것이다. 이게 다 미친 도시가 아니라면 일어날 수 없는 일들이다. 그는 갑자기 밥맛을 잃었고 손에 쥐고 있던 돼지 등뼈를 내려놓았으며 서둘러 가게를 나섰다. 서울에 잠시라도 더 머물고 싶지 않았으며 그 느적한 서울의 공기를 한 모금도 맡기 싫었다. 그런데 박선생은 도대체 어디서 뭘 하고 다니기에 전화도 받지 않는단 말인가.

그날 밤 무슨 일이 일어날지도 모를 모텔에 기어들어갈 수도 없고 해서 서울역 앞의 지하도에서 노숙자들 사이에 끼어 날밤을 꼬박 지샜던 희근이는 이튿날 아침 박선생과 통화가 되자마자 채근하고 재촉하여 그길로 내려왔던 것이다. 오는 버스 안에서 희근이는 박선생에게 그가 보고 들은 모든 걸 말하고 싶어 안달했지만 박선생은 올라올 때도 그랬듯이 버스에 오르자마자 잠이 들어버렸다.

16

다시 박선생은 또 어땠는가?

희근이와 헤어진 박선생은 무작정 전철역을 향해 발걸음을 옮기면서 어디로 가야 할지 막막했다. 점심시간이 지나서였는지 전철이 그렇게 붐비지는 않았지만 자리는 없었다. 문가 옆에 서서 그는 건너편에 앉아 있는 사람들을 살펴보기 시작했는데 7개의 자리에 다리를 벌리며 졸고 있는 뚱뚱한 남자와 어디론가 통화에 열심인 50대의 여인을 빼고는 모두 손바닥에 들린 휴대전화를 보느라 정신이 없었다. 둘은 음악을 듣는지 드라마를 보는지 알 수 없었지만 나머지는 손바닥을 엄지손가락으로 문지르거나 양손을 써 부지런히 손놀림을 하는 걸 보아 문자를 보내거나 게임을 하는 것 같았다. 고개를 들어 전철 안의 사람들을 살펴보니 거의 같은 비율로 나뉘어져 있다. 세상 사람을 아니 서울 사람들을 분류하면 그렇게 나눌 수 있을 것이다. 스마트폰질을 하는 사람과 그렇지 않은 사람. 전철의 일곱 좌석을 기준으로 보면 그 비율은 5대2일 것이다. 그러다 박선생은 속으로 피식

웃음이 나왔다. 일반화의 오류. 하지만 이게 일반화일까? 아니 오류일까? 예외는 있다. 끊임없이 눈을 좌우로 돌리며 무언가를 열심히 찾고 있는 경로석의 노인, 팔짱을 끼고 건너편을 응시하는 갈색 피부의 동남아인, 허리를 잔뜩 끌어안고 어쩔 줄 몰라 하는 연인들, 선풍기 커버를 파는 행상과 예수 천국을 읊으며 지나가는 신자. 그때 그의 휴대전화가 울렸다. 나는 2 쪽일까 5 쪽일까.

"어, 잘 지내시나?"

동철이다. 그는 조그만 출판사를 운영하는 대학 동기다. 학교 다닐 때는 제법 가까운 사이였으나 졸업하고는 멀어졌다 최근에야 다시 친해진 친구였다. 박선생이 서울 살 때는 가끔 만나기도 했다. 그나마 이야기를 주고받을 수 있는 친구였다.

"응, 어쩐 일이야. 전활 다 하고."

"칩거 생활은 잘하고 있나 궁금해서."

"지금 해배가 되어 서울 나들이중이네."

"그래? 어딘데? 시간 되면 와. 차 한잔하게."

"그럴까? 지금 마침 시간이 있는데 그리로 갈게."

동철이 구세주였다. 내릴 역도 정하지 않고 무작정 오른 터였다.

동철은 만나자마자 앓는 소리를 했다. 더이상 출판 일도 못해먹겠다는 말이었지만 적어도 그런 이야기를 그에게서 들은 건 10년도 넘었다.

"아니 엄살이 아니야. 요즘은 정말 심각하다니까. 도무지 책을 보려 들지 않아. 우리 같은 인문학 출판사는 말할 것도 없고 다들 난리들이야. 이러다 다 망하는 거 아니냐고."

"미쳐 돌아가는 세상에 책을 볼 염이나 낼 수 있겠어?"

박선생이 마지못해 맞장구를 쳐주었지만 그건 그냥 해보는 말이었다.

"맞아. 도대체 다들 미친 거 같아. 죄다들 손바닥의 이상한 것만 들여다보고 있으니 책은 안중에도 없지."

박선생이 고개를 끄덕였다. 동철은 서둘러 책상을 치우고 일어나며 말했다.

"잘 왔네. 마침 오늘 저녁에 모이기로 했어. 술 한잔 하자는 거지."

그 자리에서 박선생은 미쳐가는 도시 이야기를 밤새 들어야 했다.

17

사람들을 불러모을 테니 곧장 마을회관으로 가자고 이장은 성화였지만 박선생은 집에서 옷을 갈아입고 가겠다고 말하고는 집으로 돌아가 샤워를 하고 면도를 하고 새 옷으로 갈아입었다.

아내는 도대체 어떻게 된 일인가 하고 물었지만 그로서도 뭐가 뭔지 모르겠다고만 말했을 뿐이다.

"왜요? 무슨 일이 있었어요?"

"아니, 아무 일도 없었어."

"근데 왜 그렇게 얼굴빛이 안 좋아요? 무슨 일이 있는 거죠?"

"아니라니까!"

"근데 왜 신경질이에요? 무슨 바람을 어떻게 잘못 쐬었기에…… 또 어디 가게요?"

"회관에."

"회관은 왜요? 요즘 마을 일에 너무 나서는 거 아니에요?"

"아니라니까!"

그는 짜증스럽게 화를 냈지만 아내에게 화를 낼 이유는 없었다. 아무것도 모르는 아내의 천연스러운 표정이 부담스러웠다. 아무튼 적당히 말조심하고 더이상 동네 사람들하고 어울리다가는 당신 할일도 못하고 그러니 회관에 가거들랑 이참에 적당히 선을 긋고 돌아오라고 아내는 충고인지 걱정인지의 말을 늘어놓았다.

동네에서 약간 외진 곳에 자리잡고 있던 그의 집에서 마을회관까지 가자면 아스콘이 깔려 있는 농로를 따라 5백 미터쯤 걸어야 했다. 그는 농로를 버리고 한참을 꼬불꼬불 돌아서 가야 하는 논두렁길을 택했는데 도무지 회관으로 가고 싶지 않았던 그의 마음이 그렇게 시켰기 때문이다. 구두에 막 녹기 시작한 논두렁의 흙들이 딸려 올라와 발걸음은 더욱 무거웠다. 그는 대책 없이 이상한 분위기에 휩쓸려버린 이 당혹스러운 사태를 어서 빨리 털어내고 싶었다. 하지만 끊임없이 따라 올라오는 흙덩이처럼 마땅한 해결책이 떠오르지 않았다. 원칙은 있었다. 그가 내뱉었던 말들은 적당히 주워 담아야 했고 그 와중에 자신의 위신을 손상시키지 않도록 해야 할 것이다. 거기다 사람들을 헷갈리게 한 원인과 이유에 대한 설명도 필요할 것이다. 사람들의 생각을 돌려놓기 위해서는 되도록 논리적이고 합리적인 단어를 써야 할 것이며 사람들의 흥분을 가라앉히기 위해서는 되도록 낮은 목소리로 천천히 말해야 할 것이다.

그렇게 머릿속의 칠판에 적어넣고 중요한 대목에 밑줄을

꽉 긋던 박선생은 에라 될 대로 돼라라는 심정은 아니었지만 칠판을 쓱쓱 지워버리고 그런 게 중요한 게 아니라 그저 사실대로 말하는 것이 최선일 거라고 고쳐 적었다. 아무렴.

회관에 들어서자 벌써 마을 사람들이 죄다 모여 있었는데 평소 같았으면 왁자지껄해야 할 분위기였지만 회관 안은 쥐 죽은 듯이 조용했고 여기저기서 한숨을 내쉬는 소리만 들려왔을 뿐이었다. 그것은 박선생이 도착하기에 앞서 희근이가 장광설을 늘어놓은 다음에 일어난 여파였는데, 희근이의 정찰 보고가 어떠했는지 몰라도 마을 사람들은 곧 산이라도 무너질 것 같은 표정들이었다. 그들은 박선생만을 기다리고 있었다. 박선생은 천천히 앞으로 나가 마을 사람들을 둘러보며 이야기를 시작하려다 희근이의 손에 들려 있던 그 감자탕 얼룩이 그대로 묻어 있는 잡지를 보게 되었다. 얼핏 눈에 들어온 굵은 활자의 제목의 낯설었던 것이다. 그리고 거기서 그는 이제까지 한 번도 본 적이 없던 참으로 황당하고 그로서는 도무지 이해할 수 없는 내용을 보게 되었다.

'서울에 창궐하는 바이러스 증후군 소문 논란－정부 수도 이전 서둘러 대책 마련키로' '불법 체류 외국인 노동자 추방－사고를 야기하는 체질로 밝혀져' '트럼프 대통령, 사이비 비밀 종교 단체 교주로 판명' '괴질 바이러스에 대한 괴

소문 허위로 밝혀져 – 유포시 징역 10년' '연예인 2천 명, 보고서 유출 광고 회사의 CF 출연 제의' '노벨문학상 수상 시인 성폭행 의혹' 얼핏 보기에는 그가 이제껏 보았던 기사들과 별반 다르지 않은 것처럼 보였지만 분명히 그가 보아왔던 신문의 내용들과는 완전히 달랐다. 그는 이제껏 그런 내용의 기사를 본 적이 없었다. 그는 잡지의 앞뒤를 뒤적이며 활자를 뜯어보고 창문에 비쳐보고 했지만 이상한 구석은 찾아볼 수 없었다. 틀림없이 그가 보아왔던 잡지였지만 터무니없는 내용으로 가득한 것만 다를 뿐이다. 도대체 어찌된 일인지 도무지 알 수가 없었다. 갑자기 요란한 스피커 소리가 귓속에서 들려왔다. 머리가 아득해지고 실 뭉치가 가득 들어찬 것처럼 머릿속의 신경이 모조리 엉켜버린 것 같았다. 어지러웠다. 신경의 실타래들이 툭툭 끊어지면서 이제까지 그의 머리에 박혀 있던 모든 지식과 정보의 활자가 한꺼번에 와그그르 쏟아져내렸고 그의 뇌는 인쇄하기 전의 백지처럼 흰 여백으로 채워졌다. 그가 살아온 날들의 기억이 머릿속에서 순식간에 빠져나가버리고 낯선 세상이 그 자리를 차지하고 있었다. 갑자기 쉴새없이 재채기가 쏟아졌고 그때마다 그의 코와 입으로 무언가가 뭉텅이로 빠져나가는 소리가 들렸다. 도망치고 싶었다. 그는 비틀거리며 일어났지만 눈앞이 가뭇해지면서 그 자리에서 풀썩 쓰러지고 말았다.

18

서울에서 돌아온 박선생이 괴질에 감염된 것이 틀림없다는 생각에 이르자 이장은 마음이 무거웠다. 공연히 서울로 보내 애꿎은 사람을 정신병에 들게 했다는 자책감으로 그는 잠을 이루지 못했다. 이 사태를 어찌할 것인가? 그게 다 안 쓰런인지 뭔지 하는 바이러스 때문이라면 서울 사람들만이 아니라 벌써 그 바이러스가 이곳까지 퍼져 있는 게 틀림없었다. 이제 대책위원장인 박선생이 저렇게 자리를 깔고 누울 정도로 중증인 마당에 누군가는 마을을 지켜야 할 것이고 그 책임이 자신의 두 어깨에 실려 있다고 생각하니 그저 막막할 따름이었다. 희근이가 있었지만, 미덥지가 못했다. 하지만 진작에 희근이의 말을 들었더라면, 조금 더 일찍 깨달았더라면 하는 마음이 들지 않았던 것은 아니었다. 그보다 우선 박선생을 어찌해야 할지 고민이었다. 마을 밖으로 격리해야 했지만 사람 사는 도리가 아닌 것 같기도 하고 그렇다고 그대로 마을 안에 방치할 수는 없는 일이었다. 다행히 마을에서 조금 떨어진 곳에 박선생의 집이 있어 출입을 통제하면 더이상의 감염은 막을 수 있을 것 같기는 했다. 어쩌겠나. 살 사람은 살아야 하지 않겠나. 아니 제정신인 사람은 제정신대로 살아야 하지 않겠나.

이튿날 이장은 마을 사람들을 불러모으고 세부 대책을 상의했다. 마을 안팎의 출입을 더 엄격히 통제하기 위해 다리 앞에는 두 명을 상시로 배치하기로 했고 박선생의 집 역시 한 사람씩 번갈아가며 들고 나는 사람이 없도록 지키기로 했다. 괴질이 잠잠해질 때까지 외부와의 단절은 필수적이었다. 식량이 문제였다. 쌀은 농사지은 걸로 충분했지만 찬거리는 조달 방법이 없었다. 아직 읍내까지는 괜찮을 것 같으니 미리 사놓는 게 좋을 것 같다는 의견과 그런 위험을 감수하느니 차라리 맨밥을 먹는 게 낫다는 의견이 팽팽히 맞섰지만 라면조차 먹을 수 없는 비극을 감당키 어려웠던 사람들이 훨씬 더 많았다. 돈을 걷고 제비를 뽑아 필요한 물건을 사 오기로 했다.

장을 보러 나선 마을 청년 셋은(물론 그들은 40대 한 명과 50대 두 명으로 모두 청년회 소속이었다) 아침 일찍 트럭을 몰고 나가서 불과 두 시간이 되기도 전에 필요한 생필품을 전부 사서 되돌아왔다. 모자를 눌러쓰고 마스크에 수건까지 목에 둘러 단단히 무장을 한 그들이 나타났을 때 읍내에서는 한바탕 소란이 일어났다. 그들은 마치 군사훈련하듯이 일사불란한 움직임으로 각자 임무를 수행했다. 먼저 마트에 들러 종이에 적힌 물품 목록을 쓸어 담기 시작했다. 각각 카트에 산처럼 담아온 물건을 계산하고 재빨리 다른 물품을 찾아 읍내의 약국, 철물점, 신발 가게, 천막집, 비닐 가게, 농약종묘집, 문방구 등등의 가게를 돌며 물건을 싹쓸이했는데 가게 주인과의 접촉을 피하기 위해 돈을 집게로 건네주고 커다란 바구니에 물건을 쓸어 담은 뒤 유유히 사라지는 그들의 활약으로 읍내는 발칵 뒤집히고 말았다. 몽둥이만 들지 않았지 완전히 무장 강도 행색을 한 청년들의 행동에 놀란 가게 주인들이 신고를 해서 경찰이 쫓아오고 조사를 했지만 없어진 물건보다 그들의 손에 쥐여진 돈이 훨씬 더 많았으므로 더이상 어떤 조치를 내릴 수 있는 상황은 아니었고 경찰은 그대로 돌아갔다. 마을로 돌아온 청년회 회원들이 회관에 물건과 함께 쏟아낸 무용담은 침울했던 마을에 잠시나마 생기를 불어넣어주었다.

마을 앞 다리에 설치해놓은 바리케이드는 일을 불렀다. 대부분 전기 요금 고지서나 세금 고지서였던 우편물을 배달하러 온 집배원은 다리 앞에서 우편물만 내려놓은 채 오토바이를 돌려야 했고 일주일에 한 번씩 들르는 식료품 행상

트럭은 영문도 모른 채 그대로 차를 후진해야 했다. 어쩌다 동네의 친구를 만나러 다리를 건너려던 이웃 마을 노인들은 두 눈만 껌벅이며 내놓고 있는 낯익은 사람들로부터 내쫓겨야 했다. 마을은 이제 괴질 바이러스를 막기 위한 전면적인 전쟁을 선포한 상태였다.

19

마을이 통제되고 있다는 소문이 재빨리 일대에 퍼졌고 소문은 회까닥 뒤집혀 읍내에는 정상리 마을에 역병이 돌아 출입을 통제하고 있다는 말이 돌았다. 누구는 돼지콜레라가 발생한 것이 틀림없다고 했고 또 누구는 구제역이라고도 했다. 면사무소의 서기가 사태를 파악하기 위해 찾아갔을 때도 그는 다리를 건너기는커녕 말 한마디도 제대로 붙이지 못한 채 되돌아와야 했다. 급기야는 경찰이 동원되었다. 경찰은 처음 도로가 차단되었다는 신고를 듣고 경찰차를 몰고 마을로 달려갔지만 그들 역시 다리를 통과할 수는 없었다. 어떤 특별한 이유 없이 도로를 차단하는 것은 도로교통법 위반이라는 사실을 정식으로 통보했지만 다리 앞을 지키고 있던 마을 사람들은 막무가내였다. 막무가내였을 뿐 아니라 근처에 접근하지 못하도록 몽둥이를 휘둘러댔다.

경찰이 들이닥쳤다는 소식을 들은 이장이 달려나갔을 때 경찰은 멀찌감치 서서 도로를 차단하는 이유를 그에게 물었으나 이장은 세상에 돌고 있는 괴질을 막으려는 것이라는 알지 못할 이야기만 할 뿐이었다. 아무튼 공공의 소유인 도로를 막는 것은 도로교통법 위반이니 즉각 철거하라는 명령을 다시 한번 내렸지만 10여 년 동안 이장을 하면서 알 것은 대충 알고 있던 이장은 꿈쩍하지 않았다. 국도나 지방도라면 당신들의 말대로 공공의 도로라 우리도 어찌할 수 없겠으나 분명 이 도로는 동네 사람들이 가지고 있는 땅을 분할해서 만든 사도란 말일세. 사도를 막는 것이 법에 걸리는지 다시 가서 알아보고 오게. 그렇게 말했던 것인데 경찰 하나가 면에다가 전화를 하고 군에다 전화를 하더니 이장의 말이 사실이라는 것이 판명되었으므로 경찰 역시 더이상 어쩌지 못하고 돌아갔다.

그렇다고 사태가 그렇게 끝난 것은 아니었다. 아니 예측할 수 있던 대로 상황은 걷잡을 수 없이 악화되기 시작했다. 마을 하나가 고립을 자초하여 모든 출입을 통제하고 있을 뿐 아니라 어떠한 행정력도 미치지 못하고 외부와 철저히 단절되어 있다는 사실은 면뿐 아니라 군에서도 해결할 수 있는 문제가 아니었으며 급기야는 도청에까지 알려졌고 마침내 중앙정부의 행정자치부 장관에게 보고가 되었다.

관할 공무원들과 경찰들은 자신들의 행정력과 경찰력이 손쓸 수 없는 사태에 이를 때까지 그 원인을 파악조차 하고 있지 못한 책임을 모면하기 위해 동분서주했으나 그들이 알아낸 것은 아무것도 없었다. 다만 마을 사람들이 전염병을 막기 위한 자구책이라는 것만 파악되었는데 그렇다면 더더욱 국민의 안전과 행복을 보장해야 할 막중한 임무를 띠고 있는 정부가 그들을 그대로 방치할 수만은 없는 일이었다. 뭔가 특단의 조처가 필요했고, 아니나 다를까 사태의 진상을 철저히 파악하라는 장관의 명령이 떨어지자 관할 관청은 초비상이 걸렸다.

소문은 언론을 타고 전국으로 퍼져나갔다.

마을 앞에는 새롭고 낯선 미증유의 사태를 취재하러 나온 각 방송국과 신문사의 기자들이 벌떼처럼 모여들었다. 방송국 중계차들과 기자들이 몰고 온 신문사 차량들 그리고 관공서의 차들이 차선 하나를 완전히 점거하는 바람에 정상리 앞길은 오가는 차들로 막혀 양쪽으로 1킬로미터 이상이나 차들이 늘어서는 진풍경을 연출했다. 게다가 이들을 보러 인근 동네 사람들이 차를 몰고 와서 아무데나 주차하는 바람에 마을 입구 양쪽은 마치 몰려든 인파로 아수라장인 봄날 축제 행사장을 방불케 했다.

졸지에 관할 지역에서 벌어진 희대의 사건으로 전국적인 뉴스 인물로 떠오른 면장은 흥분을 감추지 못했으나 단 몇 시간 만에 평생 동안 한 번 있을까 말까 한 소중한 기회를 군수에게 빼앗기고 말았고, 이참에 잘하면 자리를 연임하는 건 따논 당상이라고 어깨에 힘을 주고 나섰던 군수는 다시 하루 만에 차기 대권을 노린다는 도지사에게 그 자리를 물려줄 수밖에 없었다.

도지사는 연일 카메라 앞에 서서 주민들의 안전과 사태 파악에 최선을 다하고 있다는 인터뷰를 하면서 자신의 존재를 널리 알리는 절호의 기회를 마음껏 구가했다. 그러나 정작 어떤 이유로 마을이 고립되었는지에 대해서는 한마디도 할 수 없자 여기저기서 도지사의 무능을 질타하는 소리가 나오기 시작했고 도지사는 재빨리 그 책임을 군수에게 전가했으며 군수는 다시 면장을 불러 호통을 치면서 자신의 처지를 모면하려 했으나 그들에게 관심을 주는 사람은 아무도 없었다.

마을이 고립된 이유가 조금씩 외부로 알려지기 시작한 것은 그 마을 출신으로 외지에서 살고 있는 사람들을 끈질기

게 추적한 한 신문사 여기자에 의해서였다. 그녀가 마을 앞 다리 근처에서 쓴 그 날짜 르포 기사의 내용은 이랬다.

"마을에는 정적이 감돌고 있고 집밖으로 나오는 사람은 거의 보이지 않았다. 간혹 흰 마스크를 착용한 채 고개를 숙이고 재빠른 걸음으로 옆집을 오가는 사람들이 눈에 띌 뿐이다. 그들은 두려움에 떨고 있는 듯이 보였으며 외부 사람들에 대한 극도의 적대감을 보였다. 마을로 향하는 유일한 통로인 다리에는 바리케이드가 쳐져 있고 외부의 출입을 막기 위해 가재도구와 드럼통, 폐타이어, 경운기 등이 늘어서 있다. 다리 앞을 지키고 있는 마을 사람은 커다란 몽둥이를 들고 있었는데 그 옆에는 시너가 들어 있는 것으로 보이는 석유통이 놓여 있고 드럼통에는 불길이 타오르고 있었다. 한순간도 긴장을 놓을 수 없는 숨막히는 대치 상태가 지속되고 있다. 그러나 현재까지 한 마을 주민들에게 일어난 집단 광기의 정확한 발병 원인은 밝혀지지 않았으며 일촉즉발의 위기만이 감돌고 있다.

정상리 마을에 이상 기운이 흐르는 사실이 알려진 것은 달포 전쯤이었다고 전해진다. 서울 잠실에 살고 있는 김모 씨는 그 마을에 부모님이 살고 있다는데 열흘 전 자신의 아버지로부터 서울 사람들이 모두 미쳐버렸으니 모든 걸 포기하고 내려오라는 말을 들었다고 했다. 또 그곳에 고향을 둔 엄모씨는 비슷한 이야기를 자신의 어머니로부터 들었지만 처음에는 그저 자식이 보고 싶어 농담하는 줄 알았을 뿐이라고 전하면서 괴질에 의해 마을이 감염되었고 집단적인 정신 이상이 발생한 것이 틀림없다고 말했다.

전문가들의 분석에 따르면 한 지역을 단위로 심리적 단절과 고립을 불러온 이러한 사태는 매우 드문 현상으로 누군가의 사주에 의해 마을 사람들이 세뇌당한 것이 틀림없으며 마을 전체가 집단 광신의 상태에 놓여 있어 매우 위험한 상황이라고 지적했다. 또한 사회심리학자들과 정신병리학자들은 수년 전 일본의 옴진리교에 의한 지하철 가스 살인이나 집단 자살로 마감한 오대양 사건, 또 수백 명이 집단 몰살당한 미국의 태양의 사원과 같은 끔찍한 결말이 일어나지 않도록 당국의 즉각적이고 치밀한 대처를 주문했다."

차기 대권을 노린다는 도지사는 사태의 결말이 자신에게 치명적인 결과를 가져올 수 있음을 즉각 알아챘고 사계의 권위자들을 위촉하여 그날로 '정상리 사태 해결을 위한 대책위원회'를 구성하고 마을 사람들에 대한 불필요한 자극으로 인한 불행한 사태를 막기 위해 즉각 관계자를 제외한 모든 사람의 철수를 요청했다. 또한 혹시 마을 출신의 가족이나 친지에 의해 마을 사람들의 심리적 불안을 야기할 수 있는 불필요한 개별적 접촉을 차단하기로 하고 일체의 전화회선을 즉각 단절시켰다. 그럼 휴대전화는? 그렇게 물었던 부지사는 그럼 당신이 다 회수해오지, 라는 도지사의 말에 아무 말도 못하고 물러서야 했다.

20

며칠 만에 깨어난 박선생은 꿈을 꾸고 난 듯 자리를 털고 일어나 앉았다. 일어나보니 그의 아내가 세상의 온갖 근심을 얼굴에 새겨넣은 듯 폭삭 늙어버린 얼굴로 그를 바라보고 있었다.

"괜찮아요?"

"뭐가?"

박선생은 벌건 대낮에 자신이 안방에 자리를 펴고 누워있었던 것이 이상했다.

"무슨 일 있었어?"

아내는 괜찮아요?를 열 번은 더 말하고 나서야 정말 그의 남편이 괜찮다는 것을 확인했다.

"그런데 동네가 왜 그래요? 저기 다리 앞에 사람들이 새카맣게 모여들고, 틀림없이 무슨 일이 일어난 것 같은데, 며칠 전부터 문밖에도 나갈 수 없게 사람들이 지키고 서 있고, 온갖 데서 전화가 불같이 걸려와 이상한 소리를 해대고, 그리고 오늘부터는 전화도 불통이고, 도대체 무슨 일이에요? 정말 괴질이 돈 거예요? 서울 사람들이 미쳤다는 게 사실이에요? 아니면 이 동네 사람들이 모두 어떻게 됐다는 게 맞는 말이에요? 당신은 도대체 왜 기절한 거예요? 이장이 당신이 심각한 질환에 걸렸다고 그랬는데, 도대체 무슨 병이에요? 나한테도 속일 생각이에요? 왜 사람들이 집밖으로 못 나가게 하는 거예요? 말 좀 해봐요. 도대체 뭐가 뭔지, 미칠 것 같단 말이에요."

울먹이며 말하던 아내가 울음을 터뜨렸다.

박선생은 어렴풋이 기억을 되찾기 시작했지만 그의 기억이 꿈인지 현실인지 가늠하지 못했다. 아내가 뭔지 모를 말을 할 때마다 그는 눈을 동그랗게 뜨고 글쎄, 라는 말을 열 번쯤 하고 나서 알아보고 오겠다고 말하고 밖으로 나가려 현관문을 열려고 했지만 아무리 해도 열 수가 없었다. 누군가가 밖에서 잠가놓은 것 같았다. 거실 창으로 보니 복면을 쓴 마을 청년 하나가 그의 집 대문 밖에서 서성거리고 있었다.

아내의 말은 사실이었다. 그는 도무지 어찌된 일인지 알 수 없었다. 그럼 모든 것이 꿈이 아니었단 말인가? 또다시 누군가가 그의 머릿속을 잔뜩 헤집어놓기 시작했으며 그는 좀처럼 생각의 실마리를 찾지 못했다.

그는 풀썩 소파에 주저앉아 머리를 쥐어뜯다가 생각난 듯이 텔레비전의 코드를 콘센트에 밀어넣고 리모컨을 찾아 눌렀다. 도대체 바깥세상에서 무슨 일들이 벌어지고 것인지……

뉴스가 시작되고 있었다. 눈을 동그랗게 뜬 여자 아나운서가 한껏 심각한 표정으로 멘트를 시작했고 그 배경 사진에는 긴 머리를 어깨까지 기르고 수염이 듬성듬성 난 사내의 얼굴이 비쳤다. 어디선가 많이 본 듯한 사내였다. 그 밑의 자막에는 '한 마을 주민들의 집단 광기－광신을 몰고 온 사이비 교주?'라는 타이틀이 붙어 있었다.

"……한 마을을 집단적인 정신이상 상태로 몰고 간 문제의 인물이 밝혀졌습니다. 전 모 대학 강사로 알려진 박모씨는 사회에 적응하지 못한 채 서울 생활을 접고 지난해부터 정상리 마을에 정착한 것으로 알려졌습니다. 박씨는 사회적 부적응으로 인한 열등감으로 서울 사람들이 죄다 미쳐버렸다는 소문을 주민들에게 퍼뜨려 혼란에 빠뜨리고 급기야는 한 마을을 모든 외부로부터 단절시키는 사태를 가져온 것으로 밝혀졌습니다. 박씨는 사회의 엘리트로서 풍부한 지식과 뛰어난 언변을 바탕으로 순박한 주민들을 상대로 자신의 사회적 부적응에 대한 심리적 좌절감을 해소하기 위해 터무니없는 소문을 날조 유포한 것으로 파악되었습니다. 그럼, 여기서 안타깝게도 부모가 현재 그 동네에 살고 있는 분의 말을 듣겠습니다."

그러고는 검은 눈썹에 뭉툭한 콧날, 불거진 광대뼈를 가진, 그 동네 출신이 틀림없는, 약간 고집스럽게 보이는 남자의 근심 가득한 얼굴이 나타났다.

"접때요. 지난주 수요일인가요. 집에서 전화가 왔었습니다. 근데 어머니가 막 우시더라고요. 서울에 역병이 돌아 사람들이 죄다 미쳐버렸으니까 속히 내려오라구요. 무슨 일이냐고 했지만 그저 그 말만 하는 거예요. 서울에는 아무 일도 없다. 나도 멀쩡하지 않느냐, 그래도 막무가내였어요. 도대체 누가 그러더냐고 다그치니까 어머니는 서울서 온 대학선생인가 박선생인가가 틀림없이 그렇게 말했다는 거예요. 서울 사람들이 죄다 미쳐버렸다고……"

그때까지도 박선생은 그 박선생이 이 박선생을 말하고 있는 것인지 알지 못했다. 뉴스의 인터뷰는 다른 사람으로 이어졌다. 놀랍게도 며칠 전 서울에 올라가 동철이와 함께 만났던 대학교 동창이었다.

"일주일 전에 그 친구를 만났습니다. 볼일이 있다면서 서울에 올라왔다는 거예요. 3년 만에 본 거였습니다. 뭐 특별히 이상한 점은 없었습니다. 그날따라 술을 좀 많이 마신다는 것 말고는요. 예전엔 그 친구가 그랬던 적이 없었거든요. 심리적으로 몹시 불안정한 상태였던 것 같습니다. 그리고 술자리에서 서울 사람들이 모두 미친 거 아니냐는 말을 여러 차례 했던 것으로 기억합니다. 평소에 내성적이긴 했지만 얌전하고 성실한 친구였어요. 간혹 품성이 강직하고 극단적이어서 친구들과 부딪치긴 했어도, 이런 일을 벌일 줄은 꿈에도 생각하지 못했습니다."

눈이 동그란 여자 아나운서가 다시 눈을 동그랗게 뜨고 말을 이었다.

"전문가들은 이번 사태에 대해 우리 사회에 만연되어 있는 불신 풍조를 교묘히 역이용한 정신이상자의 소행으로 판단하고 있습니다. 전문가들의 견해에 따르면 박씨의 경우, 심각한 외적인 부적응이 누적되어 심리적인 불안정 상태에 이르게 된 것으로 판단되는데 이런 상태에 이르게 되면 사회적인 모든 상황이 자신의 존재에 대한 극단적인 위협으로 받아들여지게 되고 그러면 자아가 소멸될 것 같은 위기감에서 자신의 내적인 문제를 외적인 환경에서 원인을 찾게 되는데, 거기서 현실을 판단하는 능력인 현실 검증력이 손상되기 시작하고 그러면 외부 현실에 대해 그야말로 객관적인 대응을 하지 못하고 과대하거나 혹은 과소한 행동을 보이게 되며 그게 과대망상증이나 피해망상증으로 나타난 것으로……"

처음 텔레비전 화면에 머리를 길게 기르고 수염이 듬성듬성 난 사내가 대학 2학년 여름방학 중 엠티를 가서 찍힌 자신의 사진이라는 것을 어렴풋이 기억하게 된 박선생의 귓가에 그날의 그 요란한 음악 소리가 다시 들리기 시작했다. 소리는 온 하늘에 가득차 고막이 떨어져나갈 것같이 악을 쓰고 있다. 그런데 하필 음악이 왜 그런가? 요란한 것까지는 좋은데 〈립스틱 짙게 바르고〉와 〈봉선화 연정〉이 뭔가 말이다.

박선생은 다시 정신을 놓고 말았다.

21

같은 시간, 마을 회관에서 텔레비전 뉴스를 보고 있던 몇

몇 동네 사람들 역시 놀라지 않을 수 없었다. 연일 자신들에 대한 이야기가 뉴스의 단골 메뉴가 되었다는 사실을 알게 된 사람들은 도대체 텔레비전에서 뭐라고 나불대는지 정확히 알 수 없었지만, 그날 그 뉴스는 마을 사람들을 또다시 혼란에 빠뜨리고 말았다. 그들은 이제 서울 사람들이 죄다 미쳐버린 게 아니라 사람들이 죄다 미쳐버렸다는 시골 한구석 정상리의 주민이 되어 있었다.

"정말로 박선생이 사이비 종교 집단의 교주여?"

"그게 말이 된다고 생각해? 그럼 우리가 전부 사이비 종교 신자란 말이야?"

"아니 그렇대잖아. 쟤네들이."

"테레비에 나온 놈들이 죄다 미친 게 틀림없어."

"근데 정말 박선생이 미친 거면 어떡허지."

"박선생이 미쳤다면 우리들 모두 미친 건데 당신 미쳤어?"

"어, 뭔 말이래?"

박선생이 사이비 종교의 교주일 것이라는 뉴스와 이어지는 전문가들의 논평을 절대로 신뢰할 수는 없었으나 그렇다고 그렇지 않을 가능성이 전혀 없다고 말할 수 있는 사람이 아무도 없다는 것도 사실이었다.

다리를 지키고 있는 사람들만 제외하고 모든 마을 사람이 다시 소집되어 모인 자리에서 사람들은 두 패로 쫙 갈라졌다. 처음으로, 박선생이 '미친놈들'이라는 말을 내던진 후 처음으로, 아니 희근이가 그 서울 사람들이 어쨌대나 하는 소문을 뚜왈랄랄 입에 달고 다니기 시작한 이후 처음으로, 마을 사람들은 그들 자신이 살아오면서 가졌던 지혜를 바탕으로 이치를 판별하고 사태를 판단해야 하는 중차대한 현실 앞에 놓여 있음을 깨달았다. 어느 한편의 손을 들어주지 않는다면 자신들의 머리가 두 쪽으로 갈라져버릴지도 모를 것이라는 위기감마저 들었다. 하지만 세상의 일이라는 것이 그렇게 무쪽 자르듯이 명쾌하고 분명하게 판별할 수 있는 것이라면 무슨 큰일날 일이 일어나겠는가?

마침내, 서울 사람들이 죄다 미쳐버렸으며 박선생이 그렇게 말했듯이, 괴질은 분명히 돌고 있는 게 틀림없으며 따라서 방송에서 박선생을 모함하는 것은 모든 미친 사람이 그들의 증세를 알지도 못한 채, 아니면 알면서도 교묘하게 회피하려는 농간에 불과하다는 주장과 서울 사람들이 미쳐버렸다는 것은 사실이 아닐지도 모르며 희근이의 말은 그야말로 소문에 불과한 것일 뿐이고 박선생이 말한 괴질이라는 것도 방송에 나온 그대로 우리를 집단적으로 세뇌시키기 위해 조작한 거짓말일지도 모른다는 주장이 팽팽히 맞섰고 이에 대한 갑론을박은 날을 넘겨 다음날까지 이어졌다.

두 패로 갈린 사람들의 말은 몇몇 사람들이 지쳐 드러눕고 아이들이 배가 고파 옆에서 꺼이꺼이 울어대고 비교적 젊은 축들도 혀가 갈라지고 목이 잠겨 더이상 한마디도 할 수 없을 지경에 이르러서는 서너 가지의 각기 다른 결론으로 이어졌는데, 첫째는 서울 사람들이 미치지 않았다면 도대체 이제까지 세상에 나타났던 설명할 수 없는 미친 짓거리가 어디서 비롯된 것인지 알 수 없다는 주장이었으며, 둘째는 세상은 우리가 몰라서 그렇지 원래 미쳐 있는 상태가 지극히 정상적인 상태일지도 모른다는 견해였으며, 셋째는 정상과 비정상은 정신 상태로 판별하는 것이 아니라 맹인 나라에 한쪽 눈이 먼 사람이 비정상이듯이 많은 쪽이 정상일 거라는 의견이었고, 넷째는 모든 밝혀지지 않은 소문은 그것을 믿는 자에겐 진실이며 그렇지 않은 자에겐 소문일 뿐이니 다만 믿거나 말거나를 결정하기만 하면 된다는 소신이었다.

이제 누구라고 할 것 없이 각자 알아서 내린 결론은 괴질을 막지 못한다면 차라리 산속으로 들어가거나 죽음을 택하는 것이 나을 것이라는 비감 어린 의견과 세상 사람들이 모두 미쳐버렸다면, 우리도 당연히 미쳐버리는 것이 차라리 올바른 선택이라는 의견으로 수렴이 되었는데, 시간이 갈수록 지치고 배가 고팠던 사람들은 최종 결론에 이르기도 전에 어쩌면 자신들이 미쳐가고 있을지도 모른다는 생각마저 하게 되었다.

날을 보내고 밤을 새워도 좀처럼 합의에 도달할 수 없었던 사람들은 점점 사분오열되기 시작했으며 급기야는 누구도 그렇게 하자고 말한 적 없었지만 그들은 각자의 행동으로 사태의 결말을 보여주고 있었다.

누구는 세상이 미쳤거나 말거나 배고파서 지레 미치겠다고 말하며 애를 들쳐업고 집으로 향했고, 누구는 불현듯 며칠 동안 소에게 사료 한번 주지 않았던 것을 기억해 우사로 달려갔고, 누구는 갑자기 세탁기 속에 하다 만 빨래가 썩어 문드러졌을지도 모른다는 걱정이 들기 시작했으며, 누구는 하우스의 덧문을 닫아놓는 걸 잊어버렸다며 돌아가버렸고, 누구는 이런 상황을 더이상은 견딜 수 없노라고 하면서 마스크를 벗어버렸고, 누구는 남들이 슬금슬금 자리를 뜨는 걸 보고 나와버렸으며, 누구는 그럼 나도 하는 수 없지 그러면서 집으로 돌아갔고, 누구는 에라 나도 모르겠다고 말하면서 자리를 털고 일어났고, 누구는 도대체 다들 가버리면 어떻게 하느냐고 말하며 가버렸다.

종내는 이장 한 사람만 덜렁 회관에 혼자 남아 천장에서 껌뻑이는 형광등만 바라보고 앉아 있게 되었다.

22

마을 밖에서 진을 치고 있던, 도지사를 위시해서 군수와 면장과 경찰서장, 소방서장 등 관계 공무원, 취재를 위해 카메라와 마이크와 노트북으로 무장된 수십 명의 기자와 방송국 사람 역시 조금은 지쳐 있었다. 그렇더라도 긴장을 놓을 수는 없었다. 모두들 곧 일어날지도 모르는 불길한 사태를 예견하기도 하고 혹은 치밀하고 즉각적인 조치를 어떻게 취해야 하는가에 대한 의견으로 분분했다.

그럼에도 불구하고, 마을 위에 아파치 헬기가 뜨고, 바리케이드를 밀어버릴 장갑차와 탱크를 동원하고, 방독면을 도깨비 얼굴처럼 뒤집어쓴 군인들이 뚝방에 일렬로 엎드려 명령을 내리면 쏜살같이 개울을 건너 진격할 태세를 갖추고, 혹시나 정신이상자들이 난동을 부리며 도주할지도 모르는 상황에 대비하여 마을 뒤편에 공수부대가 낙하하여 퇴로를 차단할 준비를 하고 나서 붉은색, 노란색, 파란색 연기를 뿜는 최루탄을 펑펑펑 쏜 후에 탱크가 우지끈 하며 다리 위에 걸쳐 있던 바리케이드를 뭉개고, 그 뒤를 따라 정예부대원들이 쏜살같이 돌진하고, 나머지 후방 군인들이 허리까지 차오르는 개울을 건너 마을을 완전히 포위하고, 머리끝에서 발끝까지 검은색으로 위장한 경찰 특수부대가 마을 곳곳에 대기하고 있다가 까딱하는 손짓 하나로 한꺼번에 들이닥치는, 이런 장대하고 스펙터클한 군경 합동 입체 전략을 수립하여 은밀하고 치밀하게 전격적으로 작전을 수행했었더라면 거기 모여 있던 수많은 사람뿐 아니라 텔레비전 앞을 지키고 앉아 있던 전국의 시청자들과 독자들에게는 더할 나위 없이 신이 나는 일이었겠지만, 막 그런 육해공 전략을 짜기 위해 머리를 맞대고 숙의를 하고 있는 동안, 사태는 의외로 간단하고 싱겁게, 모두의 기대를 충족시키지 못한 방식으로 전개되고 있었다.

마을에서 이어진 길, 다리 건너에 한 사람이 나타났다. 벗어진 머리로 보아 이장임에 틀림없었다. 그는 다리를 지키고 있던 마을 청년 둘과 몇 마디 말을 주고받는 것 같았는데 갑자기 청년들이 가지고 있던 몽둥이를 내동댕이쳐버리고는 경운기에 드럼통과 의자를 우당탕 싣고 나서 다리에 걸쳐 있던 비계목을 개천으로 휙 밀어버리고 아무 일이 없었다는 듯이 경운기의 시동을 건 다음 탈탈탈 소리를 내며 마을로 돌아가버렸다.

그게 다였다.

멀찌감치 서서 잔뜩 긴장한 표정으로 이를 지켜보고 있던 사람들은 도무지 사태가 어찌된 일인지 알 수 없었으나 잠시 뒤 그들이 바라본 마을은 언제 무슨 일이 있었냐는 듯, 도대체 그동안 무슨 일이 있기는 한 것이냐는 듯 평온하다 못해 평범하기 그지없는 풍경을 보여주고 있을 뿐이었다.

정말이지 일련의 사태는 그렇게 어이없게 끝나버리고 말았다.

23

사태가 싱겁게 끝나버렸다고 다 간단히 끝난 것은 아니었다. 그 일이 있고 난 후 동네 사람들 전부는 서울에서 내려온 의사들로부터 종합적인 정신감정과 심리검사를 받아야 했으며 그 과정에서 마을 사람들이 기침과 열이 나는 감기 증세, 의사들도 도무지 원인을 알 수 없는 신열과 몸살에 시달리긴 했어도 결과는 다 '정상'인 것으로 판명되었고 단 한 사람 박선생만이 경찰의 조사를 받았으나 가벼운 정신이상 증세를 보인 것으로 판명되어 한 달간 정신병원에서 치료를 받아야 하는 조치를 받았다. 모든 것이 정상으로 돌아온 뒤에도 끝내 마을 사람들에게 상처가 하나 남았으니 실종되어 버린 희근이었다. 그날 마을회관에서 사람들이 뿔뿔이 흩어졌던 이후로 희근이는 동네 어디에서도 볼 수 없었는데 그가 기르고 있던 열다섯 마리의 소까지 감쪽같이 사라졌던 것이다. 아무도 그가 언제부터 눈에 보이지 않았는지 정확히 알지 못했다. 누구는 괴질을 막지 못할 바에야 차라리 산속으로 들어가거나 죽음을 택하는 것이 나을 것이라는 비감어린 의견을 냈던 게 희근이가 아니었냐고 물었지만 아무도 그 말을 누가 했는지 기억하지 못했다. 누구는 희근이가 소들을 몰고 수리재 쪽으로 올라가는 것을 자기집 아이가 분명히 보았다는 말을 전하기도 했지만 산으로 올라가는 길 어디에도 그리고 마을 뒷산에 있던 작은 호숫가에도 희근이와 소들이 지나간 흔적은 남아 있지 않았다. 처음 그가 없어졌을 때만 해도 사람들은 희근이가 산 깊은 곳으로 들어가 버린 것이 정말 사실이라면 이 세상에 미치지 않은 유일한 사람이 촌동네인 그 동네에서도 가장 촌스럽다고 소문이 난 희근이일 것이라는 말을 주고받기도 했지만, 얼마 지나지 않아 그런 말을 하는 사람조차 없었다.

서울 사람들이 죄다 미쳐버렸다는 소문이 765번 도로를 타고 그 마을까지 퍼지게 된 이후로 다시 마을은 평온을 되찾았다. 유사 이전부터 이 마을이 있었는지는 아무도 알 수 없지만, 유사 이래로 마을 뒷산 속에 숨겨진 작은 호수처럼 이 동네에서 결코 아무런 일도 일어난 적이 없었다고, 마을 사람들은 아직까지 그렇게 믿고 있다.